우진 현대 판타지 장편소설

WISHBOOKS MODERN FANTASY STORY

다시 태어난 베토벤

다시 태어난 베토벤 10

우진 현대 판타지 장편소설

초판 1쇄 찍은 날 | 2020년 4월 21일
초판 1쇄 펴낸 날 | 2020년 4월 28일

지은이 | 우진
펴낸이 | 예경원

기획 | 위시북스
편집책임 | 이은송
편집 | 위시북스

펴낸곳 | 예원북스
등록번호 | 제396-2012-000132호
등록일자 | 2012. 7. 25
KFN | 제1-528호

주소 | 경기도 고양시 일산동구 호수로 646-24 위너스21Ⅱ빌딩 206A호 (우)10401
전화 | 031-819-9431 팩스 | 031-817-9432
E-mail | yewonbooks@naver.com

ISBN 979-11-365-2219-1 04810
      979-11-6424-234-4 (set)

우진 현대 판타지 장편소설

WISHBOOKS MODERN FANTASY STORY

다시 태어난 베토벤

10

Wish Books

CONTENTS

· 55악장 ·

사기꾼들

'진짜 못됐어.'

도빈이가 무슨 생각으로 저렇게 자신만만한지 모르겠다.

상대는 모두 거장 중의 거장이고 심지어 어렸을 적부터 존경해 왔던 분들이다.

가우왕 씨는 물론이고 글렌 골드와 크리스틴 지메르만, 그레고리 소콜라브라니.

도빈이면 모를까.

경쟁해서 이길 수 있는 상대가 아니다.

'어쩔 거야. 정말.'

이번 OOTY 오케스트라 대전에서 우승하지 못하면 베를린 필하모닉을 떠나야 하는데 위기의식이라고는 조금도 없어 보인다.

도리어 콧노래를 흥얼거리기까지 하니 답답하다.

조바심 내는 도빈이는 왠지 상상할 수 없지만 그래도 조금
은 심각하게 받아들여 줬으면 한다.

"왜 그렇게 봐? 먹을래?"

"됐어."

잠시 생각하다 물었다.

"이거 들려줘."

"뭘?"

악보를 들어 보이자 도빈이가 무심하게 빵을 입에 넣었다.
그러고는 심술궂게 말했다.

"피아니스트는 너야."

조금 화가 나서 일어났다.

"어디 가?"

"몰라!"

연습하자.

연습실에 도착하니 관리인 아저씨가 반갑게 인사했다.

"오늘도 왔구나."

"안녕하세요."

"그런데 어쩌지. 오늘은 늦게까지 못 있을 거 같은데."

이곳에 온 지도 벌써 2주나 되었는데 그간 나 때문에 퇴근
하지 못하셨던 것 같다.

미리 생각했어야 했는데 죄송한 마음이 들었다.

"죄송해요. 열쇠 주시면 나갈 때 잠그고 나갈게요."

"으음……. 그럼 경비실에 두고 가줄래?"

"네."

열쇠를 받아들고 안으로 들어섰다.

베를린 필하모닉에서 준비해 준 연습실은 채광이 좋아 포근한 느낌을 준다.

하지만 이 기분을 느낄 여유는 없다. 조금이라도 더 준비해야만 하기에 서둘러 피아노 앞에 앉았다.

차이코프스키 피아노 협주곡 1번.

러시아의 위대한 천재가 남긴 세 곡의 피아노 협주곡 중 하나.

만들어진 지 150년이나 되는, 피아니스트에게 있어서는 교양이나 마찬가지인 곡이다.

피아니스트라면 연주할 수 있는 것은 물론이고, 반드시 연주해야 하며 동시에 프로로서 예술성과 가능성을 증명하는 곡이기도 하다.

나도 몇 번 연주해 봤지만 이번만큼은 부담이 클 수밖에 없었다.

'복잡해.'

도빈이가 재해석한 차이코프스키 피아노 협주곡 1번, 그중에서도 피아노 파트는 단순히 음계가 많은 것만이 문제가 아니었다.

늘림음과 당김음이 많아 박자 변형이 잦다.

어떻게 연주하는지에 따라 차이가 크다는 뜻.

도빈이가 생각한 걸 들어볼 수 있다면 따라서 연주하기 편할 텐데, 정말 못됐다.

우선 쳐보자.

도빈이가 지휘하는 베를린 필하모닉 B의 차이코프스키 피아노 협주곡을 상상하며 건반에 손을 올렸다.

깊은 절망과 그 아래 숨겨진 강인함을 느낄 수 있다.

처음은 호른과 오케스트라의 강렬한 연주로 시작해, 그 무거움을 피아노가 이어나간다.

바이올린은 아마 이렇게 어울리겠지.

새기듯이 강렬히 연주하면서도 조금씩 소리를 죽인다.

그에 따른 감동이 차차 공백을 두고 가슴 깊숙이 파고들 것이다.

역시 좋은 곡이다.

'이 부분은 의식하자.'

실수 없이 연주하는 일은 쉽다. 틀리지 않을 때까지 연습하고 생각하면 되니까.

그렇게 연습을 반복하고 다른 피아니스트들은 어떻게 연주했는지 찾아 듣기도 하다 보니 어느새 창밖이 어두워져 있었다.

'벌써 11시네.'

조 추첨은 벌써 끝났겠다.

핸드폰을 꺼내 찾아보니 베를린 필하모닉 B는 5조에 배정되었다.

2라운드는 내일 하루 쉬고 모레부터 진행되니 5일이 남은 건데 그나마 시간을 번 듯하다.

같은 조에 있는 악단은.

'아.'

모스코바 방송 차이코프스키 오케스트라와 선윈 심포니 그리고 시카고 심포니.

엘리자베타 툭타미셰바와 성신 형 그리고 톰 앤드류.

2라운드라 그런지 같이 배정된 악단도 피아니스트도 대단한 사람만 모였다.

게다가 성신 형과 톰 앤드류라니.

"······."

자꾸만 안 좋은 생각이 들어 고개를 젓고 다시 연주하기 시작했다.

두 시간쯤 흘렀을까.

틀이 잡힌 듯해 혹시나 놓친 부분이 없을까 하고 악보를 다시 한번 살핀다.

보면 볼수록 도빈이가 왜 이 곡을 선택했는지 알 것 같다.

얼핏 장중한 음에 속을 수 있지만 들여다볼수록 슬픈 곡이다.

하강하는 음계를 음미하다 보면 무겁게 배치된 도발적인 음들이 차이코프스키의 절규처럼 느껴진다.

점차 고조되고 하강하길 반복하며 마음을 들었다가 놓는데 마지막에 이르러서는 높은 음계의 피아노와 함께 그렇게 아름다울 수도 없다.

도빈이의 첫 모습과 비슷하다.

그래서 이 곡을 잘 연주하지 못하는 게 분하다.

최근 1년 사이에 지휘자로 자리 잡은 도빈이는 지금도 피아니스트로서 나보다 훨씬 앞서 있다.

꾸준히 연습해 왔으니 적어도 도빈이만큼 연주할 수 있어야 한다고 생각하는데, 쉽지 않다.

'어떤 느낌인지 들려주면 좋을 텐데.'

무슨 생각으로 날 이렇게 믿는지 모르겠다.

내가 아직 한참 부족하다는 것 정도는 알고 있을 텐데.

정말 못됐다.

연습하자.

다음 날, 베를린 필하모닉 B와 함께 연습했다.

"지훈, 잘해."

지켜보고 있던 소소 누나가 엄지를 보여주었다.

1라운드 때 참가했던 소소 누나는 3라운드를 준비하기 위해 잠시 빠져 있는데 그런 와중에도 연습마다 함께한다.

"이 정도로는 곤란하지."

"아."

찰스 브라움 씨가 다가왔다.

"단원들도 너도 부족해. 합동 연습은 이틀밖에 안 남았으니 잘 준비해야 할 거야."

"네."

"브라움 재수 없어."

"뭐, 뭐?"

소소 누나 덕분에 웃었지만 찰스 브라움 씨가 옳다.

찰스 브라움 씨나 소소 누나는 말할 것도 없고 윤희 누나, 디스카우 씨, 마르코 씨도 멋지다.

하지만 그럼에도 전체적으로 봤을 때 베를린 필하모닉 B와 나는 도빈이를 따라가기에 부족하다.

소소 누나와 찰스 브라움 씨도 라운드를 번갈아 준비하는데 도빈이는 매 공연마다 악보를 새로 쓰듯이 하니 감탄하면서도 조금 걱정이기도 하다.

'브라움 씨 말이 맞아. 나라도 더 열심히 해야 해.'

개인 연습실로 향하려는데 뒤에서 누군가 나를 불렀다.

"지훈! 지훈! 잠깐만!"

리스텀지의 사라 씨다.

나와 관련한 기사는 모두 작성해 주시는 고마운 분이다.

"사라 씨."

"어휴. 어제 숙소 앞에서 얼마나 있었는지 아니? 대체 연습을 몇 시까지 하는 거야?"

난감해서 웃음으로 넘겼다.

"잠깐 괜찮아? 시간 오래 빼앗진 않을게."

"네. 저녁 먹으면서 괜찮죠?"

인터뷰로 시간을 뺏기는 건 그리 반갑지 않다.

더군다나 지금은 더더욱.

"그럼! 가자."

주문을 하자마자 사라 씨가 수첩과 녹음기를 꺼냈다.

여러 번 만나기도 했지만 이렇게 서둘러 줘서 좋다.

"그럼 베를린 필하모닉 B와 함께하기로 한 것부터 물어볼게. 어떻게 된 거야?"

"도빈이가 연락을 줬어요. 2라운드 때 오라고."

"어?"

"처음에는 초대하는 줄 알았는데 악보부터 주더라고요."

"둘이 친한 건 여전하구나. 조금 당황스러울 정도로 심플하네."

"저도 가끔 당황해요."

사라 씨가 펜을 돌리며 물었다.

"그럼 다음 질문. OOTY 오케스트라 대전을 본 감상은?"

"정말 대단해요. 이만한 규모는 처음 보고 1라운드 매 공연마다 감동했고 많이 배웠어요."

"그중에서 최고라면?"

사라 씨가 얼굴을 살짝 앞으로 내밀며 물었다.

"베를린 필하모닉이요."

"B겠지?"

답하지 않고 웃었다.

"자, 그럼 2라운드 때 엘리자베타 툭타미셰바, 최성신, 톰 앤드류를 상대하게 되었어. 대진은 어때?"

"잘 준비해야겠죠."

"그다지 감흥이 없구나?"

대답하지 않자 사라 씨가 다시 한번 입을 열었다.

"피아니스트로서는 최성신과 톰 앤드류가 우세하다는 말이 나오고 있어. 두 사람 모두 여러 무대에서 좋은 모습을 보여주고 티켓 파워도 갖췄으니까. 그런 상대를 만났는데도 감흥이 없다는 건, 역시 천재라는 걸까?"

인터뷰마다 했던 말들로 인해 나를 잘 아는 편인 사라 씨도 이런 질문을 한다.

아무도 내가 얼마나 불안해하는지 모른다.

작년에 도빈이와 협연을 했을 때도 슬럼프라 고생했지만 알아주는 사람은 없었다.

알려지는 것도 반갑지 않다.

다만, 지금 대진 상대를 그렇게까지 신경 쓰지 않는 건 그들을 넘어서는 일보다 더 중요한 게 있기 때문이다.

"도빈이가 구상한 연주를 표현하는 게 더 중요하다고 생각할 뿐이에요."

"음음. 모범적인 대답이야."

사라 씨가 펜을 들어 몇 마디 간단히 적었다.

이런 내 생각이 언론에서 보면 재미없을지도 모르겠다. 아니, 그럴 거다.

어렸을 적부터 팬이나 언론에게 그런 취급을 받았다.

하지만 진심을 속이고 싶지는 않다.

사라 씨와 몇 마디 더 나누고 헤어진 뒤 연습실로 향했지만 별다른 소득은 없었다.

2시가 조금 넘어 숙소로 들어왔는데 도빈이가 머무는 방 문에서 빛이 새어 나왔다.

'아직 준비하고 있나?'

노크를 하려고 손을 들었는데 안에서 큰 소리가 났다.

"뭐? 진심이야?"

마누엘 노이어 씨의 목소리다.

무척 큰 목소리라 깜짝 놀랐다.

무슨 일인지 심각한 대화를 하는 듯해 방해하지 않으려고 돌아서려는 찰나.

도빈이의 목소리가 작게 들렸다.

"어차피 그럴 생각이었어요. 언제까지나 베를린에 있을 순 없으니까."

무슨…….

"그게 대체 무슨 소리야! 왜 있을 수 없는데?"

마누엘 노이어 씨의 목소리를 뒤로하고 방으로 들어왔다.

어차피 그럴 생각이었다는 도빈이의 말이 자꾸만 떠올랐다.

베를린 필하모닉을 떠날 거라는 말은 듣지 못했는데, 갑작스러워 자꾸만 나쁜 생각이 들었다.

설마.

아니.

그럴 리가.

오늘 연습한 걸 정리하고 있는 도중 노이어가 찾아왔다.

꽤 늦은 시간인데 일부러 찾아온 것을 보면 뭔가 중요한 이야기를 하러 온 듯하다.

"연락이라도 하고 오지 그랬어요. 자고 있었으면 어쩌려고."

"이 시간이면 한창이잖아?"

마누엘 노이어가 숙소를 둘러보고 말했다.

"어지러운 건 어떻게 안 되는구만? 적당히 해. 너 같은 애가 열심히 하면 단원들 따라가기 버겁다고."

"그럼 A로 돌아가면 되겠네요."

"그건 좀 참아주라."

잠깐 농담을 나누는 동안 커피를 준비했다. 괜찮게 내린 것 같다.

노이어가 향을 맡고는 김이 피어오르는 잔을 내려놓았다.

"오케스트라 대전 이후 일 때문에 왔어. 지금 이야기해 두는 게 좋을 것 같아서."

무슨 말인가 싶어 그를 보고 있으니 말을 이어나갔다.

"A도 그렇고 B도 그렇고 종종 너랑 셰프의 내기 때문에 걱정한다는 이야기가 들리더라. 다른 사람이 한 말이었으면 농담이겠거니 해도 너나 셰프나 소고집이잖아."

"아."

"그래서. 어떤데?"

"아마 말 그대로지 않을까 싶어요."

"싫다?"

"결과는 같겠지만."

"그건 무슨 말이야?"

레몽 도네크의 일도 있었고 마침 루트비히 오케스트라에 관해 말할 적당한 때를 찾고 있던 참이었다.

이렇게 먼저 물어주니 차라리 잘됐다 싶다.

"적어도 전 최선을 다하자는 뜻으로 받아들였어요. 아마 세프도 마찬가지일 거예요."

"그럼 다행이지만…… 뭔가 말이 더 남은 것 같은데?"

적당히 식은 커피를 한 모금 마셨다.

"아마 내년쯤엔 떠날 거 같아요."

"뭐라고?"

잘못 들었을 리 없다.

놀라서 되묻는 것을 알기에 대답하지 않고 마누엘 노이어를 바라볼 뿐이다.

그는 입을 크게 벌렸다가 말을 삼켰고 주변을 둘러보다 짧게 숨을 내뱉었다. 고개를 돌려 눈을 감았고 이를 악물었다.

그러고 나서야 다시 물었다.

"나한테는, 아니, 우리한테는 갑작스럽지만…… 너한테는 아니겠지?"

고개를 끄덕였다.

"미치겠네."

노이어가 머리를 벅벅 긁었다.

"대체 왜?"

비록 실제로 함께한 시간은 3년이 채 안 되지만 이들을 알고 지낸 지 벌써 10년이 넘었다.

내 삶의 일부분인 이들에게 감출 이유는 조금도 없다.

그게 도리고 말이다.

"오케스트라를 만들 거예요."

"……진심이야?"

"준비는 꽤 오래전부터 하고 있었어요. 이번 오케스트라 대전을 하면서 더 늦으면 안 되겠단 생각이 들었고요."

"늦다니? 너 이제 겨우 17살이잖아."

고개를 저었다.

마누엘 노이어나 다른 사람이 봤을 때는 만 17세의 꼬맹이가 조급해하는 것처럼 보일지도 모르지만, 다시 태어나고 17년.

이 삶에 적응하고, 이 시대의 음악가로서 입지를 굳히고 오케스트라를 만들어 운영하기 위한 기반을 마련하기 위해 들인 17년은 결코 짧지 않았다.

할아버지의 도움도 있었지만 수입 대부분을 악단 창단에 투자해 왔다.

단지 곡을 만들고 지휘했을 뿐이라면 한참 전에 가능했겠지만 전과 다른 상황과 소리를 되찾은 기적 그리고 그때의 빈보다 더욱 많은 인재와 복잡해진 여건 등이 나로 하여금 욕심을 내게 했다.

오랜 기다림이었고.

준비하는 내내 즐거웠다.

이제는 더 참을 수 없을 뿐이다.

'그리고.'

푸르트벵글러의 건강과 사카모토의 성성하게 센 머리카락이 마음에 걸린다.

어렸을 적부터 깊은 이야기를 마음껏 나눌 수 있었던 두 사람도 벌써 일흔을 넘겼다.

만날 때마다 세월의 흔적이 짙어졌다.

더 늦기 전에 그들에게 내 음악을 들려주고 싶다.

이 시대와 위대한 두 음악가와의 대화를 통해 만든, 이 루트비히의 음악을 들려주고 싶다.

푸르트벵글러와 사카모토가 아니면, 그 음악을 바닥까지 이해할 수 있는 사람은 없을 테니까.

'같은 세대로, 아니, 10년만 일찍 태어났더라도 좋았을 텐데.'

두 사람을 생각하면 죽어가고 있을 무렵 만난 슈베르트와의 안타까운 만남이 떠오른다.

하지만 내가 아닌 다른 사람은 이런 마음을 이해할 순 없겠지.

"더 기다릴 수 없으니까요."

"……진심이네."

노이어가 숨을 크게 내쉬었다.

"서운하지만 응원해 줘야겠지. 당장은 미안. 좀 충격이라."

눈을 감고 고개를 천천히 끄덕였다.

응원하고 싶은 마음이든 서운함이든 모두 진심일 것이다.

그의 마음을 이해 못 할 리 없다.

도리어 서운해하지 않으면 이쪽이 불쾌할 거다.

그만큼 진심으로 대했고 너무나 소중한 시간을 함께했으니까.

노이어가 다소 침울하게 말했다.

"다들 슬퍼하겠네. 떠나기 전까지 후회 없이 해보자."

"그럴 생각이에요."

"아쉽다."

"언제까지나 베를린에 있을 순 없으니까요."

마누엘 노이어가 일어났고 악수를 나눈 뒤 배웅했다.

다시 혼자 남았고 피아노 앞에 앉았다.

'아니야. 그럴 리 없어.'

도빈이는 쇼팽 콩쿠르 이후 폴란드에 있던 내게 전화를 걸어 종종 투덜대곤 했다.

수학이 어렵다.

빨리 베를린에 가고 싶다.

모든 활동을 중단하고 대학에 가기 위해 준비했던 몇 년이 도빈이에게는 무척 스트레스였을 것이다.

어려서부터 음악만 해왔던 탓인지 음악에 관련된 일이 아니면 조금 심하다 싶을 정도로 상식이 없었으니까.

그럼에도 도빈이는 중학교, 고등학교 검정고시를 3년 만에 합격했고.

그것은 모두 최대한 빨리 베를린 필하모닉과 함께하기 위해서였다.

표현은 잘 안 하지만 베를린에서 생활하는 도빈이는 정말 행복해 보였다.

도빈이가 내기에서 일부러 지고 베를린 필하모닉을 떠나는 일은 상상할 수 없다.

더군다나 그럴 거라면 나를 불렀을 리도 없다.

그러니 더 걱정이다.

대체 무슨 일일까?

도빈이가 베를린 필하모닉을 떠나려는 이유를 알 수 없었다.

그런 생각을 하고 있자니 문득 희미하게 피아노 소리가 들리기 시작했다.

6월의 고요한 밤과 낡은 호텔 그리고 찬 새벽 공기를 통해 들리는 차이코프스키의 피아노 협주곡 1번.

'이건.'

오늘 합동 연습 때 내가 했던 연주다. 신경 썼던 곳과 놓쳤던 부분까지 똑같다.

이런 연주가 가능한 사람이 달리 있을 리 없다.

연주는 때때로 끊어졌다.

사이마다 바이올린 소리가 들렸고 졸음이 몰려드는 것에 맞춰 피아노 소리가 조금씩 작아진다.

실수와 부족함마저 기억하고 연주하여 아마 내일은 또 악보가 달라져 있겠지.

이름 모를 벌레의 울음소리와 어울려 들리는 협주곡의 편린이 조금씩 멀어진다.

아침 일찍 일어난 나윤희는 바에 퀭하니 앉아 있는 배도빈과 최지훈을 발견했다.

두 사람 모두 잠을 못 잤는지 얼굴에 그늘이 졌고 배도빈 앞에는 오늘도 커피잔이 반쯤 비어 있었다.

"무, 무슨 일 있어?"

이제 겨우 막 2라운드가 시작되는데, 나윤희는 벌써 피곤해 보이는 배도빈이 걱정되었다.

"없어요."

커피도 그리 도움이 안 되는지 배도빈은 힘이 없어 보였다.

"안녕하세요."

"아, 네, 네. 안녕하세요."

최지훈이 자리를 권했고 나윤희는 조심스레 합석했다.

'……바로 일어나면 예의가 아닌가.'

음식을 가져와야 하는데 자리를 권유받아 앉아버린지라 언제 일어나야 할지 난감했다.

그때 심드렁하게 있던 배도빈이 칠리소스를 베이스로 고기와 야채 밥을 싼 랩을 가리켰다.

"이거 먹을 만해요."

"아, 응. 고마워."

나윤희가 일어서 뷔페로 향했고 배도빈은 포크로 애꿎은 접시를 괴롭혔다.

"되게 조심스러우신 분 같아."

최지훈이 작게 말했다.

그는 9살이나 차이가 있는데도 항상 존대해 주는 나윤희를 좋은 사람으로 생각하면서도 동시에 의아하게 여기고 있었다.

"내가 불편하신 걸까?"

배도빈 덕에 사석에서도 몇 번 일면식이 있었고 함께 공연도 준비했던 만큼 살갑게 대했는데, 그때마다 깜짝깜짝 놀라는 바람에 최지훈도 조심스러워졌다.

"아냐. 원래 저래."

배도빈이 포크를 내려놓고 커피잔을 들었다.

"알고 보면 멋진 사람이야."

최지훈이 눈을 동그랗게 떴다.

"아."

최지훈이 무엇인가를 말하기 직전, 배도빈이 감탄사를 냈다.

"2악장 도입 말이야. 바이올린을 좀 더 당길 거야."

배도빈이 흥얼거리며 수정한 부분을 설명했고 최지훈은 문득 어젯밤 잠들기 전의 기억이 떠올라 웃었다.

베를린 필하모닉을 그만두려는 이유는 여전히 알 수 없지만 언젠가는 말해줄 터.

지금은 자신의 버릇과 실수까지 기억해 복기하고 조율할 정도로 열정적인 형제와 함께 전력을 다하고 싶었다.

"응."

"……"

"왜?"

"아니. 평소보다 헤실대는 거 같아서."

"무슨 말이야?"

"바보처럼 웃는 거."

"바보처럼?"

"매일 그런데 방금은 좀 더 그랬어."

"그러는 넌 매일 인상 쓰고 다니잖아! 성격 정말 못돼 보여!"

"난 성격 안 좋은 거 맞아."

방금까지만 해도 조용히 아침 햇살을 맞이하던 두 사람이 난데없이 다투기 시작했다.

음식을 가져온 나윤희는 그것을 보고 갈팡질팡하다가 조용히 구석에 자리 잡았다.

OOTY 오케스트라 대전 2라운드의 세 번째 날이 밝았다.

지난 1조의 경우 런던 심포니와 그레고리 소콜라브가 74점으로 1위, 베를린 슈타츠카펠레와 안나 피에르바가 20.7점으로 2위를 차지했다.

2조는 1위와 2위의 점수 차이가 거의 없는 수준으로 치열했는데 시카고 심포니가 37.8점으로 1위, 부다페스트 페스티벌 오케스트라가 36.9점으로 2위를 차지했다.

그러나 두 조 모두 3위와 4위의 점수는 1, 2위에 비해 턱없이 낮아, 엄선된 24강에서도 각 악단 사이의 격차가 있음이 입증되었다.

그리고 2라운드 3일 차.

빅 매치가 예정되었다.

정세윤 기자가 아침부터 분주하게 움직였다.

콘서트홀 안에 카메라와 노트북을 가지고 들어갈 수 없는 터라 제한이 많았지만 그럼에도 최대한 정보를 기록하기 위해 체크리스트를 확인하고 또 확인했다.

그런 뒤에야 이필호 편집장과 차채은과 함께 콘서트홀로 향하니 공연 시작 2시간 전이었다.

"아하아암."

"많이 졸려?"

"괜찮아요. 밤을 새웠어도 오늘은 놓칠 수 없죠."

차채은의 말에 정세윤 기자가 고개를 끄덕였다.

암스테르담 로얄 콘세르트허바우와 베를린 필하모닉 A 그리고 런던 필하모닉이 경쟁하기 때문이었다.

폭군 빌헬름 푸르트벵글러.

백작 마리 얀스.

아르투로 토스카니니까지.

시대를 대표하는 거장 중의 거장들의 자존심을 건 싸움이었다.

♪

　OOTY 오케스트라 대전이 앞으로 계속된다 할지라도 이만한 음악가들이 한 조에 모여, 최고의 피아니스트와 함께 경쟁하는 일은 흔치 않을 터였고.

　그와 같은 생각에 콘서트홀 주변은 이른 아침부터 북적였다.

　"근데 2라운드 곡은 왜 현장 발표 하는 거예요?"

　"글쎄……. 아마 피아니스트 구하는 것부터 문제여서 그러지 않았을까? 전부터 협의하고 있었다고 해도 달라질 수도 있으니까."

　"확정된 곳도 있었을 텐데 아마 발표하는 곳과 하지 않는 곳이 갈리면 여러모로 안 좋으니 일괄적으로 현장 공개를 하나 봐."

　"패자부활제 도입도 그렇고 처음이라 그런지 문제가 좀 보이긴 하네요."

　"아무래도 그렇지."

　이필호, 정세윤, 차채은이 이것저것 대화하고 있을 때, 한 여성이 그들에게 다가갔다.

　"대리님."

　이필호 편집장이 돌아섰다.

　"아, 오랜만이네."

"그러게요. 대리님은 늙지도 않나 봐. 세윤 씨도 잘 지내셨죠?"

"아…… 네."

이필호와 여성이 대화를 나누기 시작했고 걸으며 이야기하다 보니 자연스레 이필호와 정세윤 사이에 거리가 생겼다.

차채은이 정세윤에게 붙어 물었다.

"누구예요?"

"한이슬이라고 기자 겸 평론가."

정세윤은 못마땅한 표정으로 한이슬 기자를 노려보며 답했다.

'한이슬?'

들어본 이름이라 기억을 더듬는데 정세윤이 묻지도 않은 이야기를 술술 풀어놓았다.

"원래 관중석 기자였는데 음악기행으로 넘어갔어. 10년쯤 되었으려나."

정세윤이 묘하게 거리감이 없는 이필호와 한이슬 사이를 노려보며 중얼거렸다.

차채은이 보기에 몹시 불쾌한 듯했다.

"편집장 진급하신 지 몇 년이 되었는데 아직도 대리님, 대리님이야. 차라리 이름으로 부르든가."

"……."

괜히 건드렸다가 좋을 게 없다고 판단한 차채은은 마침내 한이슬이란 이름을 어디서 보았는지 떠올렸다.

"아."

"왜?"

"아니에요."

'그때였지.'

2014년 배도빈과 홍승일의 연주회는 지금까지 회자될 정도로 큰 파장을 남겼었다.

더 이상 들을 수 없기에 더욱 아련한 공연이었고 차채은도 기억에 오래 간직하고 있었다.

유명한 공연이었던 만큼 관련한 여러 기사와 칼럼, 평론이 있었는데 그중에서도 가장 주목받았던 글이 바로 한이슬의 칼럼이었다.

공연장을 찾은 일화를 담담한 어조로 솔직하게 적어낸 그것은 당시 방문했던 이들에게 깊은 공감을 샀고 그러지 못했던 이들에게는 당시의 현장감을 느끼게 해주는 글이었다.

차채은 역시 좋게 읽었기에 기억하고 있었다.

'예쁘다.'

그걸 떠올리니 차채은의 눈에도 한이슬이 들어오기 시작했다.

턱선 아래로 좀 더 길게 내려온 중단발에 살짝 뻗친 웨이브.

겉에는 더블 버튼의 카멜색 롱코트를 걸쳤고 낮은 굽의 단화를 신고 있었는데 16살의 차채은에게는 어른이라는 느낌이 크게 들었다.

"정말? 대회 끝날 때까지 있는 거예요?"

"그래. 제대로 해봐야지. 이 기회에 외국물 좀 마셔보고."

"아하하. 그게 뭐야. 대리님 진짜 못 말린다니까."

"권력이 좋지."

"아~ 진짜 부럽다."

이필호와 정세윤은 '관중석'에서 대대적인 지원을 받아내 OOTY 오케스트라 대전 기간 내내 잘츠부르크에 머물 수 있었다.

허물없이 대화를 나누는 두 사람을 보고 정세윤이 이를 바득바득 갈았다.

"으으. 말을 놓을 거면 그냥 다 놓으라고오. 진짜 재수 없어."

차채은도 그 부분에는 공감하여 고개를 끄덕였다.

겨우 정신을 차리고 콘서트홀에 도착했더니 다른 날보다 훨씬 복잡했다.

그러지 않아도 피곤한데 사람이 많은 건 질색이라 돌아서 가려던 차, 누군가 내 이름을 외쳤다.

"배도빈이다!"

여느 때와 다름없이 기자들이 주변으로 몰려들었다.

덕분에 최지훈, 소소, 나윤희, 진달래와 떨어지고 말았다.

최지훈이 손으로 콘서트홀을 가리켜 먼저 들어가 있겠다고 전했다.

고개를 끄덕여 보이고 일단은 멈춰 섰다.

"배도빈 씨, 오늘 경연 예측 어떻게 하십니까?"

"푸르트벵글러가 오늘 어떤 연주를 들려주는지 들으신 것 있으십니까?"

"최근까지 밀접한 관계를 가졌던 가우왕이 암스테르담과 함께하였습니다. 두 분 사이에 불화가 있었다는 게 사실입니까?"

여러 질문을 들어주다가 가우왕과 사이가 나빠졌다는 질문에 어이가 없어졌다.

그 질문을 한 기자를 봤더니 슬금슬금 뒤로 물러났다.

"오늘 공연에 대해 아는 건 없습니다. 팬으로서 즐길 생각입니다."

적당히 대답해 주고 다시 발을 옮기자 조금 떨어진 곳에서 익숙한 목소리가 났다.

"2라운드 목표는 어떻게 되십니까!"

소리가 난 방향으로 고개를 돌리자 이시하라 린이 끙끙대며 마이크를 들고 있었다.

다른 기자들 사이에 껴 얼굴이 보였다가 만다. 어지간히 힘든지 인상을 잔뜩 쓰고 있다.

좀 재밌다.

"당연히 1등이죠."

푸르트벵글러와 마리 얀스가 어떤 연주를 준비했는지 모르겠지만 양보할 생각은 조금도 없다.

시드권도 점수도 말이다.

"최와는 어떤 곡을 준비하셨습니까?"

"2라운드 참가하는 피아니스트들에 비해 경력이 짧다는 이유로 최의 참전이 이르지 않냐는 우려가 있습니다! 가우왕과 함께하지 않은 이유가 무엇입니까!"

누군가 신경 거슬리는 이야기를 했다.

나와 가우왕 사이가 틀어졌다는 헛소리를 했던 사람과 같은 목소리인 듯하다.

"최지훈은 훌륭한 피아니스트입니다. 오래 준비했고 기대해 주시기 바랍니다."

이성을 찾고 차분히 대답했더니.

"최와 같은 피아니스트를 데리고도 오케스트라 대전에서 우승할 수 있다는 자신감입니까?"

순간 열이 뻗쳤다.

"뭐?"

주변을 둘러보니 아니나 다를까 조금 떨어진 곳에 아까 그놈이 있다.

시끄럽게 물어보던 기자들이 입을 닫았고 시선을 피하는 녀석을 보며 말했다.

"당신 어디서 나왔어."

"……."

다가가자 기자들이 슬금슬금 물러났고 놈의 목에 걸린 패스를 볼 수 있었다.

들어보지 못한 곳이다.

"리드릭지의 릭 페티크루 씨. 말 좀 가려서 합시다."

클래식 음악 발전을 위한 선의의 경쟁이라는 OOTY 오케스트라 대전의 의의를 알고 있다면 이렇게 무례한 말을 입에 담을 수 있을 리 없다.

'한심한 놈.'

주변을 둘러보고 말했다.

"베를린 필하모닉과 최지훈은 최고의 연주를 들려드릴 겁니다. 인터뷰는 여기까지 받겠습니다."

그러지 않아도 피곤한데 별 거지 같은 놈 때문에 심기가 불편해졌다.

뒤에서 기자들의 불만이 들렸다.

"너 어디서 나온 놈이야?"

"배도빈 인터뷰 따는 게 얼마나 힘든 일인 줄 알아?"

"여기 해먼 쇼익이 대표로 있는데 아니야? 거 아직도 옛날 버릇 못 고쳤어?"

기가 찬다.

"도빈아, 여기!"

콘서트홀 안으로 들어섰는데, 최지훈이 손을 흔들었다. 기자들 때문에 헤어졌던 일행도 함께 있다.

"으아. 너 진짜 엄청 유명하네. 난 이런 거 TV에서밖에 못 봤어."

진달래가 질렸다는 듯이 말했다.

예전이나 지금이나 항상 있던 일이라 혼자서는 괜찮지만 이렇게 일행이 피해를 받거나, 무례한 말을 들을 때면 넌덜머리가 난다.

최지훈이 웃으며 다가왔다.

"큰일이었네. 괜찮아?"

"별일 아니었어. 들어가자."

공연장으로 들어가 자리를 잡고 앉았다. 최지훈이 내빈에게만 주어지는 팸플릿을 주었는데 그것을 보니 화가 조금 가라앉았다.

마리 얀스와 가우왕이 내 피아노 협주곡 3번을 준비한 모양이다.

'재밌겠는데.'

장대한 느낌을 주었던 3번과 기교파의 가우왕이 어떤 식으로 어울릴지 기대된다.

"가우왕 씨의 베토벤 피아노 협주곡 3번이라니. 엄청 멋질 거 같아."

"그러게."

"오빠 어릴 때 많이 듣던 곡이야."

소소가 한마디 거들었다.

평소에 쇼팽이나 리스트의 곡을 많이 연주하기도 하고 본인도 속주를 기반으로 한 연주에 자신을 보여서 그런 줄은 몰랐다.

기대된다.

"아, 세프도 베토벤으로 준비하셨구나."

나윤희의 말과 동시에 나도 푸르트벵글러와 글렌 골드가 준비한 곡을 확인했다.

피아노 협주곡 5번이다.

선정곡만으로도 푸르트벵글러가 피아니스트 글렌 골드를 얼마나 신뢰하는지 알 수 있었다.

그런 제목을 붙인 기억은 없지만 다섯 번째 피아노 협주곡은 황제라는 별명이 붙었다.

또 누군가 멋대로 적어 넣은 게 널리 알려진 모양인데, 빌어먹을 돼지 녀석이 빈을 점령할 당시 만든 곡이라 황제란 별명이 더욱 마음에 안 든다.

"암스테르담이랑 베를린이 같은 생각인가 봐."

"그러게."

최지훈의 말대로 마리 얀스와 푸르트벵글러는 오케스트라와 피아노의 앙상블을 최우선으로 생각한 듯하다.

마지막 피아노 협주곡인 5번은 3번과 같이 오케스트라와 피아노의 만남에 초점을 맞췄었다.

"으음. 런던 필하모닉은 멘델스존 2번이네."

"알아?"

진달래의 중얼거림을 나윤희가 반갑게 물었다.

"아니. 다들 말해보니까 아는 척 해봤어."

"……."

진달래가 독일어를 읽었다는 것만으로도 크게 발전했다고 생각한다.

잠시 후.

사회자가 나와 오늘 일정을 간략히 소개했고 그 뒤에 첫 번째 연주를 맡은 암스테르담 로얄 콘세르트르허바우가 무대 위에 모습을 드러냈다.

기품이 있다는 표현이 적절한 듯하다.

단원들 모두 행동거지가 반듯하다.

"진짜 기대된다. 가우왕 씨와 암스테르담의 협연이라니. 처음이지?"

"모르겠어."

"아마 그럴 거야."

클래식 음악에 관련된 정보라면, 특히 좋아하는 분야라면 중독자로 보일 만큼 수집하는 최지훈의 말이니 그럴 것이다.

'그 성격을 받아주는 악단이 있는 게 신기하지.'

까다로운 스타일인 데다 가우왕 본인도 남과 어울리는 걸 그리 좋아하지도 않으니 협주곡 연주가 적을 것 같다.

박수 소리가 들려 고개를 드니 마리 얀스와 가우왕이 함께 무대에 올라 있었다.

두 거장을 향한 환호가 열렬하다.

나와 일행도 박수를 보내 오늘의 만남을 축복했다.

그나저나 하얀 정장이라니.

아리엘 얀스가 누구 영향을 받았는지 알 것 같다.

"가우왕 씨 멋있다……."

"저 사람이 언니 오빠야? 잘생겼다."

못 들을 말이라도 들었는지, 벌레를 봐도 표정 변화가 없던 소소의 얼굴이 있는 대로 뒤틀렸다.

푼수데기 같은 모습만 봤던 나도 소소만큼은 아니지만 의아하다.

이해할 순 없지만 남들이 볼 때는 멋진가 보다.

고개를 돌려 최지훈을 보니 녀석도 반쯤 넋이 나가 있다.

어렸을 적부터 팬이었으니 무리도 아니겠지만.

하지만 나도 소소도 그리고 세계가 인정하는 피아노의 거장이다.

장내가 고요해졌고 이내 마리 얀스가 악장과 가우왕을 차례로 보았고 가우왕이 고개를 끄덕였다.

'과연.'

마리 얀스가 톡톡 아기를 달래듯 손을 움직였다.

그에 따라 오케스트라가 연주를 시작한다.

묵직한 음으로 시작해 강약을 주어 드러나는 리듬감.

곧이어 이어지는 관악기로 동기가 반복된다.

그 뒤에는 모든 악기가 주제를 확장시킨다.

음량이 풍부할수록 더 효과적인데, 마리 얀스가 그 부분을 잘 의식한 듯 다른 오케스트라보다 훨씬 장대한 느낌을 잘 살렸다.

'지금 생각해도 잘 만들었단 말이지.'

역시 나다.

작게. 작게.

마리 얀스가 지휘봉을 든 손을 잽싸게 거두었고 로얄 콘세르트허바우는 당차게 피아노 협주곡 3번 C단조에서 가장 좋아하는 부분을 연주했다.

정확함과 풍부한 음량을 기반으로 하여 힘찬 느낌을 주는 연주다.

'바이올린 수준이 높아.'

다른 악기도 충실하지만 중간중간 돌출되는 제1바이올린이 제 역할을 훌륭히 수행하고 있다.

이만한 연주는 베를린 필하모닉 A에서나 느껴봤을 정도로 흔치 않은, 정제된 솜씨다.

피아노 때문에 잘 보이지는 않지만 마리 얀스는 뒷모습만 봐도 매우 즐겁게 보인다.

주먹을 쥐고 두 손을 부드럽게 밀고 당기며 악단을 조율해 나갔다.

바이올린이 빠르게 현을 켜 긴장감을 높여주고 관악기와 목관악기가 차례로 모습을 드러낸다.

한 번 차분해진 뒤에는 다시 팀파니와 함께 바이올린이 현을 빠르게 놀려 긴장감을 더한다.

이렇게 점층적으로 준비한 음악적 구성을 마리 얀스와 로얄 콘세르트허바우는 너무도 잘 표현했다.

그리고.

마리 얀스가 힘주어 소리를 잡아낸 뒤 가우왕을 향했다.

오케스트라의 소리가 멈추고 동시에 시작되는 가우왕의 차례.

타건에 무게가 실려 있다.

마음을 담아 연주하고 있다는 뜻.

악단과 피아노의 대화가 아름답게 시작되었다.

배도빈이 암스테르담과 가우왕의 협연에 크게 만족하고 있을 때, 콘서트홀을 방문한 인사들은 하나같이 감탄할 뿐이었다.

'좋다.'

'멋있잖아.'

귀가 즐겁고 가슴이 두근거리며 손에는 절로 힘이 들어갔다.

로얄 콘세르트허바우와 가우왕은 오케스트라와 피아니스트가 극도로 발전하면 어떤 앙상블을 들려줄 수 있는지 알려주었다.

마리 얀스는 비록 모험적인 시도는 하지 않았지만 베토벤 피아노 협주곡 3번이 가지고 있는 정열적이고 장대한 분위기를 한껏 살렸다.

각 악기가 역할을 충실히 이행했고 그로 인해 고전을 대표하는 불멸의 음악가, 베토벤의 의도가 청중들의 가슴에 깊게 새겨졌다.

그와 대화하는 가우왕도 마찬가지.

타건은 세밀했고 무게감이 있었다.

놀라울 정도의 빠른 템포로 연주함에도 모든 음계가 가슴에 파고드니 심상이 더욱 풍부한 느낌이었다.

한이슬 기자가 고개를 끄덕였다.

'충실하면서도 세련되었다는 말이 딱 어울리네.'

피아노 협주곡 3번, C단조는 베토벤이 남긴 피아노 협주곡 중 유일하게 단조로 작곡되었다.

분산화음과 빠른 진행을 활용하여 피아니스트에게 기교를

요구하는 곡으로.

오케스트라 역시 그전 시대의 곡들과 달리 피아노와 동등한 입장에서 어울리기에 바이올린은 말할 것도 없으며 플루트, 클라리넷, 오보에와 같이 주선율을 담당하는 관악기의 역할이 컸다.

마리 얀스와 가우왕은 이와 같은 곡의 특성과 그들의 연주 실력을 잘 활용해 고도로 정밀한 연주를 하고 있었다.

'춤추는 거 같아.'

한이슬 기자는 마리 얀스와 가우왕의 연주가 마치 정열적인 춤처럼 느껴졌다.

과연 세계 최고의 오케스트라 중 하나로 꼽히는 로얄 콘세트르허바우와 피아노의 황제 가우왕다운 공연이었다.

다른 사람들의 생각도 크게 다르지 않았다.

'텐션 엄청 높잖아.'

이시하라 린은 힘껏 치고 나오는 피아노와 그에 질세라 날렵하게 휘감는 바이올린에 손을 꼭 쥐었다.

'오보에랑 클라리넷이 반복하는 부분이 좋은데.'

이필호 편집장도 고개를 끄덕이며 감탄했다.

그러나 음악을 직접 하는 입장에 있는 사람들은 그들보다 훨씬 놀라고 있었다.

'대단해. 정말 대단해.'

최지훈은 2악장에 들어서 여덟 마디의 피아노 독주.

가우왕의 진가가 여실히 드러났다.

가우왕은 2악장을 시작하기 전 천천히 몸을 숙였다. 건반에 닿을 듯했고 감정이 충만해졌을 때 조심스레 건반을 눌렀다.

고요했고.

애절함이 묻어나오는 피아노 소리만이 회장을 채웠다.

빠른 곡보다 느린 곡이 연주하기 까다롭고 감동을 주기도 힘들다.

지루하게 느껴질 수도 있기 때문에 그러지 않기 위해서는 음을 표현하는 데 능숙해야만 했다.

어떤 피아니스트라도 난감해할 일이었으나 가우왕은 특유의 분위기를 확실히 전달해냈다.

그 뒤에 로얄 콘세르트허바우는 베토벤이 16분 음표, 32분 음표, 62분 음표, 128분 음표를 사용해 섬세하게 표현한 E장조 I를 마치 봄바람이 일듯 따사로이 표현하며 분위기를 확장해 나갔다.

1악장의 장대하고 정열적인 분위기에 매료되었던 이들에게는 쉬는 구간처럼 느껴졌지만 최지훈은 그저 감탄할 뿐이었다.

오늘 베를린 필하모닉과 출연하기로 예정된 거장 글렌 골드 역시 고개를 끄덕였다.

푸르트뱅글러는 팔짱을 낀 채 인상을 쓰고 있었지만 눈과 귀는 무대로 향한 채 고정되어 있었다.

이것이 현시대 가능한 가장 뛰어난 기술적 연주라는 것을 모든 음악가가 인정했다.

'저런 연주를 어떻게 이기라는 말이야.'

'이번에도 1등이네.'

'높다.'

참가 악단 연주자와 다른 음악가 모두 너무도 높은 벽을 맞이한 듯했다.

공연은 이제 대단원을 향해 나아가고 있었다.

가우왕의 독주.

풍부한 소리를 내며 저음계에서 고음계로 올라가 그곳에서 아름답게 울리는 가우왕의 피아노 소리가 이내 멈추었다.

잠시 빠졌던 왼손이 함께했고.

동시에 오케스트라가 그 음을 따라 소리 내었다.

다시 피아노 독주.

가우왕은 마치 장대비가 쏟아지는 것처럼 어마어마한 속도로 건반을 때려냈다.

본래보다 훨씬 많은 음을 더욱 빠른 속도로 연주했고 그 즉흥적인 퍼포먼스는 오케스트라의 도움을 받아 더욱 힘차게 대미를 장식했다.

약 40분에 해당하는 암스테르담 로얄 콘세르트허바우의 연주가 끝나고.

"브라보!"

배도빈이 그 누구보다 먼저 일어섰다.

OOTY 오케스트라 대전 2라운드의 빅 매치답게 언론은 뜨거웠다.

암스테르담 로얄 콘세르트허바우의 연주가 끝나자마자 수백 개의 기사가 연달아 올라오기 시작했다.

[마에스트로 마리 얀스, 왕가의 전통을 알리다]

[현대 클래식 음악은 어디까지 발전했나, OOTY 오케스트라 대전 2라운드 3조]

[미카엘 블레하츠, "놀랍도록 정밀한 연주였다. 베토벤이 남긴 장치가 되살아난 듯하다."]

[베토벤을 연주한 황제 가우왕]

[배도빈, 경쟁 악단의 연주를 듣고 가장 먼저 박수를 보내다]

[OOTY 오케스트라 대전 동시 접속자 1,700만 기록!]

쏟아지는 기사와 동시 접속자 수에 비례해 실황 중계 중인 채팅방도 무서운 속도로 글이 누적되었다.

10분 전에 올라온 기사에는 수십 개의 댓글이 달렸고 그런 현상은 지구 각지에서 공통되어 일어났다.

└뭐야. 내 40분 돌려줘요.

└고막에 꿀 발라주네;;

└크……이게 마리 얀스지. 유채화같이 다채롭고 음마다 색이 선명하다.

└진짜 음악이 이렇게까지 명료할 수 있나? 그러면서도 깊이감이 있으니 다 이해하지 못해서 안타깝다.

└가우왕 진짜 대박이네. 저런 속도로 연주하는데 벨로시티 조절 미친 수준 아님?

└괜히 황제겠냐. 배도빈한테 발린 뒤로 제대로 각성했지.

└까다롭고 성격 나쁘기로 유명한데도 피아니스트 중에 티켓 파워는 원탑인 것만 봐도 뭐…….

└도빈이 경쟁하고 있는 악단에게 진심으로 박수 보내는 거 너무 멋있다.

└정말 가슴 울리는 연주네요. 듣는 내내 너무 행복했어요.

└ㅇㅇ 나도 그거 보고 역시 배도빈이라 생각함. 인성이 됨.

└배도빈 인성? 이 기사 보고 하는 말임?

└기본적으로 애가 어렸을 적부터 주변에서 오구오구 해주면 기고만장할 텐데 이런 거 보면 좀 대단한 것 같음.

└도빈이만큼 자부심 돋는 사람도 드문데?

└ㅇㅇ 입덕을 늦게 하신 분인 듯.

ㄴ링크] 봐라. 왜 가우왕이랑 안 하냐는 질문에 눈 부라리면서 공개적으로 무안 주는 애가 인성이 되었다고?

ㄴ오늘부로 암스테르담 디지털 콘서트홀 정기 구독한다ㅠㅠ

ㄴ근데 원래 이 곡이 저렇게 이어졌나 싶네. 피아노랑 오케스트라랑 이어지는 부분이 다른 연주랑 다르게 엄청 부드러운데?

ㄴ마리 얀스랑 가우왕이 그 부분을 신경 쓴 듯. 지휘자마다 다르겠지만 의도적으로 연결성을 더 준 거 같음.

ㄴ저기 누가 분탕 치려고 하는 거 같은데.

ㄴ먹이 주지 마. 원래 도빈이 까서 관심 받으려는 애들 가끔 있음.

ㄴ와 미쳤다. 1,700만 명이 들었다고?

팬들이 이런저런 이야기를 나누는 사이, 마리 얀스와 가우왕의 연주에 깊이 감동한 최지훈은 가슴이 무거워졌다.

'이게…… 세계 최고의 무대.'

대단하다고 생각하고 있었지만 막상 직접 상대해야 하는 순간이 다가오니 어깨가 짓눌리는 듯했다.

크리크 국제 피아노 콩쿠르나 쇼팽 콩쿠르, 차이코프스키 콩쿠르 등 어려서부터 국제무대에서 활약했지만 이런 거장들의 세계에는 아직 미치지 못했다.

이제 막 프로로서 자리를 잡아가고 있는 최지훈에게 이미 긴 시간 최고로 추앙받는 이들과의 경쟁은 아무리 마음을 다

잡으려 해도 쉽지 않은 일이었다.

마음을 추스르려 핸드폰을 꺼냈는데, 마침 배도빈의 인터뷰 태도 논란에 관한 기사가 떠 있었다.

화가 날 걸 알면서도 최지훈은 그것을 눌렀고 곧 배도빈이 무슨 이유로 화를 냈는지 알 수 있었다.

너무도 즐거워하는 OOTY 오케스트라 대전의 의미를 퇴색시키는 저질 질문이기도 했지만.

결국은 최지훈이 무시당했기 때문이었다.

가슴이 더욱 무거워졌다.

'안 돼.'

그러나 최지훈은 다시 한번 고개를 저었다.

사소한 걱정 때문에 포기하면 배도빈과 함께 음악을 하고 싶다는 바람도 최고의 연주를 하고 싶다는 꿈도 이루지 못한다는 사실을 너무도 잘 알고 있었다.

그런 생각을 되뇌면 되뇔수록 진심을 다해 환호한 배도빈이 더 대단해 보였다.

"왜 그렇게 봐?"

"대단해서."

"……난 대단하긴 하지만 갑자기?"

"경쟁이잖아. 난 방금 연주 듣고 막막했는데 그렇게 기뻐하는 걸 보니까 아직 멀었구나 싶네."

최지훈의 말을 들은 배도빈은 숨을 길게 내쉬며 의자에 등을 파묻었다.

그리고 투덜댔다.

"언제까지 꿈만 꿀 거야?"

"어?"

"마리 얀스랑 가우왕 대단했지?"

최지훈이 고개를 끄덕였고 배도빈은 빈 무대를 보고 있었다.

"다음 차례인 런던 필하모닉도 대단할 거고 이따 베를린 필하모닉은 훨씬 더 멋질 거야."

배도빈이 고개를 살짝 틀었다.

의아해하는 최지훈을 보며 배도빈이 단호한 목소리로 말했다.

"너도 저 무대에 오를 사람이야. 다른 누구도 아닌 내가 인정해서. 내가 지휘하는 오케스트라에 피아노가 필요하다면 사카모토도 가우왕도 니나도 아니야."

"도빈아."

배도빈이 시선을 다시 무대로 옮겼다.

"내년 이맘때면 오케스트라를 만들 거야. 그때는 베를린 필하모닉이 아니라 내가 뽑은 사람들과 이 무대에 서겠지."

"어?"

"지금은 그때를 위한 연습이야."

'그런 생각이었구나.'

최지훈은 오케스트라를 만든다는 말을 온전히 받아들일 수 없었다.

비슷한 또래가 악단을 구성하고 세계 최고의 오케스트라가 모이는 이 무대에 오를 것을 말하고 있었다.

와닿을 리 없다.

하지만 배도빈의 말이었기에 믿을 수 있었다.

'그래서 베를린을 떠난다고 했구나.'

멀다.

아직 그림자도 찾지 못했는데 배도빈은 또 한 번 멀찍이 달아나버린 듯했다.

"그러니까 널 못 믿겠으면 날 믿어. 넌 지금 그대로도 충분해."

최지훈이 슬며시 웃었다. 그러더니 이내 쿡쿡 소리를 냈다. 곧 공연이 시작될 터라 최대한 참으려 했지만 자꾸만 삐져나오는 웃음을 막을 수 없었다.

배도빈이 인상을 쓰고 물었다.

"뭐야?"

"아니. 그게 사기꾼 같잖아."

"뭐?"

"아버지께서 그러셨는데 믿으라는 말을 자신 있게 하는 사람일수록 믿지 말라 하셨어."

"난 그래도 돼."

"그 말도 조심하라 하셨어."

"……."

심통 난 배도빈이 다리를 꼬았고 간격을 두었다가 다시 물었다.

"그래서. 어쩔 건데?"

"뭐가?"

"들어올 거냐고."

"생각해 볼게."

최지훈이 싱글싱글 웃으며 답했다.

힘든 일은 많지만, 하고 싶은 일을 하기 위해 나아가는 길은 험하지만 그 끝에 무엇이 있는지 알기에.

최지훈은 마침내 마음의 짐을 모두 내려놓을 수 있었다.

56악장

계절

두 사람의 대화가 마무리되자 곧 사회자가 다음 순서를 알렸다.

이내 런던 필하모닉이 무대에 올랐고 아직 암스테르담과 가우왕이 남긴 여운을 음미하고 있던 관객들은 아쉬움을 뒤로하고 또 다른 명가를 맞이했다.

단원들이 준비를 끝내자 마술사 아르투로 토스카니니와 예브기니 키스가 무대에 발을 디뎠다.

앞서 마리 얀스와 가우왕이 받은 환호에 못지않은 열렬한 반응이었다.

이필호가 고개를 끄덕였다.

"이 조합도 만만치 않지."

"네. 토스카니니와 키스는 여러 번 호흡을 맞췄으니까요."

정세윤의 말대로 두 사람은 오랜 인연을 이어왔다.

키스는 유럽뿐만이 아니라 북미, 동북아시아에서도 활발히 활동하는 피아니스트로 여태 여러 거장과 함께했었다.

그가 어렸을 적 노년의 헤르베르트 카라얀과 협주곡을 맞추기도 했을 정도로 정석적인 연주를 하기로 유명했다.

특히 아르투로 토스카니니와는 뉴욕 필하모닉에 재직하고 있을 당시 해마다 공연을 함께했을 정도로 친밀한 관계를 유지했었다.

그런 만큼 두 사람을 서로를 가장 잘 이해하였다.

"게다가 예브기니 키스의 장기인 쇼팽이네요."

"음. 좋은 곡이긴 한데……. 좀 이상하긴 해."

"뭐가요?"

"쇼팽의 피아노 협주곡 1번이 멋진 곡이긴 해도 피아노에 집중되다 보니 오케스트라는 역할이 적을 수밖에 없거든."

차채은은 좀 더 자세히 묻고 싶었지만 박수 소리가 잦아들어 그럴 수 없었다.

토스카니니가 두 팔을 들었다가 지휘봉을 크게 휘둘렀다.

마법을 부리는 듯한 그 모습과 함께 쇼팽의 피아노 협주곡 1번이 시작되었다.

'쯧쯧. 시작부터 망쳐 놓았구만.'

푸르트벵글러가 토스카니니를 한심하게 쳐다보았다.

토스카니니의 손짓은 열정적이었다.

런던 필하모닉이 낸 구슬픈 멜로디가 무게감 있게 콘서트홀에 스며들었다.

다소 긴 오케스트라의 전주가 잦아들고 마침내 예브기니키스의 독주가 시작되었다.

엇갈리는 박자와 섬세한 터치에서 전해지는 애수 어린 쇼팽의 마음은 강하고 약해졌다.

첼로의 부드러움 음색이 피아노 아래 자욱하게 깔리고.

그제야 차채은은 이필호에게 묻고 싶었던 질문의 답을 스스로 얻을 수 있었다.

'이런 식으로도 할 수 있구나.'

평론을 본격적으로 시작하면서 여러모로 공부하고 있긴 했지만 차채은의 교과서는 항상 배도빈이었다.

배도빈의 음악은 언제나 혁신적이었고 차채은이 고정관념을 가지지 않도록 해주었다.

그러나 그러다 보니 현세대 다른 거장이 어떻게 곡을 해석하는지에 대해서는 공부가 부족할 수밖에 없었다.

그러나 런던 필하모닉의 연주를 들을수록 아르투로 토스카니니의 생각을 유추할 수 있었다.

배도빈이나 푸르트벵글러였다면 대회 취지에 맞게 곡을 과감히 변형시켜 오케스트라와 피아노의 조화를 꾀했을 것이었다.

그러나 토스카니니는 악보 그대로 더욱 깊숙이 파고들어 피아노를 더욱 부각시켰다.

그러면서 자연스레 런던 필하모닉은 조연이 될 수밖에 없었는데, 예브게니 키스의 애절한 피아노가 더욱 두드러져, 결과적으로는 심금을 울렸다.

차채은은 이 역시 다른 방향의 과감함이라고 판단했다.

그 생각은 비록 정리되지는 않았지만 어느 정도 거장, 아르투로 토스카니니의 의도에 부합했고.

그를 잘 알고 있는 사카모토 료이치도 같은 생각이었다.

'피아노 협주곡의 주인공은 피아노란 말인가.'

사카모토는 같은 시대를 이끌었던 마술사의 지휘에 슬며시 고개를 끄덕였다.

너무나 진부한 생각이지만 동시에 오늘날 아르투로 토스카니니만큼 악부에 철두철미한 이도 드물었다.

암스테르담의 마리 얀스나 시카고의 제르바 루빈스타인 등 대부분의 지휘자가 적절한 변형을 지향했고.

베를린 필하모닉의 푸르트벵글러와 배도빈은 모든 부분에 있어서 혁신을 거듭했다.

아르투로 토스카니니와 브루노 발터 같은 고전주의자들은 옛것을 유지, 더욱 잘 표현하기 위해 노력했고 그러다 보니 자연스레 고유한 성격을 띠게 되었다.

이 역시 분명 음악사에 한 줄기임에 분명했다.

'젊은 날로 돌아온 것 같군.'

사카모토 료이치는 아르투로 토스카니니와 예브기니 키스에 이끌렸다. 마치 시간을 되돌려 근대의 공연장에 온 듯한 착각이 들었다.

그러나 사카모토는 아쉬움을 달랠 수 없었다.

당시의 기억과 음악적 소양을 갖춘 자신은 이 기분을 느낄 수 있지만, 그래서 토스카니니의 이러한 연주를 좋아하기도 하지만.

다른 관중이 이런 기분을 느낄 수 있을지에 대해서는 회의적이었다.

연주가 끝나고.

관객들이 박수를 보냈다.

레몽 도네크는 아르투로 토스카니니 옆에서 자기의 역할을 다해내고 있었다.

베를린에 있을 때와 다름없이 그가 바라는 길을 향해 나아가는 듯하다.

서운하지만 그의 행동이 본인을 위한 것이라면 이제 나도 단원들도 그를 놓아주는 게 옳은 일이겠지.

"도빈아, 밥 먹으러 가자."

일어나 나가는데 사람이 워낙 많아 출구가 번잡했다.

"붐비네."

"조금만 지나면 괜찮아질 거야. 다들 줄 서 있고."

줄은 서 있는데 여러 개다.

사람들 사이에 막혀 길이 생기길 기다리는 도중 옆에서 환호성이 들렸다.

"아, 토스카니니다."

안 보인다.

최지훈이 레몽 도네크와 예브기니 키스도 함께 있다고 덧붙여 말해주었다.

"기자들이 몰려서 더 번잡한가 봐."

"민폐."

소소가 이마를 잔뜩 찌푸리며 말했다.

오후 공연 전까지 2시간 정도 간격이 있기에 모두 점심을 먹으려고 할 때, 뒷문이 아니라 굳이 정문으로 나선 아르투로 토스카니니에 대한 질타였다.

나도 심히 공감하지만 정작 팬과 기자들은 좋아하고 있다.

"멋진 연주를 들려주셨습니다. 오늘 결과에 대해 어떻게 예상하십니까?"

"누구나 쉽게 예상할 수 있는 일 아닌가? 런던 필하모닉이 1위, 로얄 콘세르트허바우가 2위, 베를린은 꼴지요."

저 늙은이가 노망이 났나.

"벌써부터 오늘 지휘하신 쇼팽 피아노 협주곡 1번에 대한 찬사가 이어지고 있습니다. 무엇을 염두에 두셨습니까?"

"악보요."

"네?"

"음악을 하는 데 악보 이외에 필요한 건 없소. 마음대로 악보를 고치는 불한당들이 정신 좀 차렸으면 좋겠군."

"아아."

다들 아르투로 토스카니니의 답에 감탄했다.

"뭔가 대단한 사람이네."

최지훈이 황당한 얼굴로 반어적 표현을 썼다.

그 말대로 음악은 들어줄 만하지만 몹시 불쾌한 인간이다.

"노망난 늙은이지."

"맞아."

"우, 우승은 베를린 필하모닉이 할 거예요."

소소와 나윤희가 내 말에 동조했고.

"흐아아암. 좋은 연주였나? 난 좀 지루했는데."

진달래는 늘어지게 하품을 했다.

마리 얀스의 연주를 듣고 어깨와 고개를 들썩이던 반응과는 사뭇 대조적이다.

아는 만큼 들리는 것도 사실이고 음악을 깊게 이해하기 위해서는 청중에게도 어느 정도의 수준이 필요하긴 하나.

음악은 대중을 향한 일.

그들만이 향유할 수 있는 음악에는 한계가 있을 수밖에 없고 그것이 내가 런던 필하모닉을 높게 사면서도 불쌍히 여기는 이유다.

여러 이유가 있겠지만 클래식 음악 시장이 조금씩 줄어든 데 영향이 없진 않으리라.

그때 익숙한 목소리가 어색한 독일어 발음으로 물어 왔다.

이시하라 린이다.

"배도빈 악장! 오늘 오전 연주 어떻게 들으셨나요?"

의기양양한 표정이 저런 말을 듣고도 가만있을 거냐고 묻는 듯하다.

역시 다른 기자들과 달리 나를 어떻게 대해야 하는지 잘 알고 있다.

굳이 나설 생각은 없었지만 이렇게 판을 마련해 주었는데 가만히 있을 내가 아니다.

"암스테르담 로얄 콘세르트허바우의 연주는 더할 나위 없이 좋았습니다. 장치는 정밀했고 음을 다루는 일은 그보다 나을 수 없을 것 같네요."

슬쩍 아르투로 토스카니니가 있는 방향을 보고 다시 입을 열었다.

"런던 필하모닉도 다시 보게 되었습니다. 자장가를 이렇게 잘 연주할 줄은 몰랐네요."

내가 말을 뱉은 순간 이시하라 린의 동공이 커졌고 입에는 웃음이 걸렸다.

주변을 감싸고 있던 팬들과 기자들도 눈을 크게 떴다.

"뭐라고?"

아르투로 토스카니니가 쇠가 긁히는 듯 갈라진 목소리로 성을 냈다.

"푸르트뱅글러와 붙어 있더니 건방이 하늘을 찌르는구나!"

푸르트뱅글러에게 배웠다니.

그간 어울리고 싶지 않아 무시했더니 다들 날 얌전한 고양이로 생각하는 모양이다.

"네 녀석 얼굴 좀 보자!"

토스카니니가 기자들을 밀치며 다가왔다. 그 뒤에 레몽 도네크도 함께 서 있다.

"내 연주가 자장가였다고?"

재정 독립을 하여 인터플레이와의 일을 적당히 모른 척 넘어가 주었건만 주제도 모르고 자꾸만 시비를 걸어오는 통에 더는 참아줄 수 없었다.

더욱이 그것이 나의 베를린 필하모닉에 대한 모욕이라면 더 더욱.

"하품이 다 나오더라고요."

토스카니니의 눈알이 튀어나올 것 같다.

"사과해라."

레몽 도네크가 말했다.

그에게로 시선을 돌리자 꽤 화난 듯한 표정을 볼 수 있었다.

"이런 일도 했었나?"

"이런 일?"

"……런던 필하모닉은 최고의 연주를 했다. 그걸 네가 모를 리 없을 텐데."

"최고라니. 부끄러운 줄 아세요. 레몽 도네크 씨."

그가 왜 떠났는지 안다.

지휘봉을 잡기 위해 그가 진실된 마음으로 노력했다는 것도 안다.

하지만 그렇기에 이렇게 자리가 마련되었을 때 한마디 해줘야겠다.

"뭐라고?"

"대체 푸르트벵글러에게 뭘 배운 거예요? 당신이야말로 이런 연주나 하려고 말도 없이 런던으로 간 겁니까?"

"뭐라고!"

아르투로 토스카니니가 발을 구르며 역정을 냈다.

그를 노려보며 물었다.

"2악절로 구성된 제1주제의 전반부, 바이올린에 포르테를 넣었죠? 악보대로 후반부에는 레가토 에스프레시보로 대조를 이뤘네요."

"그래! 그게 뭐 어떻다는 말이냐!"

"그래서 그 연주가 사람들 마음을 움직였다고 생각합니까?"

말을 하면서도 기가 찬다.

"방금 이 대화가 무슨 의미인지 아는 분 계십니까?"

주변을 둘러보았다.

아무도 답이 없다.

문장 자체의 의미야 아는 이도 모르는 이도 있을 테지만 왜 그래야만 하는지에 대해 설명할 수 있는 사람은 없을 것이다.

하지만 토스카니니와 레몽 도네크는 악보대로 연주했고 여기 있는 청중들은 아무런 의미도 찾지 못한 채 감동도 없이 들었을 뿐이다.

이들만큼 지식도 없고.

이미 익숙한 대조이기 때문에 응당 느껴야 할 감정을 못 느꼈으리라.

"대조를 넣을 거라면 좀 더 격차를 주었어야죠. 예전처럼 연주하니 뻔해지는 거 아니에요."

"악보대로 연주한 걸 모르고 하는 말이냐! 네가 작은 성공으로 쇼팽을 기만하는구나!"

목소리 한번 크네.

토스카니니의 쇳소리 같은 목소리가 거슬린다.

"쇼팽을 기만하고 무시하는 건 당신이죠. 그 멋진 피아노를 남이 만든 관현악 악보대로 연주하다니. 악보에 충실하면 작곡가를 존중하는 겁니까?"

나는 나 외에 그 누구도 내가 적어놓은 악보대로 연주하길 바라지 않는다.

같을 수도 없으며, 그걸 내 연주라고 하는 것은 나에 대한 모욕이다.

동시에 그걸 연주하는 본인의 음악성을 스스로 부정하는 거다.

"전통을 지킨다는 말에 매몰돼 듣는 사람에 대한 배려는 조금도 없으면서, 그것을 어떻게 최고의 음악이라 할 수 있습니까."

토스카니니를 보며 외쳤고.

레몽 도네크를 꾸짖었다.

"다시 한번 묻습니다, 레몽 도네크 씨. 당신은 마에스트로 빌헬름 푸르트벵글러에게 뭘 배운 겁니까?"

그간 하고 싶었던 말을 쏟아붙였다.

"당신은 누구를 위해 무대에 오릅니까?"

♪

배도빈의 목소리가 메아리가 남은 듯 로비에 있는 모든 사람의 귀에서 반복되었다.

고요했다.

'무엇을 위하냐고?'

레몽 도네크는 쉽게 대답할 수 없었다.

무대에 오르는 행위는 연주를 들려주기 위함이었다. 듣는 사람에게 즐거움, 슬픔, 절망, 환희와 같은 여러 형태의 감동을 주기 위해서였다.

그러나.

"소란스럽군."

그때 굵고 낮은 목소리가 로비에 묵직이 울렸다.

폭군 빌헬름 푸르트벵글러와 베를린 필하모닉이 한쪽에 서 있었다.

모두의 시선이 그에게 쏠렸다.

푸르트벵글러는 레몽 도네크를 보다가 고개를 돌려 배도빈을 보았다.

천천히 걸어 나와서는.

"수고했다."

배도빈을 이끌었고 레몽 도네크를 지나치다 이내 걸음을 멈추었다. 돌아보지 않았고 앞을 볼 뿐이었다.

"늘었더구나."

푸르트뱅글러의 말이 누구를 향한 것인지 로비 안의 모든 사람이 알 수 있었다.

푸르트뱅글러가 다시 걸어 나가자 레몽 도네크가 주먹을 꽉 쥔 채 옛 스승을 멈춰 세웠다.

"……선생님도 제 연주가 틀리다고 생각하십니까?"

푸르트뱅글러는 답하지 않았다.

"악보에 충실하고 전통을 지키려는 것이 그렇게 잘못된 겁니까? 지금의 베를린이 정녕 베를린 필이라 믿으시는 겁니까?"

"레몽!"

케르바 슈타인이 나섰으나 푸르트뱅글러가 그를 저지했다.

"세프……."

푸르트뱅글러는 레몽 도네크를 안타깝게 바라보았다. 그 감정이 목소리에 묻어나왔다.

"베를린 필하모닉의 정신은 팬들에게 있다. 팬이 이해하지 못하고 감동할 수 없다면 악단으로서의 의미는 조금도 없다. 아무리 훌륭한 연주를 하더라도 말이다."

푸르트뱅글러가 다시금 걷기 시작했고 기자들은 흥분하여 런던과 베를린에 나뉘어 붙기 시작했다.

"마에스트로! 레몽 도네크와 베를린 필하모닉의 불화가 사실이었습니까?"

"배도빈 악장! 런던 필하모닉의 연주가 자장가라고 발언하신 것에 대한 설명 좀 부탁드립니다!"

"마에스트로! 베를린 필하모닉을 견제하는 건 추구하는 방향이 다르기 때문입니까?"

"먼저 공격하셨는데 아무 말씀도 없으신 이유가 무엇입니까?"

레몽 도네크는 그야말로 난리가 난 로비의 한가운데에서 멍하니 서 있었다.

오래된 기억에 잠식되어 움직일 수 없었다.

"선생님의 베토벤은 언제 들어도 참 대단한 것 같습니다. 이번 연주회는 정말 완벽했습니다."

"나야 언제나 대단하지. 당연한 말 말고 정리나 해."

"하하. 알겠습니다. 그럼 이 악보는 잘 보관해 두겠습니다."

"그걸 왜?"

"다음에도 써야 할 테니까요. 두고두고 익혀 단원들이 더욱 잘 연주하도록 연습시키겠습니다."

"사무국 기록실에나 처박아 둬. 다음엔 다르게 갈 거니까.

으음…… 빠빠빠빰이 좋겠군."

"예? 이렇게나 완벽한데요?"

"쯧쯧. 이미 일주일씩이나 연주했고 음반으로도 나올 텐데 뭐 하러 다시 연주하나? 다음에는 다르게 가야 사람들도 즐거워하지."

"하지만 이렇게나 좋은 악보를……."

"뭐, 언젠가 다시 쓸 때가 있겠지. 하지만 레몽, 내일은 아니야. 그 악보를 꺼낸다 해도 똑같이 연주하는 일도 없을 테고."

"아깝지 않습니까? 분명 이 악보를 그리워하는 사람이 있을 겁니다."

"전혀. 아무리 좋은 곡도 반복하면 식상할 뿐이지."

"……."

"그러고 보니 이 부분은 여전히 아쉽군. 의도만큼 풀리지 않았어."

"그렇지 않습니다. 정말 완벽한 구조입니다."

"완벽한 음악은 없어. 베토벤이 이 부분을 만들었을 때 사람들이 놀라길 바랐지 구조적인 완벽함을 알길 바랐을까?"

"그건……."

"자넨 귀도 좋고 심상도 풍부하고 또 잘 표현하지만 그게 문제야. 잘 기억해 둬."

"네."

"지휘를 잘하는 비밀은 청중이 이런 이론을 몰라도 느낄 수 있게 하는 거야. 가슴에 딱 새겨주는 거지. 듣는 사람도 복잡하게 생각할 필요 없네. 그저 느낀 대로 즐기면 되는 거야."

"잘 모르겠습니다."

"다시 말하지. 어려운 걸 그대로 푸는 건 쉬워. 위대한 음악가는 악보에서 작곡가의 의도를 찾아내 그걸 청중들에게 쉽게 들려주지. 영혼이 이끄는 대로 자연스럽게. 그저 악보를 연주할 뿐이라면 위대한 음악가는 있을 수 없다는 말이야."[1]

배도빈, 푸르트벵글러와 토스카니니, 레몽 도네크의 논쟁은 실시간으로 중계되어 세계 각지에 퍼졌다.

작년 한 해 라이벌로 부상하면서 이슈가 되었던 두 악단이었던 만큼 파장은 클 수밖에 없었다.

여론은 또다시 베를린과 런던으로 나뉘어 논쟁을 이어나갔으며 언론은 좋은 기회를 놓칠세라 바삐 움직였다.

....

1) 빌헬름 푸르트벵글러(1886~1954):
예술은 비민주적이나 인간을 향한 일이다. 큰 뜻을 표현하는 일은 가장 단순한 방법만이 가능하다. 복잡한 것은 노변에 놓일 뿐. 위대한 음악은 마음속에 있다.
Die Kunst ist eine undemokratische Sache. Und doch wendet sie sich ans Volk. Das Geheimnis ist, dass das Einfachste nur der Größte aussprechen kann-und das Komplizierte auf der Straße liegt. Die Größe liegt in der Seele.

그에 따라 클래식 음악 팬들은 인터넷을 통해 서로의 생각을 주장 또는 강요했다.

┗배도빈 말 한번 시원하게 하네. 심심한 연주 할 거면 대체 공연은 왜 하는데?

┗기사 여러 개 찾아봤는데 결국 런던 쪽은 악보를 깊이 있게 파고들어 그 안에서 완벽을 추구하는 거고 베를린은 시대랑 작곡가의 의도에 중점을 두고 음악을 쉽게 한다는 뜻이네.

┗확실히 베를린 음악이 뭔가 가슴을 움직이게 하지.

┗악보를 깊이 있게 파고드는 게 나쁜 건 아닌 거 같은데.

┗나도 같은 생각임.

┗근데 난 런던 필하모닉 음악 들으면 공부하는 거 같아서 별로임. 베를린 필하모닉이 그냥 느끼기 쉬움.

┗악보에 국한되어서 그럼. 솔직히 작곡가가 의도한 게 지금에 와서는 잘 드러나지 않을 수밖에 없어. 워낙 자극적인 걸 많이 들었으니까.

┗시대연주를 한다고 해서 못 알아듣는 건 아니지. 교양이 없어서 그런 거임. 모르면 배워.

┗난 그냥 편하게 듣고 싶은데.

┗결국엔 베를린 필이 추구하는 것도 그거임. 그냥 편하게 들을 수 있게 직관적이고 효과적으로 편곡하는 건데 난 이게 옳다고 봄.

┗악보에 집중했다고는 하는데 잘 모르겠다. 그냥 베를린 음악이 더

감동적인데, 나만 이해 못 하나?

　└ㅇㅇ 너만 이해 못 함.

　└솔직히 음악 아는 사람일수록 런던 필하모닉이 얼마나 대단한지 알 거다. 악보 내에 있는 정보를 최대한 살려서 연주하는 게 쉬운 줄 아냐?

　└그러니까 매번 똑같지. 그럴 거면 비싼 돈 내고 시간 할애하면서 왜 직관하는데? 집에서 음반 듣고 말지.

　└그건 네가 막귀라서 그래. 현장에서 듣는 거랑 음반으로 듣는 거랑 같냐?

　└직접 듣는 거랑 음향기기로 듣는 거랑 다를 수밖에 없지. 근데 본질은 어떤 음악을 하느냐가 중요한 거야. 변화도 없이 고여 있기만 하면 그 수많은 악단이 왜 필요한데?

　└다 필요 없이 성적으로 증명된다. 베를린 필하모닉이 리빌딩한 뒤로 디지털 콘서트홀 방문객 수가 급증했음. 런던 필하모닉과는 비교도 할 수 없고.

　└그렇게 자극적인 것만 찾는 것도 문제야.

　└왜, 마약이라고도 하지?

　└음악사를 뒤져 보면 위대한 음악가는 모두 변화를 추구했음. 모차르트, 베토벤, 슈베르트, 쇼팽 모두. 그 사람들로 인해 새로운 시대가 왔고. 지금은 고전(클래식)이라 묶여 있지만 우리가 지금 듣는 곡들 당시에 혁신적이었음.

　└그걸 왜 변형시키냐는 말이잖아. 그대로도 훌륭한 걸.

ㄴ시대에 맞춰서, 연주회마다 달리 연주하는 게 어떻게 변형이냐? 그런다고 원곡이 달라지니?

ㄴ맞아. 모든 악단이 모든 연주회를 똑같이 연주하면 그게 뭔 재미야?

ㄴ시대를 초월한 가치는 분명 있음. 하지만 과거 음악가들이 남긴 곡도 보존해야 하고. 하지만 깊게 공부할수록 생각이 달라지. 악보로 남은 것을 넘어서 과거 거장들이 어떤 생각을 했는지 이해하면 자연스레 그거에 집중하게 되고 기록보다는 그 정신을 좇게 됨.

ㄴ말은 번듯해도 그거 전부 주관적인 거잖아.

ㄴ네가 말했네. 그럼 예술에 정답이 있냐? 음악 하는 사람이 그 주관으로 색을 드러내지, 그런 거 없으면 음악은 대체 왜 하는데?

ㄴ그건 맞는 말이네.

논쟁 속에서 상대방의 입장에 수긍하는 사람도 있었다.

그러나 베를린 필하모닉과 런던 필하모닉은 각자가 추구하는 가치를 버릴 수 없었다.

그것을 신념으로 삼아 매일 10시간 이상 수십 년을 달려온 이들이었기에, 그들이 할 수 있는 일이라고는 무대에 오르는 것뿐이었다.

역사에 남을 거장이라는 빌헬름 푸르트뱅글러, 마리 얀스, 사카모토 료이치, 제르바 루빈스타인, 브루노 발터, 아르투로 토스카니니 그리고 배도빈이 말도 아무런 의미가 없었다.

무엇이 옳은지 판단하는 일은 시대와 사람만이 할 수 있었다.

그리고 마침내.

이 기나긴 논쟁을 일단락할 때가 도래했다.

"오래 기다리셨습니다. 오늘의 마지막 차례, 피아니스트 글렌 골드와 베를린 필하모닉 A를 모시도록 하겠습니다. 연주곡은 베토벤 피아노 협주곡 5번입니다."

사회자의 소개 뒤에 베를린 필하모닉의 단원들이 무대에 올라섰다.

마지막 점검을 마치고 모든 단원이 조금도 움직이지 않은 채 엄숙히 눈을 감았다.

"살벌한데?"

"그런 일이 있었으니까."

관객들이 베를린 필하모닉의 존재감에 압도되어 있을 때 빌헬름 푸르트벵글러가 피아니스트 글렌 골드와 함께 모습을 드러냈다.

두 거장을 환영하는 소리가 콘서트홀을 가득 채웠고 푸르트벵글러는 관객들에게 인사를 한 뒤 돌아섰다.

박수 소리가 멈췄고.

폭군은 오른쪽에서부터 자신의 기사들과 하나하나 시선을 교환했다.

현세대 최고의 거장이 주는 신뢰의 눈빛에 단원들은 잡념을 잊고 자부심을 채워 오직 연주만을 생각할 수 있었다.

푸르트뱅글러의 시선이 케르바 슈타인에 이어 오랜 친구 글렌 골드에게 닿았다.

글렌 골드가 고개를 끄덕여 보였고 푸르트뱅글러는 두 주먹을 힘차게 뻗어.

베토벤이 남긴 마지막 피아노 협주곡.

카이저(Kaiser: 황제)의 시작을 알렸다.

베를린 필하모닉이 폭죽을 쏘아 올렸고, 글렌 골드의 피아노가 날갯짓하였다.

이번에는 좀 더 크게.

베를린 필이 더욱 큰 포탄을 쏘아 올리자 피아노의 날갯짓은 더욱 화려해졌고.

다시 한번 더욱 크게.

아름다운 불꽃을 수놓은 하늘로 여러 산새가 비상해 올랐다.

축제가 시작되었다.

베를린 필하모닉의 연주는 수채화 같았다.

단 하나의 음조차 허투루 넘기는 법이 없었다.

정교하게 표현된 오케스트라와 피아노는 본연의 음색을 충분히 낼 수 있었고 그것이 선명한 색채감을 느낄 수 있는 원동력이 되었다.

빌헬름 푸르트벵글러는 위대한 베토벤의 의지를 이어받아 그의 피아노 협주곡 5번이 가진 수직적, 수평적 진행을 과감히 이어나갔다.

그것이 입체감을 주어, 듣는 사람으로 하여금 각자의 심상 속으로 빠질 수밖에 없도록 강제했다.

그 속에서 악성이 무엇을 추구했는지 명확해졌다.

현대를 대표하는 오케스트라의 연주로 인해, 배도빈은 오래전 기억을 떠올릴 수 있었다.

1809년 빈.

"축하하네."

"매년 4천 플로린이라니. 출세했군. 출세했어."

"이번 달부터 수령한다지?"

세상이 마침내 나의 위대함을 이해하기 시작했다.

빈과 오스트리아에 거주하는 조건으로 평생 연금을 받을 수 있게 되었다.

생활고를 겪지 않고 저축도 넉넉히 할 수 있을 것이다.

"호들갑 떨지 말게. 고작 이 정도로 만족할 내가 아니지."

"하하하하! 루이 이 친구 욕심 많은 건 알아줘야지! 내 자네가 여행 계획을 세우고 있는 걸 모를 줄 알았나?"

확실히.

그간의 노력을 조금이라도 보상받는 듯한 기분이다.

그러나 작은 성공에 만족할 리 없다.

명예와 돈이 가까워지는 만큼 멀어지는 소리가 재촉한다.

시간이 얼마 남지 않았다고.

조금이라도 많은 소리를 기억해 두라고 말이다.

집으로 돌아오자마자 피아노 앞에 앉았다.

평소처럼 건반을 누르려다가 손을 멈췄다.

언젠가는, 언젠가는 소리를 못 듣는 날이 올 것이다.

그날에 이르러서도 내 영혼은 곡을 써야만 위로받을 테고, 루트비히로서 살아가기 위해 다른 길은 없다.

'피아노 없이 작곡하는 법을 익혀야 해.'

쉽지 않겠지만 나라면 가능할지도 모른다. 아니, 그래야만 한다.

일어나 책상 앞에 앉았다.

음을 떠올려 보자.

두 달 뒤.

상상만으로 곡을 작곡하는 데 어려움을 겪어 신경이 온통 날카로워 있는데 루돌프 대공의 하인이 아침부터 호들갑을 떨었다.

"마에스트로! 마에스트로! 큰일 났습니다!"

크게 말하는 것만은 마음에 든다.

"무슨 일인데 그러나."

"커피나 마실 때가 아니라고요! 나폴레옹이 쳐들어왔습니다! 전쟁이라고요!"

그의 말이 끝나기도 전에 우레와 같은 소리가 연이어 울렸다.

인간성이라고는 조금도 없는 폭력에 귀를 송곳에 찔린 듯했다.

"괘, 괜찮으십니까?"

바로 대답할 수 없었다.

"……루돌프 대공은?"

"모두 피난 가셨습니다. 대공께서 마에스트로를 모시고 탈출하라 하셨습니다."

"피난이라니. 그럼 그 돼지 새끼는 누가 막고."

"아이고! 그 나폴레옹을 누가 막는단 말씀이십니까? 왕께서도 다른 귀족도 모두 대피하셨어요. 오래 못 버틸 겁니다. 어서 준비하세요!"

"뭐라?"

납득할 수 없었다.

왕과 귀족이라는 작자들이 저항은커녕 도망이나 치다니.

빈에 사는 수많은 사람은 어찌하란 말인가.

"마에스트로!"

"난 떠나지 않네. 돌아가 루돌프 대공에게 잘 있을 테니 걱정 마시라 전하게."

"아이참! 지금 고집 피우실 때가 아니라니까요!"

"시끄러워! 더러운 돼지 새끼 때문에 작업을 중단할 순 없지."

루돌프 대공에게 전할 편지를 휘갈겨 적은 다음 하인을 내쫓듯이 보냈다.

쿠쿵! 쿠구구쿵!

그리고 얼마 안 되어 다시금 포탄이 떨어지기 시작했다.

더 이상 충격을 받아서는 내 병이 더해질지 모른다.

포탄이 멈추길 기다리며 베개로 귀를 막았다.

소용없었다.

나폴레옹의 빈 점령과 이후 오스트리아의 반격으로 인해 당시 빈은 폭음과 화약 냄새로 가득했다.

피아노 협주곡 5번이 완성되기 직전이었고, 베토벤은 그것을 완성하기 위해 빈에 남았다.

불멸의 음악가는 전쟁으로 인한 폭음에서 악화되는 청력을 보호하기 위해 책상 밑으로 들어가 베개로 귀를 감싸고 곡을 적었다.

약속받았던 평생 연금을 수령할 방법조차 없어 생활고까지 겹쳤고 음식과 생필품조차 구하기 어려웠던 시기에.

베토벤은 더 할 수 없을 만큼 피아노 협주곡 5번을 치밀히 준비했다.

전쟁의 포화도 영혼을 불사른 악성을 막을 수는 없었다.

음악적 긴밀성과 구조적 장치는 완벽하게 맞물렸고 20세기까지 영향을 미칠 정도로 숱한 작곡가들에게 지침과 영감이 되어주었다.

그러나 연주되는 음악은 더없이 단순했다. 추구하는 바도 그러했다.

푸르트뱅글러는 그것을 극대화하기 위해 주 멜로디를 더욱 키웠고 글렌 골드와 베를린 필하모닉은 그 요구에 적절히, 유기적으로 반응했다.

완벽한 앙상블이었다.

'정말 대단한 친구야.'

당연하게도, 명사 사카모토 료이치는 빌헬름 푸르트뱅글러가 얼마나 많은 준비를 했는지 알 수 있었다.

감탄을 넘어서 음악을 하는 사람으로서 존경할 수밖에 없었다.

황제.

후대 사람들은 감동한 나머지 베토벤의 피아노 협주곡 5번이야말로 황제라며 그와 같은 이름을 명명했다.

곡이 만들어진 배경과 곡의 분위기와는 어울리지 않았지만.

사카모토 료이치는 베를린 필하모닉이 연주하는 베토벤 피아노 협주곡 5번이라면 황제라 부를 만하다고 생각했다.

황제는 단순하고 명쾌한 곡이었다.

그 안에서는 희망과 환희를 물씬 느낄 수 있었다.

그러나 이 곡을 바닥까지 이해하고 완벽히 들려주는 악단은 몇 없었다.

적어도 사카모토 료이치는 베를린 필하모닉만큼 연주할 수 있는 악단은 없을 거라 확신했다.

너무도 가혹한 시기에 만들어진 곡이기에 다른 어떤 곡보다 베토벤의 당시 상황을 이해해야만 했고.

그것을 반영하기 위해서는 악보를 건드는 지휘자의 역량과 그것을 표현하는 연주자들의 실력이 높이 요구되었다.

'깊이 있는 해석이라 함은 이런 걸 뜻하겠지. 베토벤이 들었다면 자네에게 고마워할 것일세, 빌헬름.'

사카모토가 슬슬 생각하기를 그만두고 베를린 필하모닉이 펼치는 심상에 몸을 맡겼다.

한편.

일찌감치 연주를 마치고 차분히 다른 악단의 연주를 감상하고 있던 마리 얀스도 놀라긴 마찬가지였다.

그 역시 오래 준비했고 베토벤의 피아노 협주곡을 완성시키기 위해 부단히 노력했지만 푸르트뱅글러의 베토벤 피아노 협주곡 5번은 사소한 부분에서도 치밀하게 준비되었음을 알 수 있었다.

'베토벤만큼은 누구에게도 밀리지 않다고 생각했건만. 역시 자네가 없는 오케스트라 대전은 상상할 수 없네. 푸르트뱅글러.'

마리 얀스가 고개를 끄덕였다.

사카모토와 마리 얀스만의 생각이 아니었다.

음악을 깊게 아는 사람일수록 이 밝고 아름다운 연주를 위해 얼마나 많은 기술적, 음악적 지식이 압축되어 있는지 알 수 있었다.

과연 세계 최고의 오케스트라 베를린 필하모닉.

뛰어난 음악가인 레몽 도네크가 그것을 모를 리 없었다.

스승 푸르트뱅글러의 위대함을 다시금 확인하는 순간이었다.

이런 지휘를 할 수 있음에도 왜 변화를 추구하는지 모를 일이었다.

푸르트뱅글러의 연주를 듣고 있자니 목 아래가 묵직해졌다.

항상 그러했지만 곡을 만드는 일보다 중요한 것은 없었다.

포탄도 총성도 군대가 행군할 때 울리는 진동마저 배제하기 위해 노력했고, 아이러니하게도 그 환경이 내게 피아노 없이 작곡할 수 있는 계기가 되기도 했다.

'뭘 연주해도 시끄러워 들리지 않았으니까.'

아무튼 그렇기 때문에 여러 장치를 활용하기도 했는데, 푸르트벵글러는 그것을 철저히 감추었다.

그래 봤자 수준급 음악인들은 알아볼 수 있지만 중요한 건 그런 치열한 준비가 아니었다.

희망을 노래하는 주제와 그것을 확장시키는 오케스트라와 피아노의 대화가 청중에게 닿을 수 있는가.

푸르트벵글러는 내 의지를 잘 이해하고 주 멜로디를 키우며 다른 요소는 배제했다.

어찌 보면 악보에 충실한 연주다.

하지만 내가 만든 악보 자체가 작곡 당시 힘들었던 나를 감추고 대중들에게 희망을 주자는 것이었으니.

결국에는 나와 사카모토, 푸르트벵글러의 기본 정신에 부합되기도 한다.

연주가 끝났다.

누가 먼저라 할 것도 없이 회장은 행복한 웃음으로 가득했고.

경의와 감사를 다해 베를린 필하모닉과 글렌 골드에게 박수를 보냈다.

나도 내 의도를 이렇게나 잘 표현해 준 동료와 글렌 골드에게 감사를 표했다.

"으아아아."

최지훈이 앓는 소리를 내기에 고개를 돌렸다.

"또 걱정되는 거야?"

"아니."

말뿐만이 아니라 표정도 전과 다르다.

무엇이 계기가 되었는지는 모르겠지만 어제와 오늘이 무척 다르게 느껴진다.

"……결과는 어떻게 될까?"

"베를린이 1위야."

오래 이어진 논쟁.

사실, 정답이 없다는 것쯤은 누구나 알고 있다.

이번 3조의 결과만으로 누가 옳은지 판가름할 수 있는 것도 아니다.

다수가 진실이 아닐 때도 있으니까.

하지만 음악가란 답이 없기에 답을 찾으려 애쓸 수밖에 없는 불쌍한 존재다.

동시에 평생 그 고난의 길을 걸어 답에 근접하기에 위대한 존재이기도 하다.

잠시 뒤.

오케스트라 대전 최고의 경쟁의 결과가 발표되었다.

"오래 기다리셨습니다. 그 어느 때보다도 치열했던 OOTY 오케스트라 대전 2라운드, 3조의 결과를 발표하겠습니다. 총투표 수는 3,804,187표. 현재까지 가장 많은 인원께서 투표를 진행해 주셨습니다. 그럼, 곧장 발표하도록 하겠습니다. 3라운드 진출 악단, 공개합니다!"

콘서트홀 정면의 초대형 스크린에 베를린 필하모닉의 로고가 떠올랐다.

그와 동시에 환호성이 일었다.

베를린 필하모닉 A

심사 위원단: 30(300점)

팬 투표: 37.1(2,016,219표)

합계 67.1(1위)

로얄 콘세르트허바우

심사 위원단: 30(300점)

팬 투표: 32.2(1,749,926표)

합계 62.2(2위)

"세상에."

"베를린이랑 암스테르담을 빼면 표가 남긴 해?"

"이렇게나……."

"토스카니니의 런던 필하모닉이 떨어졌다고? 심사 위원단 점수가 294점이나 되는데?"

여기저기서 놀란 목소리를 들을 수 있었다.

3,800,000여 표 중에 베를린 필하모닉과 로얄 콘세르트허바우의 표를 제외하고 남은 표는 약 38,000표.

99퍼센트의 표가 두 곳에 쏠렸으니 다들 놀라는 것도 무리는 아니리라.

그러나 그런 만큼, 그간 마음고생했던 단원들에게는 더할 나위 없이 기쁜 일이기도 했다.

멀리, 무대와 가까운 곳에서 A팀이 두 팔을 들어 올리는 모습을 볼 수 있었다.

푸르트벵글러도 드물게, 못 이기는 척 단원들의 환호를 받아주었다.

'그럴 만하지.'

지지부진하게 이어졌던 런던과의 분쟁이 대회라는 규격 안에서 승리로 장식되었으니 다른 말은 굳이 필요 없을 것이다.

더군다나 팬들의 선택으로 이루어진 결과니.

나조차 어느새 주먹을 꽉 쥐고 말았다.

고개를 돌려 반대편을 바라보았다.

런던 필하모닉은 조용히 일어나 퇴장하기 시작했다.

그것은 한 시대를 풍미했던 마술사 아르투로 토스카니니의
시대가 막이 내렸음을 뜻했고.

레몽 도네크의 뒷모습은 넋이 나간 듯했다.

신념이 무너졌을 때 어떻게 행동하는지는 온전히 그에게 달
린 일이다.

"정말 대단하네."

최지훈이 입을 열었다.

"아무리 그래도 다른 악단도 최고로 평가받는데 표가 99퍼
센트나 쏠렸잖아."

"저 정도는 해줘야지."

그러지 않으면 경쟁이 재미없을 것이다.

"응."

무슨 생각을 하는지.

최지훈은 한동안 스크린을 지켜보았다.

[대망의 2라운드 3조! 충격의 결과!]

[99퍼센트의 압도적 지지를 받은 두 왕가]

[빌헬름 푸르트벵글러, "심사 위원단이 정신 차린 것 같다."]

[글렌 골드, "최고의 악단과 함께할 수 있어 영광이었다."]

[마리 얀스, "후회 없는 연주였다. 함께해 준 가우왕에게 경의를 표한다."]

[가우왕, "내가 글렌 영감보다 못한 게 뭔데!"]

[초유의 결과에 침묵한 런던과 거장]

[2라운드 4조, 대한 국립 오케스트라 14,000표 차이로 아쉽게 탈락]

[2라운드 4조 결과 다시 보기]

OOTY 오케스트라 대전은 2라운드 3조의 열기가 채 가시기도 전에 다음 조 연주를 마무리하였다.

3조에 비해 화제성은 많이 내려갔으나 4조는 치열한 양상을 보이며 뭇 클래식 음악 팬들에게 즐거움을 선사했다.

이탈리아의 산타 체칠리아 음악원 오케스트라가 조 1위로 진출.

최명운 지휘자의 대한국립교향악단이 프랑스 국립방송 오케스트라와 근소한 차이로 조 3위를 기록.

다음 라운드 진출에 실패하였다.

한국인들에게는 무척 아쉬운 결과였으나 대한민국의 높은 수준을 증명하는 데에는 충분했고, 최명운 지휘자도 아쉬워

하기보다는 대한민국의 클래식 음악 질을 높이는 계기가 되길
바란다는 인터뷰를 남겼다.

동시에 5일 차, 5조에 예정된 젊고 유능한 한국 음악가들의
건투를 빌기도 하였다.

그의 바람은 모든 한국 팬의 생각과 같았다.

"끄아아!"

"수고했어."

4일 차 기사를 정리한 이필호 편집장과 정세윤 기자가 기지
개를 켰다.

늦은 시간이지만 그들의 얼굴에서 피로라고는 찾아볼 수 없
었다.

"편집장님도 고생하셨어요. 그나저나 내일이 진짜네요."

"음. 오늘은 아쉽게 되었지만 내일은 분명 좋은 소식을 전할
수 있겠지."

"난리도 아니에요. 커뮤니티 사이트에 벌써부터 내일 일에
대한 글이 수십 페이지나 쌓였어요."

"아무래도 배도빈이 나오는 날이니까. 게다가 이승훈, 최성
신에 최지훈도 있으니 그럴 만도 하지. 아, 나윤희도 있었네."

막상 늘어놓고 말하니 대한민국 젊은 세대의 주역이 모두
모인 것 같았다.

이제 겨우 서른을 갓 넘긴 이승훈이 개중 최고 연장자니 말

할 것도 없었다.

"어떻게 보세요?"

"뭘?"

"결과요."

"음⋯⋯. 오케스트라로 판단하면 역시 베를린과 시카고의 우세지. 제르바 루빈스타인이야 뭐, 말할 것도 없는 거장 중의 거장이고 배도빈은 단 한 번도 정상에서 내려오지 않았으니까. 뭐, 로스앤젤레스도 저력이 있으니 아리엘 얀스가 얼마나 분발하는지에 따라 달라지겠지만."

"로스앤젤레스는 정말 아쉬워요. 구스타프 하나엘이 쓰러지지만 않았으면 베를린, 시카고랑 함께 3조 못지않은 빅 매치였을 텐데."

"그러게. 다들 그렇게 생각하는 것 같더라고."

"그럼⋯⋯ 편집장님은 베를린과 시카고 쪽으로 생각하시는 거예요?"

"으음. 그렇지만도 않은 게 역시 피아노 협주곡이니만큼 피아니스트의 역할이 클 수밖에 없지. 피아니스트라면⋯⋯ 역시 최성신과 톰 앤드류, 니나 케베리히려나?"

"아. 역시 그렇죠."

"응. 아무래도. 유럽에서는 최성신, 아메리카에서는 톰 앤드류와 니나 케베리히가 압도적인데, 최지훈은 그 아래로 보는 게 일반적이니까."

"스토리도 재밌을 것 같아요. 배도빈과 최지훈의 관계야 유명하지만 나나 케베리히도 배도빈이 발굴한 피아니스트잖아요."

"하하. 그렇지. 어렸을 적부터 그런 일을 했다니. 지금 생각해도 놀라워. 결국 나나 케베리히가 미국에서 대성공하면서 안목이 증명되기도 했고."

"정말 배도빈은 알 수 없다니까요. 아, 그래서요? 피아니스트까지 고려하시면?"

"종합적으로 봤을 때는 정말……."

"네."

"응. 알 수 없겠어."

"……."

이필호 편집장과 같이 5조 결과에 대해 확언하는 사람은 많지 않았다.

언뜻 세기의 천재라 불리는 배도빈과 제르바 루빈스타인이 우세해 보였다.

특히 마리 얀스, 빌헬름 푸르트벵글러에 준할 정도로 높이 평가받는 제르바 루빈스타인의 시카고 심포니는 전미 최고의 오케스트라라고 해도 과언이 아니었다.

그러나 피아니스트의 기량 차이를 무시할 수도 없는 노릇이었다.

조 1위에 가장 근접한 곳은 시카고 심포니, 그다음은 1라운드에서 선원을 한 차례 눌렀던 베를린 필하모닉 B였다.

그러나 앞선 1라운드에서 증명된 선원 팬들의 화력과 최성신의 기력을 고려하면 선원 심포니도 마냥 무시할 수도 없었고.

또 다른 거장, 구스타프 하나엘이 빠진 명문 로스앤젤레스 필하모닉은 최약체로 분류되었지만 유니크한 피아니스트인 니나 케베리히와 어떤 시너지를 보여줄지는 아무도 예측할 수 없었다.

5일 차 당일 아침이 밝았다.

마지막 차례였기에 베를린 필하모닉 B는 일찌감치 대기실에 모여 마지막 점검 시간을 가졌다.

다들 어련히 알아서 잘할 것을 알기에 개인실에서 카라얀이 지휘한 드보르자크를 들으며 쉬었다.

그러던 중 구두 소리가 들렸고 이내 누군가 문을 두드렸다.

"네."

문을 열고 들어온 얼굴을 보자마자 기분이 나빠졌다.

아리엘 핀 얀스다.

"컨디션은 어떤가, 베를린의 마왕이여."

"나가."

"이런. 두려워도 어쩔 수 없네. 우리는 다시금 외나무다리에서 만났으니까. 이것이야말로 신의 계시. 당신을 무찌르라는 신탁이지."

들고 있던 펜을 던졌더니 날렵하게 피한다.

맞았으면 좋았을 것을.

쓸데없이 반응이 빠르다.

"난폭하군. 그러나 그런 짓에 당할 나 아리엘 핀 얀스가 아니다."

머리가 아파진다.

"썩 꺼져."

첫 순서면서 뭐 하러 온 건지 이해할 수 없다.

툭—

두통을 느껴 눈을 감고 관자놀이를 문지르고 있는데 뭔가 떨어지는 소리가 들렸다.

눈을 떠보니 내 앞에 녀석의 흰 장갑이 놓여 있었다.

"결투다. 1라운드 때는 내 패배를 인정하지. 그러나 오늘만큼은 양보치 않겠다, 마왕이여."

누가 들으면 봐준 걸로 알겠다.

"오늘 결과가 모든 것을 밝혀주겠지. 누가 새로운 시대를 열 개척자인지."

"관심 없으니 나가."

아리엘 얀스의 눈빛이 달라졌다.

"의외군. 새로운 시대를 열기 위해 노력하는 자라 여겼거늘. 어찌하여 마음에도 없는 말을 하지?"

녀석이 두 팔을 펼치며 뜬금없이 연설을 시작했다.

"고결한 얀스 가문의 나 아리엘은 이 시대의 정체된 음악을 다음 세대로 이끌어갈 사명을 짊어졌다. 내게 주어진 찬란한 재능이야말로 신이 내게 그 임무를 부여했다는 증거."

꼴값 떤다.

"비록 내게 미치지는 못하지만 할아버지를 제외하고 내가 인정하는 유일한 인간이 그런 말을 할 줄은 상상도 못 했다. 실망이야."

'어디서 많이 듣던 말인데.'

생각해 보니 피아노 친구였던 홍승일이 내게 반복했던 이야기다.

그 이야기에 대해서는 서로 생각을 좁히지 못했지만, 피아노로 벗이 되었던 그 남자를 떠올리면 지금도 가슴이 아프다.

이 녀석에게 그런 이야기를 듣자 기분이 좋지 않아졌다.

"나가."

축객령을 내리자 아리엘 얀스가 뒤돌았다.

"마왕이여, 당신은 의지는 있으나 능력이 없는 이들을 모른다. 재능과 환경을 지녔으면서 그들의 꿈을 무시하는 일은 태만."

녀석은 발을 한 번 내디디곤 다시 멈추었다.

"……다시 인사하러 오는 일은 없을 거다."

녀석이 방을 나갔다.

말 그대로 내게 실망한 듯한데 그 이유를 도통 알 수 없다.

저 혼자 난리 치는 것뿐이라 제정신이 아니라 여기며 다시금 카라얀의 드보르자크를 틀었다.

신세계로부터.

'새 시대라.'

홍승일은 내가 더 많은 활동을 하길 바랐다.

하나의 분야에 국한된 것이 아니라 작곡, 연주, 지휘 등 모든 분야에서 재능을 발휘하길 바랐다.

결과적으로는 그렇게 되었지만, 내가 음악을 하는 이유는 그리 거창한 데 있지 않다.

시대를 만든다.

새로운 사조를 만든다.

세계를 변화시킨다.

그러한 일 따위, 가능한 것을 떠나 한 인간이 할 일이 아니다.

분명한 착각이다.

프랑스 대혁명 당시, 뚱뚱하고 욕심 많은 돼지 새끼를 새로운 시대를 열 남자로 여겼던 오판을 반복하고 싶진 않았다.

프랑스에서 지펴진 자유의 불은 어느 한 인간이 아니라 대중의 힘으로 이루어진 것.

현대의 클래식 음악에 새로운 바람이 필요하다면 그것은 여러 음악가와 팬이 함께 만들어가야 함을 잘 알고 있다.

내가 바라는 것은 그저 더욱 아름다운 곡을, 지금까지 없었던 곡을, 내 영혼이 타오를 때마다 피어나 표출하지 않고서는 버틸 수 없는 악상을 표현하는 일뿐이다.

예전에는 나 루트비히를 노래했고.

지금은 나 배도빈을 연주하는, 한 인간을 표현하는 것만이 내 목표다.

바흐는 우주를 말했고, 모차르트는 인간을 묘사했지만.

나는 나를 노래했고 그 생각은 앞으로도 변치 않을 것이다.

신적인 존재가 되길 바라는 것이 아니다.

나를 드러냄으로써, 관객과 소통함으로써 서로가 위로받을 수 있다면 그것으로 족하다.

'아직도 그렇게 바라는가, 벗이여.'

생의 마지막까지 피아노를 놓지 않았던 벗에게 물었으나 돌아오는 답은 없었다.

그렇다 하더라도 어찌 모를까.

홍승일과 결국에 친구가 될 수 있었던 것은 나도 그도 더 멋진 음악을 하려 했고, 서로가 얼마나 노력하는지 알기 때문.

바라보는 길이 다를 뿐, 그는 분명 나를 응원하고 있으리라.

"잠시 뒤 로스앤젤레스 필하모닉과 나나 케베리히의 연주가 시작됩니다. 관객 여러분께서는 자리해 주시기 바랍니다."

잠시 사색을 하고 있는데 대기실 스피커로부터 안내 방송이 나왔다.

나나가 얼마나 성장했는지 두 귀로 직접 확인하고자 일어났다.

복도를 지나는데 최지훈의 대기실에서 피아노 소리가 새어 나왔다.

문을 여니 녀석이 피아노에 집중하고 있었다. 문을 두드리니 그제야 돌아보았다.

"곧 시작이래."

"아, 벌써 그렇게 됐네."

시간을 확인한 최지훈이 담담하게 말했다.

"먼저 가."

"안 들어?"

"응."

최지훈은 다시 건반에 손을 올렸다.

그 모습을 보니 다시 물어보는 것이 방해라는 생각이 들어 홀로 콘서트홀로 향했다.

"와, 왔어? 이거……."

좌석에 앉으니 먼저 온 나윤희가 팸플릿을 건네주었다.

"고마워요."

펼쳐보니 로스앤젤레스 필하모닉은 슈만의 피아노 협주곡을 준비한 모양이다.

피아노 협주곡은 평생 A단조 하나만 만들었다 하는데 대학 교수가 말하길, 오케스트라를 표현하기 위해서는 교향곡만, 피아노를 위해서는 피아노곡만 써야 한다고 생각했단다.

그런 생각을 했으면서 A단조와 같은 조화로운 곡을 만들었으니, 어쩌면 슈만의 그런 생각이 이런 걸작을 탄생시킨 것일지도 모르겠다.

하지만 니나에게 어울리는 곡인지에 대해서는 조금 의문이 남는다.

그녀의 강점은 예측할 수 없는 돌출성과 그것에 빠져들 수밖에 없게 하는 표현력에 있다.

본인은 내 소나타를 가장 좋아한다고 하지만.

리듬감이 무척 발달해 박자를 자유자재로 가지고 놀아, 사실 고전이나 낭만보다는 변화가 많은 현대곡에 더 강점을 보인다.

내가 인정하는 몇 안 되는 피아니스트인 만큼 분명 또 한 번 나를 놀라게 해줄 거라 믿는다.

잠시 뒤 로스앤젤레스 필하모닉이 무대 위에 올랐다.

알고 있는 얼굴이 몇몇 보이지만 내가 기억하고 있던 로스앤젤레스 필하모닉과는 다르다.

토마스 필스와 함께했던 이들 대부분이 은퇴했으니 세월이 얼마나 흘렀는지 느낄 수 있었다.

'가장 큰 희망'과 '용감한 영혼' 등 영화 음악을 작업했을 때는 더할 나위 없이 훌륭했던 로스앤젤레스가 니나 케베리히라는 천재와 어떻게 어울릴지……

아리엘 핀 얀스와 니나 케베리히가 모습을 드러냈다.

관객 모두 오늘의 주인공을 열렬히 맞이했다.

저 미친놈의 손끝에 니나와 로스앤젤레스의 연주가 달려 있다고 생각하니 박수를 보내는 것조차 떨떠름하다.

실력 자체는 나쁘지 않지만 도통 무슨 생각을 하는지 알 수 없으니 말이다.

아리엘 얀스가 가면을 꺼내 들었고 그와 동시에 오케스트라가 준비를 마쳤다.

니나와 눈을 마주한 뒤 놈은 두 팔을 벌리고 잠시 뜸을 들였다.

감정을 충만히 채운 채, 왼팔은 그대로 두고 오른손을 힘차게 들어 올린 뒤 내려쳤다.

로스앤젤레스 필하모닉의 힘찬 외침 뒤에 곧장 니나의 피아노가 어울렸다.

이번에는 오보에가 나섰고 그에 이어 다시금 니나가 날갯짓했다.

그녀의 날개는 무척 우아하여 마치 나비처럼 들릴 때가 있는데 슈만이 만들어낸 아름다운 선율과 어울려 환상적인 느낌을 준다.

우선 시작은 좋다.

오보에와 피아노의 대화가 클라리넷과 피아노의 대화로 이어지는 과정이 무척 매끄럽다.

동시에 두 대화가 전혀 다른 느낌을 주니 슈만의 천재성이 유감없이 드러나는 대목이다.

오보에, 클라리넷과 사이좋게 대화하는 부분에서 니나 특유의 솔직함이 더욱 부각되는 듯하다.

'좋네.'

그러나 걱정되는 부분은 2악장.

니나의 독특한 박자 감각이 앞선 1악장에서의 오케스트라와는 잘 어울렸지만 첼로 멜로디가 강한 2악장에서는 어찌 될지 의문이다.

지금까지는 니나의 피아노가 빛나고 있지만 강한 개성은 홀로 있을 때 더욱 빛을 발휘하는 법.

아리엘 얀스가 제정신이라면 1악장처럼 부드럽게 넘기는 것이 아니라 적어도 쉬는 곳을 삽입했을 터.

그러나 놈이 온전한 정신을 가지지 못함을 알기에 걱정된다.

2악장이 시작되었다.

피아노가 내는 음이 콘서트홀에 사뿐히 내려앉는다.

오케스트라가 그에 호응하듯 나오더니 이내 걱정했던 부분에 이르렀다.

'무슨 짓이야.'

어떻게 표현할지 걱정했더니 아리엘 얀스는 슈만이 완벽하게 조율해 둔 오케스트라와 피아노의 조화를 깨버렸다.

첼로를 보다 앞세웠고.

나나의 피아노는 그것을 강조하기 위해 스스로 몸을 낮추어 빈 부분을 더욱 세밀히 채워나갔다.

이런 건 나나의 연주가 아니다.

화가 났지만.

'과연.'

분명 이것도 하나의 방법.

더욱 아름다운 연주를 위해 모든 악기는 수단일 뿐이며 그것은 독주 악기도 예외는 아니다.

그저 더욱 발전한 나나의 연주를 기대했던 만큼 실망했을 뿐, 신선한 접근이고 완성도도 제법이다.

잘 보이진 않지만 나나를 주시했다.

여전히 재기발랄한 타건이다.

약점이었던 페달 활용도 능숙해졌고 무엇보다 개성을 드러내는 것만이 아니라 오케스트라에 어울릴 줄 알게 되었다.

경험과 연륜이 쌓였다는 말.

본인의 개성을 지키고 있다면 다행이지만 그렇지 않으면 도리어 북아메리카에서의 일이 독이 된 건 아닐까 걱정된다.

그리고.

3악장 알레그로 비바체(Allegro Vivace: 매우 빠르고 생기 있게)에 들어서면서 나는 지금까지 아리엘 얀스와 니나에게 속고 있었음을 알 수 있었다.

2악장에 대조되듯이 3악장에 들어 피아노는 자유롭게 더욱 풍부하게 자신의 향을 뿌려댔다.

본래 악보보다 더욱 많은 음계를 활용하면서도 연주는 빠르고 생동감 넘친다.

니나 케베리히의 손이 때때로 연어처럼 튀어 오른다.

이제야 그녀의 표정이 확실히 보인다.

웃고 있는 그 얼굴을 보니 절로 마음이 상쾌해져, 연주가 끝났을 때는 아낌없이 박수를 보냈다.

로스앤젤레스 필하모닉과 선원 심포니 그리고 시카고 심포니까지 공연을 마쳤다.

사람들은 감탄할 뿐이었다.

"역시 제르바 루빈스타인인가? 정말 엄청나다군."

"그러지 않아도 힘찬 브람스 1번을 시카고가 연주하니 그럴 수밖에. 폭발력이 대단했어."

"아무래도 제르바 루빈스타인의 노련한 완급조절 덕에 강조되었겠지. 이거, 진짜 시카고가 시드권 얻겠는데?"

"모를 일이지. 선원과 최의 연주도 제법이었으니까."

"그 전에 로스앤젤레스 필하모닉을 언급해야지. 최의 연주가 훌륭하긴 했지만 선원은 아직 3라운드에 진출할 정도는 아니야. 난 정말 신선한 슈만을 들려준 아리엘 얀스와 니나 케베리히에게 손을 들어주고 싶군."

"음. LA 필하모닉이 다크호스였다는 건 부정하기 어렵지."

사카모토 료이치는 옆자리에서 들리는 대화 내용에 빙그레 웃었다.

'신기한 일이야.'

20년 전만 하더라도 사카모토 료이치는 클래식 음악이 이렇게까지 다시 생명력을 가질 거라곤 생각지 못했다.

그만의 생각이 아니었다.

시장은 날로 축소되었고 음악은 점점 고착화되었다.

아주 소수의 음악가만이 새로운 시도를 했고 그중에서도 적은 수만이 유의미한 결과를 도출했었다.

그렇기에 14년 전, '부활'을 들었을 때 그토록 기뻤던 것이다.

배도빈의 '부활'은 말 그대로 클래식 음악의 부활을 알리는 듯했다.

사카모토 료이치는 배도빈의 첫 싱글 앨범이 출시된 바로 그
날, 21세기의 르네상스가 시작되었다고 믿었다.

'어느새 참 많이 변했군.'

언젠가부터 세계 어느 나라에서나 클래식 음악을 듣는 게
생소한 일이 아니게 되었다.

덕분에 기성세대의 걱정은 줄어들었고 클래식 음악에 대한
대중의 이해도 깊어지기 시작했다.

그러나 변화가 없다면 다시금 잊히리라는 것은 너무도 자명
한 사실.

그 걱정을 해소할 사람이 배도빈뿐이라면 그저 희망으로 남
을 터였다.

하지만.

'마리 얀스의 손자라 했던가.'

사카모토 료이치는 오늘의 첫 번째 연주를 선명히 기억했다.

다채로운 음계와 과감한 해석으로 인해 슈만 피아노 협주곡
A단조는 다시 태어난 듯했다.

작곡가이자 과거 지휘자이기도 했던 사카모토 료이치는 그
것이 얼마나 어려운 일인지 알았다.

'곡 전체를 주무를 수 있어야 가능한 일이지. 대단해. 대단
해. 도빈 군과 좋은 친구가 되겠어.'

찾아보기 힘든 성향과 뛰어난 기량에 사카모토 료이치는 아리엘 핀 얀스가 배도빈에게 좋은 자극제가 되어줄 것으로 생각했다.

본인과 푸르트벵글러, 마리 얀스, 제르바 루빈스타인 같은 황혼기를 맞이한 음악가들이 역사로 남을 미래.

배도빈이 외롭지 않을 거란 생각이 들자 조금은 안심이 되었다.

또한 그에 앞서.

배도빈이라는 희망이 단지 한시적인 현상이 아니라는 점이 너무나도 기뻤다.

그 누구보다 뛰어난 음악가.

세기의 천재, 인류의 보물, 베를린의 마왕, 루시퍼, 마에스트로 배도빈은 말할 것도 없이 현세대, 차세대를 아울러 독보적 존재다.

과연 새 시대의 길을 비추는 빛이다.

그러나 그 길을 걷는 사람이 없다면 그저 희망으로 남을 뿐.

'서로에게 좋은 영향을 미치겠지.'

아리엘 얀스와 같은 재기 넘치는 인재가 배도빈이 비추는 길을 걷는다면, 그런 사람이 늘어난다면 앞으로의 클래식 음악계는 분명 기대해 볼 만했다.

사카모토가 무릎을 톡톡 두드렸다.

'케베리히 양도 이제는 완전히 안정되었고.'

게다가 배도빈이나 아리엘과 같은 지휘자들만 있어서는 또 안 될 일.

연주자들 역시 변화하고 발전해야 멋진 연주회가 가능했다.

그런 의미에서 이번 OOTY 오케스트라 대전에서 꽃을 피운 니나 케베리히의 기량은 꽤 반가웠다.

물론 현재는 여러 기성 피아니스트에 미치지 못하나 오케스트라 속에서 춤추는 그 모습은 너무도 아름다웠다.

사카모토 료이치는 만족스럽게 웃으며 새 시대를 열어갈 인재들이 더 높이 올라갈 수 있도록 내심 오랜 친구 제르바 루빈스타인과 시카고 심포니가 떨어지길 바랐다.

한편, 기자석에 모인 이들도 제르바 루빈스타인, 아리엘 얀스와 니나 케베리히, 최성신에 대한 칭찬을 늘어놓기 바빴다.

"이거 정말 의외인데."

"그러게나 말이야. 이렇게 로스앤젤레스가 이렇게나 잘 나가면 선원이 좀 위험할 수도 있지 않을까 싶은데."

"1라운드 벌써 잊었어? 선원 팬들이 어마어마하잖아."

"그렇긴 해도 수준 차이가 나니까. 최성신에게는 안된 일이긴 해도."

"그러게. 그렇게나 멋진 연주를 했는데 오케스트라의 차이는 어쩔 수 없더라고."

"그에 비해 로스앤젤레스는 대단했지."

"음. 솔직히 시카고가 아니었으면 1위도 노릴 만한 것 같아."

"아니. 지금도 가능한 일이지."

"다들 배도빈이 남아 있는데 무슨 소리야?"

"배도빈이야 말할 것도 없지. 하지만 협연자가 아직 너무 어리니……."

"최지훈 말이지? 이제 막 프로로 활동했으니 어쩔 수 없지. 어렸을 적부터 두각을 드러내긴 했어도 아무래도 오늘 상대들에 비할 바는 아니고, 같은 나라 선배인 최성신에게도 못 미치잖아."

시카고와 로스앤젤레스의 칭찬과 간혹 들리는 최성신에 대한 감탄이 이곳저곳에서 들렸다.

배도빈이라면 또 모른다는 이야기도 심심치 않게 나왔지만 피아니스트의 기량 차이를 무시할 수 없었다.

선원처럼 오케스트라의 수준이 크게 차이 나는 상황이라면 모를까.

베를린 필하모닉에 기대하기에는 시카고 심포니도 로스앤젤레스 필하모닉도 너무나 훌륭한 음악을 들려주었다.

한국인인 이필호와 정세윤, 한이슬도 같은 생각이었다.

"아무래도 배도빈한테 첫 위기가 온 것 같은데."

"그러게요. 시카고야 예상된 일이지만 로스앤젤레스가 너무 잘해버려서 좀 걱정이에요."

이필호와 정세윤의 대화에 차채은이 발끈했다.

"무슨 걱정이에요! 도빈 오빠랑 지훈 오빠가 떨어지기라도 한단 말씀이세요?"

이필호와 정세윤이 당황해 뭐라 제대로 답을 못 할 때, 한이슬 평론가가 입을 뗐다.

　"응. 가능성 있는 일이야."

　"네?"

　"어쩌면 최지훈을 선택한 게 배도빈에게 악수로 작용할 수도 있어. 가우왕이나 나나 케베리히였다면 분명 조 1위는 물론 시드권 확보도 확실했을 테니까."

　차채은은 한이슬의 말에 어이가 없어 말문이 막혔다.

　잠시나마 그녀를 멋진 사람이라 생각했던 것에 화가 났고 더욱이 어렸을 적, 그녀가 쓴 배도빈에 대한 기사를 감명 깊게 본 일에도 짜증이 났다.

　"한이슬 평론가님은 듣지도 않고 평가부터 하시나 보네요?"

　"응?"

　차채은이 콧방귀를 뀌곤 의자에 등을 기댔다.

　'다들 알지도 못하면서.'

　어렸을 적부터 최지훈이 피아노를 잘 연주하기 위해 어떤 노력을 했는지 잘 아는 차채은은 이러한 분위기가 몹시 마음에 안 들었다.

'다들 이름부터 생각한다니까.'

물론 차채은도 시카고 심포니와 함께한 마리오 폴리니가 얼마나 대단한 피아니스트인지 알고 있었다.

그의 연주를 듣는 내내 감탄하기도 했다.

결과적으로는 불발되긴 했지만 본래 빈 필하모닉과 함께하기로 했던 만큼 마리오 폴리니는 세계 여러 악단의 섭외 1순위 중 한 명이었다.

배도빈과 친한 나나 케베리히도, 최성신에 대해서도 남들 못지않게 잘 알았다.

최지훈이 비록 쇼팽 콩쿠르와 차이코프스키 콩쿠르에서 우승했다고 하지만 OOTY 오케스트라 대전에 합류한 피아니스트 중에 3대 피아노 콩쿠르에서 우승 경험이 없는 이는 찾기 힘들 정도였다.

나이 차이도 있고 그런 점에서 일찌감치 활동을 시작한 세 사람에 비해 최지훈이 덜 알려진 것도 사실.

그러나 감상조차 하지 않고 벌써부터 시카고와 로스앤젤레스의 진출을 점치는 분위기가 달가울 리 없었다.

'두고 봐.'

차채은이 팔짱을 끼고 씩씩댔다.

그러는 한편, 차채은과 같이 잔뜩 화가 난 사람이 한 명 더 있었다.

리스텀지의 기자 사라 제인은 최지훈을 무시하는 주변 기자들의 말에 울컥했다.

최지훈의 천재성과 스타성을 좇아 그와 관련된 일이라면 모두 기사화했던 그녀는 최지훈이 멋들어진 연주를 들려주길 바랐다.

'찍소리 못 하게 하라고.'

사라는 무대 위로 올라온 사회자를 보며 입을 쭉 내밀었다.

"다음은 마지막 순서입니다. 베를린 필하모닉 B와 최지훈의 차이코프스키의 피아노 협주곡 1번입니다."

사회자가 안내를 마치고 내려가자 곧 베를린 필하모닉 B가 자리를 잡았다.

베를린 필하모닉이라는 어마어마한 타이틀을 달고 있지만 사실 B는 OOTY 오케스트라 대전 참가단 중 그 역사가 가장 짧았다.

그러나 동시에 현재 상업적으로 가장 큰 성공을 거둔 기이한 악단이었다.

팬들은 물론 전문가들마저 베를린 필하모닉 B가 성공할 수 있었던 요인은 모두 배도빈이라고 단정했다.

그러나 적어도 빌헬름 푸르트뱅글러는 그렇게 생각하지 않았다.

그들의 생각이 사실과 크게 다르지는 않지만 배도빈 홀로 오케스트라를 운영할 수는 없는 일이었다.

연주는 더더욱.

세계 최고의 오케스트라라고 평가받음과 동시에 각 단원들에 대한 평가는 미묘한 베를린 필하모닉 B.

오늘은 만만치 않은 적수를 상대로 피아노 협주곡을 연주해야 했다.

과연 배도빈이 또다시 기적 같은 일을 일으켜 놀라운 점수를 올릴 수 있을지 전 세계의 이목이 집중되었다.

잠시 뒤.

배도빈과 최지훈이 무대 위에 올라섰다.

♪

무대 뒤에 이르자 도빈이가 서 있었다.

"가자."

"응."

발을 옮긴다.

오케스트라 대전을 즐겼던 만큼 저 앞에 서면 얼마나 많은 사람의 시선을 받을지 잘 알고 있다.

쇼팽 콩쿠르에서 우승한 뒤로 이렇게 긴장되는 건 오랜만이다.

손이 떨린다.

전 세계가 이 무대를 지켜보고 객석에는 내로라하는 음악가와 기자, 평론가들이 자리하고 있다.

마지막까지 연습하느라 듣진 못했지만 아마 분명 나나 누나와 성신이 형, 마리오 폴리니 씨는 내가 상상도 못 할 연주를 해냈을 거다.

하지만 도빈이 말대로 나도 그들과 같은 무대에 오른다.

꾸욱.

힘겹게 발을 내딛자 생전 듣지 못했던 환호가 온몸을 때리듯 밀려왔다.

도빈이는 이 압박감을 매번 느끼고 있겠지.

오늘만큼은, 아니, 앞으로는 나도 이 무거운 역할을 도빈이와 함께 짊어져야 한다.

물러서는 것으론 그곳에서 살아갈 수 없다고 생각하니 손에 힘이 들어갔다.

피아노 앞에 앉았다.

지휘단에 오른 도빈이가 시선을 주었다.

고개를 끄덕였고 그 순간 손의 떨림이 멈췄다.

도빈이가 수많은 피아니스트 중에 날 선택했듯, 나도 오케스트라와 함께한다면 도빈이와 함께할 거다.

다른 생각은 해본 적 없다.

'그럴 수밖에 없었어.'

엄마가 잠드시고 주변의 기대에 부응하기 위해 약해져선 안 되었던 여섯 살 당시.

그저 엄마를 느끼고 싶어 피아노에 집착했다.

그러다 보니 어느새 천재로 알려졌고, 웃음을 잃었던 아버지는 내 칭찬을 들을 때면 그나마 미소를 지으셨다.

그렇게 천재라는 이름에 다가가기 위해, 그런 척하기 위해 그저 한 걸음 내딛기에 바빴다.

그 행위에 무슨 의미가 있는지도 모른 채 숨이 차고 어깨가 무거워 앞을 보는 것조차 힘들었을 때.

도빈이를 만났다.

진짜 천재가 무엇인지 알았고 절대 저렇게 될 수 없다는 생각에 울고 말았다.

지금도 '압도적인 실력 차이에 좌절한 거야?'라는 도빈이의 말이 선명히 기억난다.

그래, 좌절이었다.

이룰 수 없다는 것을 알아서.

더 이상 아버지를 기쁘게 해줄 수 없을 거란 생각에 좌절했다.

하지만 동시에 피아노를 다시 사랑할 수 있었다.

도빈이가 알려주는 것을 하나씩 익히면서 어렴풋이 기억하는 엄마와의 시간을 떠올릴 수 있었다.

도빈이가 들으면 이상하게 생각할지도 모르겠지만 적어도 나는 그런 기분이었다.

그렇게 다시 피아노에 재미를 붙이고 그저 도빈이와 함께하는 것이 좋다 보니 자연스레 도빈이에게 다가가고 싶어졌다.

아마 그 무렵이었을 거다.

억지와 고집을 부리는 내게 도빈이가 말했다.

'넌 이미 피아니스트야.'

'끄윽. 나도…… 피아니스트야?'

'그래. 어엿한 피아니스트야.'

다른 누구도 아닌, 누구보다도 함께하고 싶었던 도빈이가 해준 말이었기에 기뻤다.

지금에 와 생각해 보면 도빈이가 당시 내게서 어떤 점을 봤는지 알 수 없다.

그저 내가 우니까 달래기 위함이었는지도 모른다.

하지만 이 중요한 무대에서 도빈이는 결국 날 선택했다.

나보다 나를 더 믿어준 형제와 마음을 다해 연주하고 싶다.

전 세계 모든 사람에게 자랑하고 싶다.

우리가 이렇게나 아름다운 연주를 할 수 있다고.

지금은 그것만 생각하자.

도빈이가 지휘봉을 사선으로 내려그은 뒤 힘차게 들었다.

베를린 필하모닉이 장중한 연주를 시작했다.

언제 들어도 멋진 주제다.

집중하자.

건반을 누를 때는 깊게, 뗄 때는 가볍게.

앞서 오케스트라가 연주했던 주제를 이어받아 연주하면 현악부가 감미로운 멜로디를 들려준다.

일반적인 피아노 협주곡과는 다르게 역할을 번갈아 하는 이 곡은 언뜻 오케스트라와 피아노가 다투는 것 같기도, 서로 짓누르듯 자기를 뽐내는 것 같기도 하다.

하지만 결국엔 이렇게나 아름답고 조화로운 것을.

다시 멜로디를 받는다.

마디 단위로 나뉘는 대화에서 도빈이가 노트를 얼마나 치밀하게 안배했는지 알 수 있다.

내 장점은 물론 버릇과 실수까지 기억해 따라 연주하며 악보를 수정했던 만큼 내게 딱 맞는 옷을 입은 듯하다.

최선을 다하면 될 뿐.

거기에 도빈이라면 어떻게 생각했을지 의식하며, 연습할 때를 떠올리면.

'아아.'

즐겁다.

베를린 필하모닉과 최지훈이 연주를 시작한 순간 그것을

듣는 모든 사람은 앞선 연주를 잊고 말았다.

강렬하게 치고 나오는 오케스트라와 그에 못지않은 힘찬 피아노.

모든 소리가 살아 있어 그 풍부한 감성에 마음이 이끌리고 있었다.

빌헬름 푸르트벵글러는 눈을 감고 온 신경을 귀에 집중했다. 단 하나의 음조차 사소하게 여기지 않고 깊게 받아들였다.

'녀석.'

배도빈은 최근 보여주던 스타일에서 떨어져 좀 더 예전의 그 비장하고 치열했던 모습으로 돌아갔다.

철저하게 감성을 자극했고 듣고 있으면 알 수 없는 고양감이 솟아났다.

이 이상 완벽한 차이코프스키 피아노 협주곡 1번이 있을까.

오늘도 배도빈은 푸르트벵글러를 감탄하게 하였다.

'최지훈이라고 했던가.'

사실.

작년 겨울 푸르트벵글러는 최지훈을 그리 눈여겨보지 않았다. 나이에 비해 그럭저럭 잘했지만 결코 배도빈과 어울리는 실력은 아니었다.

베를린 필하모닉 B와의 라흐마니노프 피아노 협주곡 협연도 그의 기준에는 부합하지 않았다.

그러나 오늘은 달랐다.

섬세하고 정확한 연주를 했지만 다소 유약해 보였던 모습은 온데간데없었다.

건반을 때리는 손에 확신이 있었고 박자 사이에서 작품에 대한 깊은 이해를 느낄 수 있었다.

놀라운 유기적 반응으로.

피아노 협주곡을 연주하는 것이 아니라 마치 처음부터 오케스트라와 함께했던 것처럼 어울렸다.

푸르트뱅글러만의 생각이 아니었다.

전 세계에서 몰려든 이름 있는 음악가들이 팸플릿을 펼쳐 베를린 필하모닉 B와 함께하는 피아니스트가 누군지 다시금 확인했다.

'멋있다.'

'저 녀석이 언제 저렇게…….'

니나 케베리히는 만면에 웃음을 띠었고 최성신은 속으로 헛웃음을 지었다.

그리고 가우왕은.

"……."

최지훈을 노려보았다.

까마득한 후배일 뿐이었다.

노력하는 모습이 기특하고 자신을 존경하기에, 무엇보다 배도빈의 친구라 몇 번 어울렸을 뿐이었다.

그러나 오늘의 무대로 가우왕의 생각은 달라졌다.

새내기라든지 혹은 팬이라든가.

가우왕이 둘러친 울타리 밖의 존재가 아니라 피아니스트의 범주 안으로 들어온 것이었다.

마침내 모든 연주가 끝나고.

가우왕이 누구보다도 먼저 자리에서 일어났다.

잠시 후.

대형 스크린에 2라운드 5조 결과가 발표되었고 차채은은 환호성을 내질렀다.

시카고 심포니

심사 위원단: 29.8(298점)

팬 투표: 22.4(1,006,118표)

합계 52.2점(1위)

베를린 필하모닉 B

심사 위원단: 30(300점)

팬 투표: 21(943,236표)

합계 51점(2위)

로스앤젤레스 필하모닉

심사 위원단: 29(290점)

팬 투표: 14(628,824표)

합계 43점

합계 3,144,120표.

2라운드에서 세 번째로 많은 사람이 투표한 가운데 3라운드로 진출할 악단이 정해진 순간이었다.

시카고 심포니가 조 1위로 진출하였으나 매우 근소한 차이로 2위를 기록한 베를린 필하모닉.

그중에서도 다소 열세라 여겨졌던 최지훈에게 기자들이 쏠리는 것은 당연한 수순이었다.

세계 각국의 언론사에서 퇴장하는 최지훈을 잡아다 질문을 퍼부었다.

"오늘 연주 준비는 어떻게 하셨습니까?"

"특기인 쇼팽이 아니라 차이코프스키를 준비한 이유가 따로 있습니까?"

"배도빈 악장과의 관계는 어떻게 되십니까?"

"피아노는 누구에게 배우셨습니까?"

"베를린 필하모닉과 유기적으로 어울릴 수 있었던 비결이 뭡니까?"

최지훈이 답을 할 새도 없이 질문이 쏟아졌다.

　　그런 와중에 이리 치이고 저리 치이며 겨우 앞쪽으로 자리를 잡은 리스텀지의 사라 제인 기자가 최지훈 앞에 마이크를 가져다 댔다.

　　"뛰어난 선배들을 꺾고 진출한 소감 한 말씀 부탁드립니다!"

　　정신없는 와중에 아는 얼굴을 보니 최지훈도 그쪽에 마음이 갔다.

　　"오늘 연주는 만족스럽습니다. 베를린 필하모닉과 준비한 걸 잘 들려드린 것 같아요."

　　사라 제인이 혹시 다른 기자가 기회를 채갈까 봐 걱정되어 곧장 질문을 이었다.

　　그와 동시에 오늘 대회 일정 내내 최지훈을 무시했던 다른 기자들에게 우월감을 느끼기도 했다.

　　"지금까지와는 전혀 다른 스타일의 연주였습니다. 준비는 어떻게 하셨나요?"

　　"글쎄요. 그냥 연습하다 보니 그렇게 되었어요."

　　"스타일을 바꾸는 건 무척 어려운 일이었을 텐데, 단기간에 가능했던 건 역시 당신이 천재기 때문이겠죠?"

　　사라 제인이 질문인 척 단호히 외쳤다.

　　수많은 언론인이 모인 이 자리에서 자신이 몇 년간 쫓아다닌 최지훈의 천재성을 알리고 싶은 마음이었다.

또한 최지훈은 항상 인터뷰를 천재라는 말로 끝내기도 했다.

질문을 받은 최지훈은 사라를 보고 웃었다. 천천히 고개를 젓곤 담백하게 답했다.

"아뇨. 피아니스트니까 당연한 일이죠."

· 57악장 ·

결어

전에도 몇 번 생각했지만 최지훈은 참 여러 일에 신경 쓴다.

무대에서 연주하는 지금도 자기 뒤에 올 바이올린을 위해 음을 가지런히 정리한다.

녀석의 섬세하고 조심스러운 연주가 오케스트라와 함께 더 없이 잘 어울린다.

'좋아.'

최지훈의 피아노를 듣고 그대로 연주해 보면서, 오케스트라 역시 녀석에게 어울릴 수 있도록 수정했던 노력이 헛되지 않았다.

사려 깊다고 해야 할지 혹은 오지랖이 넓다고 해야 할지 모를 일이나.

최지훈의 이런 성격은 오케스트라와 함께할 때 빛을 발한다.

줄곧 여러 스타일을 익히려 했으니.

'들어와.'

두 팔을 힘차게 벌렸다.

최지훈이 들어올 타이밍이다.

'……정확해.'

녀석이 잠깐의 틈도 없이 열기를 이어받는다.

오케스트라를 온전히 이해해야만 하는 일이다.

준비하는 동안 주변 악기가 어떻게 움직이는지 하나하나 인지하려 했던 최지훈이니 가능한 일이다.

걱정 많은 성격 탓에 더 잘 준비하고 싶고 그것이 이런 식으로 드러나는 거 같은데, 지휘자로서 이만큼 편한 피아니스트도 없다.

실력을 떠나 매우 중요한 자세다.

가우왕 같은 경우에는 뽐내고 싶은 마음이 행동이나 말에서 끝나는 게 아니라 연주에도 드러나는데, 또 그 연주가 마음을 움직이니 사실상 선택지가 늘어나 한쪽을 포기해야 하는 상황에 놓인다.

참 난감한 일이다.

마리 얀스는 선곡을 통해 가우왕이 최대한 실력을 뽐낼 수 있게 하면서 동시에 오케스트라를 무너뜨리지 않게 잘 조율해 냈지만.

가우왕도 알게 모르게 암스테르담에게 배려했을 것이다.

그의 연주라고 하기에는 저번 무대는 너무 얌전했으니까.

그런 식으로 오케스트라와 피아니스트는 항상 서로의 역할이 달랐고 역사적으로도 많은 이가 오케스트라와 피아노의 조화로운 분위기를 위해 노력했지만, 완전히 오케스트라의 구성원으로 활약한 피아노는 드물었다.

뛰어난 피아니스트일수록 그 자체로 독립적 성향을 짙게 띠니 말이다.

그래서 최지훈이 좀 더 부각되는 것 같기도 하다.

녀석은 주변을 잘 둘러보고 그것을 깊이 이해한 뒤 되도록 어울리고자 한다.

'신기하단 말이야.'

만약 그뿐이었다면 개성 없는, 재미없는 피아니스트였을 텐데 그러면서도 자신을 굳게 뿌리내리고 있다.

그래. 나무라는 표현이 좋겠다.

그 자리에 그대로 서 있으면서도 풍성한 잎으로 그늘을 만들어준다든가 때로는 튼튼한 몸으로 기댈 수 있게 해준다든가 하면서 상생하는 나무 같은 피아니스트.

내 오케스트라의 가운데에 최지훈 같은 나무가 있다면 좋을 것 같다.

'어제보다 나아졌어.'

녀석에게 또 어떤 심적 변화가 있었는지는 몰라도 무대 위에서 어울리는 녀석은 당장 어제보다 빛나고 있다.

가능성만이 아니라.

그러한 연주를 직접 함께하니.

가슴 안에서 피어나는 만족감에 벅차오른다.

수고한 단원들을 격려하고 2라운드 5조 결과를 기다렸다.

곧 대형 스크린으로 심사 위원단과 팬들의 투표 결과가 발표되었다.

'2등이라니.'

어이가 없어 눈을 몇 번 더 깜빡였으나 잘못 본 것이 아니라 심기가 몹시 불편해진다.

멋대로 씰룩이는 윗입술을 깨물어 화를 삭이는데 디스카우가 껄껄 웃었다.

"이야. 3라운드 진출이라니! 이거 축배라도 들어야 하는 거 아닌가! 하하하!"

"디, 디스카우 씨. 쉿."

"어? 왜 그래? 다들 안 기뻐?"

"……"

다들 내 눈치를 보는 듯 슬금슬금 물러난다.

그러고 보니 나와 단원들 사이가 미묘하게 벌어진 듯하다.

악단을 두렵게 할 뿐인 지휘자는 말 그대로 폭군에 지나지 않으니, 단원들 앞에서 이런 기분을 내색하는 것도 지양해야겠다.

우선은 안심시키자.

"아하하. 기쁘네요. 다들 쉬고 내일부터 다시 3라운드 준비하도록 해요."

"……."

기껏 상냥하게 말해주었더니 다들 반응이 없다.

"고, 고생했어. 푹, 푹, 푹 쉬어."

"도빈, 멋졌어."

나윤희와 오늘 하루 쉬었던 소소만 입을 열었다.

찰스 브라움이 돌아서서 가려니 뒤늦게 다가왔다.

"만족스러운 결과는 아니군. 우리가 들려준 읍읍."

"조용히 해요!"

찰스 브라움이라도 나와 같은 생각인 것 같아 다행으로 여기며 손뼉을 쳤다.

"해산하죠. 오늘 반성은 내일로 미루겠습니다."

힘없이 돌아가는 단원들을 보고 기뻐하는 일은 우승한 뒤에도 늦지 않다고 말해주고 싶지만.

그런 내 생각을 강요할 수도 없는 법이다.

오늘 저녁은 괜찮은 식당을 잡아 단원들에게 멋진 요리라도 먹여줘야겠다고 생각했다.

멀핀 과장에게 일을 부탁하고자 전화를 걸며 동시에 주변을 둘러보는데 최지훈이 안 보인다.

찰스 브라움과 같이 대기실에 두고 온 걸 가지러 갔는데 아직 안 돌아온 모양이다.

찰스 브라움에게 물었다.

"지훈이는요?"

"나올 때 기자들에게 둘러싸였더라."

"찰스는요?"

최지훈이 주인공인 만큼 그렇겠지만 찰스 브라움은 자기 말대로 대스타다.

기자들이 가만뒀을 리가 없다.

"기진맥진한 상태에서 인터뷰라니. 내 고운 얼굴을 볼 팬들을 위해서라도 예의가 아니지."

"……."

아리엘 얀스 때문인지 찰스 브라움의 자아도취적 발언에도 면역력이 약해지는 듯하다.

"왜 그래?"

"아니에요."

"그건 그렇고 이렇게 되면 시드는 못 받는 걸로 확정인데 일정 회의 다시 해야지 않겠어?"

"그래야죠. 내일 미팅 때 하도록 해요."

"그래."

때마침 멀핀과 전화 연결이 되어 찰스 브라움과 서둘러 인사를 나눴다.

-네, 악장님. 전화를 너무 늦게 받았네요. 죄송해요.

"신경 쓰지 말아요. 다른 게 아니라 오늘 단원들이랑 식사할 곳을 찾으려는데 도와줄 수 있어요?"

-그럼요!

"좋은 곳으로 잡아주세요. 다들 고생했으니까. 예산 생각하지 마시고요."

-어…….

"사비로 한다는 뜻이에요. 멀핀이랑 사무국 직원들 자리도 잡아요. 지훈이도 포함해서."

-그, 그러지 않으셔도 돼요. 저희는 저희끼리.

멀핀 과장이 걱정스레 말했다.

"직원분들도 베를린 필하모닉이잖아요. 반드시 좋은 곳으로 잡아야 해요."

돈 걱정할까 봐 그게 걱정이다.

-네! 알겠습니다. 곧 연락드릴게요!

"네. 저 말고도 악기별 수석들에게도 전달해 주세요."

-걱정 마세요.

다시 목소리가 밝아진 걸 보니 마음에 드는 모양이다.

통화를 마치고 잠시 생각에 빠졌다.

계획대로라면 시드권을 얻어 바로 4라운드(8강)로 진출해야 하거늘 그러지 못해 한 곡을 더 준비해야 하는 상황이다.

당연히 올라갈 거라 생각했던 내가 조금 안일했음을 인정할 수밖에 없었다.

그러나 결과가 불만족스럽다는 걸 떠나서 최지훈과 멋진 연주를 했다는 데 무척 고무적이다.

'지금쯤이면 기자들도 돌아갔겠지.'

인터뷰를 한다 해도 다른 악단에도 신경 써야 할 테고 오늘 결과 발표도 났으니 슬슬 여유가 생겼을 터.

최지훈의 대기실로 향했다.

무대에서 내려왔을 때와 같이 밀려드는 인터뷰를 거절하며 최지훈의 대기실에 이르렀다.

복도는 꽤 한산했고 때때로 멀리서 몇몇 소리가 들릴 뿐이다.

문을 두드리려 할 때, 안에서 대화 소리가 들렸다.

"아이구! 우리 아들이 최고야! 최고!"

"이히히."

"어쩜 그렇게 멋지니. 또 밤새워서 연습하고 그런 건 아니지? 어디 보자. 얼굴이 반쪽이 됐네."

"아버지도 참. 전 괜찮아요. 이히힛."

최우철의 목소리다.

문을 두드리니 안에서 커흠 하는 기침 소리가 들렸다.

"누구세요?"

"나야."

"아, 들어와."

문을 열자 뭔가 쑥스러워하는 최지훈과 고개를 살짝 들고 근엄하게 서 있는 최우철을 볼 수 있었다.

첫인상과 예전 기억과는 달리 아들 바보가 된 지금 모습이 더 보기 좋다.

최지훈도 좋아하는 것 같으니.

"음. 반갑구나."

"안녕하세요."

간단히 인사를 나누고 물었다.

"오늘 단원들이랑 저녁 먹으려 하는데 어쩔래?"

최지훈이 최우철과 날 번갈아 보았다. 조금 난감한 듯하다.

"함께 일했으면 뒤풀이도 같이해야지. 재밌게 놀다 오렴. 아빠는 내일까지 있을 테니까."

최우철의 말에 최지훈이 크게 웃었고 그와 인사를 나누고 나오자 멀핀에게서 문자 메시지가 왔다.

일 처리가 빠르다.

♪

다들 마음에 들어 하는 것 같아 다행이다.

멀핀 과장이 예약한 곳은 썩 좋은 곳은 아니었지만 조용하고 기품이 있는 곳이었다.

카밀라가 총애하는 만큼 사무적인 능력 이외에 이런 센스도 갖춘 모양.

그녀가 아직 과장이라는 게 도리어 진급이 느린 건 아닌가 싶다.

기억해 두었다가 악단주에게 언질이나 줘야겠다.

'……아니지. 데리고 오면 되잖아.'

악단주에게 말하는 건 미루도록 하자.

유능한 부하직원을 데려가면 카밀라가 울지도 모르지만 선택은 멀핀 과장이 하는 거다.

얼마를 주면 좋을까 고민하면서 주변을 둘러보자니 찰스 브라움이 안 보인다.

"찰스는요?"

"조금 지쳤나 봐. 방에서 쉰다던데."

옆에 앉은 디스카우가 닭다리를 호쾌하게 뜯으며 말했다.

아까 대화할 때만 해도 그런 기색은 없었는데 쉬고 싶은 모양이다.

확실히 2라운드 준비할 때 악보를 여러 번 수정하느라 찰스 브라움에게도 부담이 많이 갔으니까.

"……그런데 가우왕은 왜 여기 있어요?"

"소소한테 물어보니 밥 먹는다고 해서 왔지."

"이제 연주 없잖아요. 안 돌아가요?"

"너 같으면 이 좋은 기회를 놓치겠냐? 합법적으로 쉴 수 있는데."

"가우왕은 따로 계산해요."

"뭐? 치사하게 이렇게 나오기냐?"

"돈도 잘 버는 사람이 왜 그래요?"

"동생이 악장으로 있고 네가 있는 악단 회식에 낄 수도 있지. 설마 내 점수 더 높아서 심술부리냐?"

"아하하하."

가우왕을 걷어차 주려 할 때 최지훈이 크게 웃었다.

"도빈이 그렇게 속 안 좁아요."

"난 또 평소랑 달라서 그런 줄 알았지."

"……."

오늘따라 가우왕이 더 밉상이다.

"그나저나 너 말이야, 꼬맹이."

"뭐가요."

"너 말고."

가우왕이 최지훈을 보며 말했다.

"최고는 나야. 제법 괜찮은 연주를 할 수 있게 되었다고 해서 잊으면 곤란해."

"네."

최지훈이 방실방실 웃으며 대답하니 가우왕이 재미없다는 듯 콧방귀를 뀌었다.

빡!

"억!"

그 순간 둔탁한 소리가 났고 가우왕이 고통을 호소하며 테이블 위에 엎드렸다.

"재수 없는 말 금지."

소소가 정강이를 걷어차 준 모양.

속이 다 시원하다.

주변에 있던 단원들이 웃었다.

"아하하하. 가우왕 씨 역시 재밌는 분 같아."

최지훈도 즐거운 듯 웃었다.

"……인정하는 거야."

"어?"

"저 사람, 자존심이 세서 자기가 인정하는 사람을 의도적으로 낮춰 부르더라고."

나를 괴팍한 꼬맹이로 부른다든지, 글렌 골드와 사카모토 같은 역사적 거장을 영감으로 여긴다든지, 푸르트뱅글러를 기 센 영감탱이라 한다든지 말이다.

"……응."

최지훈이 고개를 끄덕였다.

무대 위에서의 마음가짐과 연주, 아버지와의 관계 회복 그리고 우상이었던 이에게 인정받았다는 일을 의연히 받아들이는 모습을 보니 불만이었던 결과도 잊을 수 있었다.

OOTY 오케스트라 대전 2라운드 마지막 날.

첫 번째 순서로 나선 빈 필하모닉과 크리스틴 지메르만은 박수갈채를 받으며 연주를 준비했다.

현존하는 오케스트라 중 언제나 다섯 손가락 안에 드는 빈 필하모닉.

역사상 가장 완벽한 피아니스트로 일컬어지는 크리스틴 지메르만의 만남은 그것만으로도 큰 기대를 끌 만했다.

"여전히 기품이 있네요."

"음. 정말 멋진 분이시지."

정세윤 기자는 피아노 앞에 앉은 크리스틴 지메르만의 우아한 자태에 감탄했고 이필호도 공감하였다.

'연주는 연주자가 무대에 오른 순간부터.'

한편 차채은은 자신의 독자들에게 무대 분위기를 가능한 생생하게 전달하고자 펜을 놀렸다.

그것을 유심히 살피던 한이슬 칼럼니스트가 차채은에게 말을 걸었다.

"그거 아니?"

'왜 친한 척이야?'

어제 이후로 '싫은 사람'이라고 생각해 버렸기에 차채은은 상냥하게 웃는 한이슬이 부담스러웠다.

그러나 대놓고 말을 거는데 무시할 수도 없어 떨떠름하게 물었다.

"……뭘요?"

"크리스틴 지메르만은 본인 피아노를 가지고 다녀. 봐."

차채은이 무심코 피아노를 보니 과연 지금까지 무대에서 사용되었던 피아노와는 달랐다.

스타인웨이.

유명 피아노 브랜드에서 크리스틴 지메르만을 위해 만든 유일한 피아노였다.

"대단하지?"

차채은이 고개를 끄덕이자 한이슬이 이야기를 풀었다.

"다른 곡을 연주할 때는 가지고 다니지 않지만, 고전과 낭만 시대 때의 곡은 저절로 연주한다나 봐."

차채은은 관심 없는 척하면서도 굳이 한이슬을 말을 끊지 않았다.

무결점의 피아니스트라는 크리스티안 지메르만에 관한 이 야기에 흥미를 안 가질 수 없었다.

"저렇게 가지고 다녀서 생긴 일화도 많은데 예전에는 접착제 에서 나는 냄새 때문에 폐기되기도 했어."

"너무해."

"그치? 911 테러 직후라서 미국에서도 어쩔 수 없었나 봐. 화학 약품 냄새가 났다나? 그래서 그 뒤로는 분해해서 가지고 다닌대."

"번거로울 텐데."

"응. 하지만 완벽을 기하고 싶은 마음은 이해되지 않아? 본 인이 직접 조율까지 한대."

이야기를 흥미롭게 듣던 차채은은 순간 자신이 왜 한이슬과 친한 듯이 이야기를 나누고 있는지 알 수 없어졌다.

고개를 돌리고 다시 펜을 쥔 뒤 방금 한이슬에게 들은 이야 기를 작게 메모했다.

그 모습을 보던 한이슬은 작게 웃고는 더 이상 말을 걸지 않 는 대신 무대 위로 시선을 옮겼다.

칼 에케르트라는 걸출한 지휘자가 이끄는 빈 필하모닉과 크리스틴 지메르만이 준비한 곡은 리스트의 피아노 협주곡 1번.

19살의 그가 무려 20년 가까이에 걸쳐 완성한 곡으로.

그 전까지의 고전적 형태를 완전히 타파하고 피아노의 가능성을 유감없이 펼쳐낸 리스트의 역작 중 하나였다.

연주가 시작되었다.

칼 에케르트의 오케스트라가 무겁게 시작을 알렸고 지메르만의 피아노도 그에 지지 않고 어울렸다.

긴장된 분위기는 섬세하게 표현되었고 특히나 지메르만의 피아노는 범접할 수 없는 아름다움이 무엇인지 정확히 들려주었다.

차분한 꽃잎들이 모여 화사하게 이뤄낸 정원을 보는 듯.

멀리서도 가까이서도 아름다웠다.

관객들에게는 그녀의 우아한 자태가 한 떨기 꽃으로 보일 정도였다.

이 공연을 기대하고 있던 배도빈은 속으로 고개를 끄덕이며 낭만적 악상에 몸을 맡겨 정원을 거닐었다.

'멋진 곡이지.'

그는 이 환상적인 곡을 만들어낸 프란츠 리스트가 얼마나 혁신적인 인물이었는지 잘 알 수 있었다.

본인과 마찬가지로 정착된 형식을 탈피하고자 노력했던 흔적이 곡 여러 곳에서 느껴졌다.

'피아노를 가지고 다녔다고 했나.'

배도빈은 대학에서 재미 삼아 들은 일화를 떠올렸다.

당시 리스트는 건반의 파가니니라 불리고 귀족 중에서는 그의 연주를 듣고 실신한 사람이 있을 정도로 선풍적인 인기를 끌었다.

배도빈은 '그 정도쯤이야'라고 생각했지만 프란츠 리스트의 한 일화만큼은 관심을 가졌었다.

표를 구하지 못한 이들이 아쉬워하자 피아노를 가지고 다녔던 프란츠 리스트는 기차에서 피아노를 내려다 역 앞에서 즉석 공연을 했다고 한다.

그를 보기 위해 수많은 사람이 모였고 금세 역전은 리스트의 콘서트홀이 되었다는 이야기였다.

'어울려.'

배도빈은 크리스틴 지메르만의 연주를 들으며 리스트가 살아 있다면 아마 저런 형태로 연주하지 않았을까 하고 생각했다.

완벽을 향한 병적인 집착과 그로 인해 정제된 무결점의 연주.

많은 사람이 크리스틴 지메르만 하면 쇼팽을 가장 먼저 떠올리지만 배도빈은 리스트의 곡이야말로 그녀에게 가장 어울리는 옷이라고 생각했다.

'좋다.'

배도빈이 점차 고조되는 오케스트라의 중후한 울림을 들으며 숨을 길게 내쉬었다.

♪

2라운드 마지막 조의 결과는 모든 사람이 인정할 수밖에 없었다.

상임 지휘자는 아니었으나 빈 필하모닉과 오랜 세월 함께했던 칼 에케르트는 능숙하였고 현존 최고의 피아니스트 크리스틴 지메르만은 완벽했다.

이후 3개 악단이 훌륭한 연주를 펼쳤으나 첫 번째 연주에 묻히는 일은 어쩔 수 없었고 그 결과가 그대로 반영되었다.

빈 필하모닉

심사 위원단: 30(300점)

팬 투표: 49.8(2,021,017표)

합계 79.8점(1위)

2라운드 들어 최고 점수가 갱신되는 순간이었고 세계 최고의 24개 악단이 모인 자리에서의 득점이었던 만큼 파문은 클 수밖에 없었다.

ㄴ미쳤다곤 생각했지만 진짜 도라이급으로 미친 수준이네.

└이건 인정할 수밖에 없다. 진짜 크리스틴 지메르만 개쩔었음.

└솔직히 마지막 조가 널널한 것도 컸지. 암스테르담, 베를린, 런던이 함께했던 3조 같은 경우도 있었잖아. 1조랑 5조도 꽤 빡셌고.

└호우! 호우!

└나 이 사람 연주 19년에 대구에서 들었었음. 진짜 백발에 귀족 냄새 폴폴 나면서 귀호강했지.

└기억 난다. 난 그때 서울에서 들었는데 진짜 흐아아 했음.

└흐아아가 뭐냐? 흐아아가.

└그럼 어떻게 표현해.

└잔잔한 호수 속에 잔물결조차 없이 팽팽한 수면이 마치 거울 같은데 한 발 내디디면 깨질 듯한 그곳을 걷는 엄청난 긴장감을 주었지.

└으엑. 아리엘 냄새.

└아리엘이 뭐가 어때서!

└끄으으윽. 진짜 그때 티켓 놓친 게 천추의 한이다ㅜㅜㅜㅜ

└그나저나 도빈이 분노 뿜뿜 하고 있겠다. 도빈이가 어디 나가서 최고 아니었던 적이 없잖아.

└그러게. 결국 시드 못 땄네.

└콩쿠르 같은 데 많이 나가진 않았지만 매출이나 팬덤은 세계 원탑이었던 배도빈이 이러니까 좀 신기하긴 하다. 확실히 OOTY 오케스트라 대전이 괜히 세계 대전이 아닌가 봐.

└난 솔직히 도빈이가 한 번쯤은 고생했으면 좋겠는데. 왜 다들 고

난 겪고 나서 더 성숙해지잖아.

   └미친 소리 하지 마라, 미친 자야.

   └배도빈은 지금도 완벽함.

   └배도빈 음악적 성숙도를 따지면 70은 먹었을 듯?

   └아프니까 청춘이란 말이랑 뭐가 달라? 부정 탈라. 에비. 에비.

   └근데 진짜 아쉽다. 베를린 B랑 최지훈도 진짜 좋았는데.

   └ㅇㅇ. 진짜 뭔가 딱 개화했다는 느낌이었지.

조별 대진으로 인한 각 악단이 가지는 페널티는 어쩔 수 없었지만 빈 필하모닉과 크리스틴 지메르만의 연주가 최고였다는 데에는 이견이 없었다.

하나같이 그들을 극찬했고 빈 필하모닉은 반드시 우승하여 마지막 날에 다시 한번 지메르만과 공연하기를 약속했다.

그렇게 분위기가 달아올랐을 때 크리스틴 지메르만의 발언은 작은 화제가 되었다.

"빈과의 연주에 대해 소감 한 말씀 부탁드립니다."

"칼 에케르트와 빈 필하모닉은 언제나 제게 영감을 주었습니다. 만족스러운 연주였습니다."

"빈 필하모닉과의 협연 영상이 불과 하루 만에 2천만에 이르렀습니다. 유례없는 기록을 달성할 가능성이 충분한데요."

"공연 영상은 내려달라고 요청 중입니다."

"……네?"

"뉴튜브나 미시시피, 인터플레이, 웹플릭스 등의 매체가 클래식 음악에 미치는 폐해는 이루 말할 수 없습니다. 공연의 가치를 저해하고 관람의 의미를 퇴색시키죠."

"아……. 그렇군요. 그럼 다음 질문으로 넘어가서…… 정말 대단한 연주들이 이어지고 있습니다. 이번 대회를 어떻게 지켜보고 계십니까?"

"그렇네요. 대전이라는 표현이 어울려요. 그간 다른 음악가의 공연은 많이 찾지 못했는데 덕분에 좋은 시간을 보냈습니다. 그 미숙하고 말괄량이였던 가우왕이 그렇게 멋지게 자랄 줄은 몰랐거든요. 지금도 까부는 것 같지만."

"아하하."

"그리고……. 한국의 최지훈이라고 했던가요? 마에스트로 배도빈과 함께한."

"아, 네."

"인상적인 연주였어요. 그는 오케스트라와 어울릴 줄 아는 피아니스트였습니다. 사카모토 선생이 출전하지 않은 점이 아쉽네요."

인터뷰를 통해 지메르만의 공연 영상이 곧 삭제될 거라는 소식이 전해지면서 팬들은 당황했다.

OOTY 오케스트라 대전에서 가장 많이 사랑받는 연주 중

하나였기에 더욱 그러했다.

┗아니, 그걸 왜 내려;;

┗원래 저런 쪽으로는 단호한 사람임.

┗진짜 이상한 사람이네. 디지털 콘서트홀이랑 웹서비스로 클래식 음악 시장이 얼마나 커졌는데.

┗그러게. 저건 좀 아쉽다.

┗저건 좀 말이 많음. 공연과 관람의 가치를 떨어뜨린다는 말에도 공감할 수 있고 직관 못 가는 사람들도 연주를 들을 수 있다는 장점도 있고.

┗여긴 좀 답답한 게 다들 배워서 그런지 이것저것 따지는 게 너무 많음. 좋은 게 좋은 거지 뭐 그렇게 이건 되고 저건 안 되는 게 많냐?

┗ㅋㅋㅋㅋㅋ인정한다.

┗미숙했던 가우왕이래ㅋㅋㅋㅋㅋ 맞아. 티켓 파워는 처음부터 셌지만 거장들한테 까일 때도 있었지.

┗저거 듣고 가우왕 또 발작할 듯.

팬들의 예상대로 크리스틴 지메르만의 인터뷰를 접한 가우왕은 발작하여 그의 학창 시절 스승에게 대뜸 전화를 걸었다.

-크리스틴입니다.

"이보세요, 누가 미숙하고 말괄량이였단 말입니까?"

-아아. 왕이로구나. 잘 지냈니?

"저 곧 있으면 마흔이에요. 예? 언제까지 스승 노릇 하실 겁니까?"

-목소리가 좋은 걸 보니 잘 지내는 것 같구나. 하도 연락을 안 해서 걱정했단다.

"기껏 나와서 한다는 말이 까분다는 말뿐입니까? 저랑 같은 조였으면 선생님이더라도 시드 못 받았을 겁니다!"

-참, 소소는 잘 있니? 마지막에 봤을 때가 막 학교 들어갈 무렵이었던 것 같은데.

"지금 제 말 듣고 계십니까?"

버럭버럭 화를 내는 가우왕을.

배도빈은 한심하게 쳐다보고 있었다.

'저 성질머리는 안 고쳐지는 모양이네.'

"신기하다. 크리스틴 지메르만과 가우왕 씨가 사제지간이었다니."

최지훈이 싱글싱글 웃으며 입을 열었다.

"나도 몰랐어."

"오빠가 차이코프스키에서 우승하고 시비 걸었었어."

배도빈과 최지훈이 동시에 고개를 돌렸다.

소소는 무덤덤하게 고기를 입에 넣었다.

"크리스틴의 재미없는 연주보다 자기 연주가 훨씬 재밌다고."

"어……. 그런 일이 있었어요?"

"그런 일이었으면 네가 모를 리가 없을 텐데."

배도빈의 말에 최지훈이 고개를 끄덕였다. 가우왕의 팬이자 클래식 음악 정보 오타쿠인 최지훈이 그만한 일을 모를 수가 없었다.

"직접 말했으니까. 크리스틴 집에 찾아가서."

'어렸을 땐 진짜 답이 없었네.'

배도빈이 가우왕을 더욱 한심하게 쳐다보며 생각했다.

"그래서요? 어떻게 되었는데요?"

그러는 한편 가우왕의 비화를 접할 이 좋은 기회를 최지훈이 놓칠 리 없었다.

소소에게 뒷이야기를 재촉했다.

"압도적으로 져서 제자가 되었어."

"네?"

"그런 내기였대."

소소가 천천히 고개를 좌우로 젓고는 다시 고기를 썰기 시작했다.

식사를 마치고.

대회 주최 측에서 마련해 준 연습실에서 미팅을 가졌다.

첫 번째 안건은 2라운드 반성회.

두 번째 안건은 갑작스레 추가해야 하는 프로그램을 무엇으로 할지에 관한 문제였다.

최지훈과 함께한 차이코프스키 피아노 협주곡 1번은 지적할 만한 부분이 적어 시간이 오래 걸리지는 않았다.

"감사합니다."

마지막 코멘트를 마치고 곧장 다음 이야기를 꺼냈다.

"멀핀, 3라운드 일정이 어떻게 되나요?"

"내일 하루 쉬고 모레 조 추첨이 예정되어 있습니다. 추첨 후 3일간의 준비 기간이 주어지고요."

"3일……."

"곡은 자유 선정할 수 있어요."

그나마 다행이다.

조 추첨일까지 4일이 남았다고는 하지만 새로운 곡을 준비할 수 있을 만한 시간은 아니다.

OOTY 오케스트라 대전의 의의가 클래식 음악의 지속적 발전이니만큼 그렇게 진행하는 듯한데.

아무래도 평소 실력으로 승부를 봐야 할 것 같다.

조건은 다른 악단도 마찬가지.

"기존 레퍼토리에서 정하는 게 좋겠네요. 자유롭게 건의해 주세요."

"드보르자크 9번은 어떨까요?"

확실히 신세계로부터는 경험이 많은 곡이다.

B의 지휘봉을 잡은 뒤로 가장 많이 연주한 곡이기도 하니 먼저 고려할 만하다.

3라운드에 악장으로 나설 소소에게 물었다.

"어때요?"

"좋아."

소소는 항상 그래왔듯 덤덤하게 답했다.

실력을 갖췄으니 가능한 일이라 찰스 브라움, 나윤희와 함께 B팀에서 가장 의지가 된다.

"찰스는 어떻게 생각해요?"

고개를 돌리니 찰스 브라움이 고개를 끄덕였다.

"나쁘지 않네."

"……어디 아파요?"

그의 얼굴이 그리 좋아 보이지 않다. 창백한 게 당장에라도 누워야 할 것 같다.

그러고 보니 어제저녁에도 참가하지 않았던 것이 떠올라 걱정되었다.

"별거 아냐. 괜찮네. 소소랑 단원들만 괜찮으면 좋을 것 같은데?"

찰스 브라움이 애써 웃어 보였고 그 때문에 나도 단원들도 더 걱정하게 되었다.

"그럼 드로브자크 9번으로 가겠습니다. 섹션별 퍼스트들은 내일 오후에 잠시 숙소 로비로 모여주세요."

자주 연주하는 곡이라고는 하지만 그대로 할 수도 없는 법.

내게도 시간은 필요하다.

각 악기를 자세히 설명할 시간이 부족한 만큼 수석 연주자들의 역할을 기대해 본다.

"오늘은 이것으로 마치죠."

"수고하셨습니다."

해산을 알리고 찰스 브라움에게 다가가니 식은땀을 흘리고 있었다. 보통 일이 아니라는 건 바보인 찰스 본인도 잘 알 거다.

"왜?"

"언제부터 그랬어요?"

"뭐가?"

답하지 않자 찰스가 고개를 저었다.

"진짜 별일 아냐. 좀 피곤한 것 같아. 오늘 쉬면 괜찮아질 거야. ……정말이래도 그러네?"

"멀핀."

"네, 악장."

"찰스랑 병원에 좀 다녀와 주세요."

"아, 네."

"괜찮다니까!"

"책임지고 확실히 진료받도록 하세요. 이상한 변명 같은 거 무시하셔도 좋아요. 마흔이나 먹고 혼자서 병원도 안 가는 멍청이 말 들어줄 필요 없어요."

"뭐, 뭐? 멍청이?"

"카일! 잠깐만 도와줘. 찰스 악장, 가시죠."

찰스 브라움이 쓸데없이 저항했지만 멀핀 과장과 카일 대리가 야무지게 그를 연행했다.

3라운드를 진행하게 되면서 어긋나게 되었지만 본래 결승에서 주인공을 맡아줄 예정이었기에 그에게 문제라도 생기면 큰일이다.

'대체 왜 다들 자기 건강을 과신하는 거야.'

쭉 느낀 거지만 마음에 드는 사람일수록 자기 몸을 생각지 않는 경향이 있다.

홍승일도 그랬고 토마스 필스, 푸르트벵글러도 모두 그러했다.

"애도 아니고."

고집이라도 부려 제대로 진료받지 않으면 밧줄로 묶어 MRI에 처넣어버릴 생각을 하고 있자니 옆에서 나윤희가 웃었다.

의아해서 돌아보니 그녀가 아 하고 소리 냈다.

"미, 미안."

"사과할 일 아니에요. 그냥 왜 웃는지 궁금했을 뿐이에요."

"……보기 좋아서. 찰스 브라움 악장님도 귀여운 면이 있으신 것 같아."

나윤희가 보기에도 찰스가 한심해 보인 모양이다.

고개를 끄덕였다.

"정말 그래요. 대체 무슨 자신감으로 그러는지 모르겠어요."

"그…… 한 분야의 천재는 자기 관리 못 하는 것 같아. 셰프도 그래서서 많이 걱정했었고."

"맞아요."

정말 격하게 공감한다.

조금이라도 건강히 오래 살 생각을 해야지 허구한 날 술과 담배를 하니 매일 14시간 이상 연습하면서 무리한 몸이 버틸리가 있나.

금연과 금주 그리고 브로콜리를 먹기 시작한 푸르트벵글러가 그나마 다행이다.

"베토벤도 그랬고."

"……."

한 대 얻어맞은 것 같다.

의외의 공격에 겨우 정신을 차리고 짐을 쌌는데 소소가 다가와 같이 돌아가자고 권유했다.

"도빈, 윤희. 돌아가자."

"저는 들를 곳이 있어요. 먼저 가세요."

"들를 곳?"

"네. 오랜만인데 대회 때문에 인사도 못 했거든요."

♪

2라운드 종료 후 각 악단에게 하루간 휴식이 주어졌다.

진출에 실패한 악단은 아쉬움을 뒤로하고 각 지역으로 돌아갈 채비를 하고 있었다.

아쉽게 탈락한 대한국립교향악단도 예외는 아니었다.

예산이 빠듯했기에 조금이라도 서둘러 귀국해야만 했다.

"……"

숙소는 발소리와 짐을 담는 소리만이 날 뿐, 대화 소리는 들리지 않았다.

간혹 누군가를 부르더라도 잠긴 목소리였고 그마저도 길게 이어지지 않았다.

많은 사람이 대한국립교향악단이 1라운드를 돌파할 거라 생각지 않았으나 본인들만은 반드시 4강에 이르자고 굳게 다짐했고.

그것을 위해 피와 땀을 흘렸던 만큼 분하고 또 분했다.

적어도 그들에게 있어 대한국립교향악단의 2라운드 진출은 기적이 아니었다.

지휘자 차명운은 말없이 움직이는 단원들을 안타깝게 바라보았다.

'다들 속이 상했겠지.'

차명운 본인도 의연한 척하고는 있지만 속이 쓰린 건 어쩔 수 없었다.

대한민국의 클래식 음악을 세계에 알리기 위해 오랜 기간 노력했던 그들은 조금씩 성과를 내고 있었다.

유럽에서도 조금씩 인지도를 쌓았고 UN 본부에서 공연도 하며 영국 BBC 프롬스 등 여러 축제에 초청받기도 하였다.

그러나 아직 세계 정상의 무대에 서기에는 부족했음을 절감하게 된 것이다.

'멀구나.'

차명운은 고개를 저었다.

그는 지휘자로서 전 유럽에서 존경받았지만 대한국립교향악단이 그런 대우를 받기에는 너무나 멀게만 느껴졌다.

'좀 더 잘 준비할 수 있었을 것을.'

차명운은 그것을 자신의 미숙함으로 돌리며 여태 잘 따라와 준 단원들에게 미안해하고 있었다.

그 마음이 그를 괴롭히는 것은 차명운 본인도 잘 알고 있는 사실이었다.

똑똑-

그때 대한국립교향악단의 직원이 차명운을 찾았다.

"네. 들어와요."

"손님이 찾아오셨습니다. 배도빈 군인데 어떻게 할까요?"

"도빈 군이? 안내해 주세요. 아니. 제가 내려가죠. 수고했어요."

의외의 방문이었지만 차명운은 반가운 마음에 직접 나섰다.

벌써 꽤 오래된 일이었지만 추석 명절에 살리에리를 함께 연주했던 기억이 선명했다.

또 다소 난감할 수 있었던 차명운의 부탁을 흔쾌히 받아들여 주기도 했었다.

특히나 배도빈이 음악 유망주들에게 무료로 특강을 해주었던 일은 잊을 수 없었다.

더욱이 대한민국의 클래식 음악을 한 단계 끌어올리고자 하는 그의 소망을 실현한 인물이기도 하니 차명운에게 배도빈은 더없이 반가운 존재였다.

서둘러 로비로 내려온 차명운이 크게 웃으며 배도빈에게 다가갔다.

"오오. 잘 왔어요, 도빈 군."

"건강하신 거 같네요."

"하하. 나이는 못 속이지요. 자, 올라갑시다."

차명운의 개인 방에 이른 두 사람은 간단히 안부를 물었다.

"그래서. 무슨 일인가요?"

"아직 공개할 만한 일은 아니에요."

비밀을 지켜달라는 말이라는 걸 못 알아들을 차명운이 아니었다.

그가 고개를 끄덕이자 배도빈이 본론을 꺼냈다.

"한국에 오케스트라를 만들 생각이에요. 대한국립교향을 이끌어 오신 분께 조언을 들을 수 있을까 싶어서요. 전 한국 상황을 잘 모르니까요."

"음?"

배도빈의 말을 들은 차명운은 굳게 신뢰해 온 자신의 귀를 의심해 버리고 말았다.

빌헬름 푸르트벵글러는 배도빈이 합류한 첫 기자회견에서부터 그를 후계자로 낙점한 듯 행동했었다.

더욱이 베를린 필하모닉은 세계 최고의 오케스트라 중 하나로, 배도빈이 추구하는 음악을 가장 잘 소화할 수 있는 곳이기도 했다.

음악 시장이 큰 유럽의 중심에 있기도 했고 뛰어난 연주자를 다수 보유했으며 팬 층도 두터웠다.

배도빈이라는 세기의 천재가 활동하기에 그보다 좋은 환경은 찾기 힘들었다.

"굳이 한국으로 오려는 이유가 있나요?"

차명운은 만약 배도빈이 자신과 같이 역사적, 사회적 의무감으로 행동하려 한다면 말릴 생각이었다.

그런 일은 하고 싶은 일을 충분히 한 뒤라도 늦지 않다고 생각했다.

배도빈이 합류한다면 분명 대한민국의 음악이 더욱 발전하고 시장이 증대될 것은 분명하지만 벌써부터 그런 무거운 짐을 지길 바라진 않았다.

본인이 걸어온 길이기에 얼마나 힘든 일인지 잘 알았다.

"음……."

배도빈이 대답을 망설이자 차명운이 말을 이었다.

"도빈 군이 한국에 온다면 분명 기업이든 국가적으로든 여러 면에서 지원도 생기겠지요. 아마 학생들에게도 큰 도움이 될 겁니다. 지금도 제 제자들이 예전 도빈 군의 특강에 대해 종종 말하곤 해요."

배도빈은 잠자코 차명운의 말을 들었다.

"하지만 저는 그렇다고 도빈 군이 본인을 희생할 필요는 없다고 생각합니다. 사정이 나아지긴 했어도 지금도 많은 악단이 재정 독립을 못 하고 있어요. 한국에서 베를린 필하모닉과 같은 악단을 꾸리기엔 제약 사항이 많습니다. 연주자들도 유럽과 아메리카를 두고 한국에 올 필요성을 못 느낄 테죠."

차명운이 고개를 저었다.

"홍 선배가 죽기 전에 만난 적이 있었습니다. 홍 선배는 그 지경에 있으면서도 도빈 군이 대한민국의, 아니, 클래식 음악계의 희망이라 말했었죠. 하지만 그분도 도빈 군이 이렇게 본인을 희생하길 바라진 않았습니다."

홍승일이 죽기 직전을 떠올린 차명운이 그리운 듯 말했다.

"도빈 군이 하고 싶은 음악을 자유롭게 할 수 있도록, 계속 음악을 할 수 있게 하는 일이야말로 많은 사람에게 희망이 될 수 있다고 말했죠. 마치 유언처럼 같은 말을 반복하셨습니다. 도빈 군, 혹시 국내 언론이나 주변 때문이라면 그럴 필요 없어요."

배도빈이 작게 웃었다.

온갖 찬란한 수식어를 붙이고 상황을 강요하는 사람은 많았어도 차명운과 같이 말하는 사람은 가까운 지인 외에 없었다.

"그런 거 아니니 걱정 마세요."

그러나 그의 오해는 풀어줘야 대화가 진행될 듯하여 배도빈은 입을 열었다.

"단원, 환경, 구조까지 모두 제 뜻대로 할 수 있는 오케스트라를 만들어 최고의 음악을 하는 건 오랜 꿈이었어요."

"아."

차명운이 작게 소리 냈다.

일반적인 생각과는 다른 규모라 선뜻 어떤 느낌인지 그려지지 않았다.

"굳이 한국에 국한할 생각은 없어요. 하지만 되도록 한국에서도 활동하고 싶어요."

"흐음. 달리 특별한 이유라도 있나요?"

배도빈은 잠시 뜸을 들였다.

"……예전에 편지를 받았어요."

"음."

"은평구에 사는 사람인데 두 딸이 제 팬이래요. 언젠가는 제 공연을 들으러 베를린에 오고 싶다는데, 노동하는 분이 그럴 여유가 어디 있겠어요."

"……."

"과대망상인지는 모르겠지만 그 사람은 언젠가 제 공연을 들으러 올 것을 생각하며 하루를 또 살겠죠. 제 음악이 필요한 곳이라면 가고 싶다는 마음이에요."

차명운은 배도빈의 고결한 정신에 감탄하면서도 현실적인 문제를 떠올릴 수밖에 없었다.

음악이 필요한 곳에 간다.

그 생각은 너무도 깨끗했지만 단지 그것만으로는 악단을 운영해 나가기 힘들 수밖에 없었다.

아무리 부정해도 수입이 확보되지 않은 상태에서는 좋은 연주를 할 수 없었기 때문이었다.

"도빈 군……."

"그래서 이것저것 생각해 봤는데, 오늘도 그걸 확신하기 위해 찾은 거였어요."

"음?"

"한국에서만 있는 건 역시 힘들다는 뜻이죠?"

"……안타깝게도 그렇죠. 지원이 없으면 힘들어요. 하지만 도빈 군이라면 방법이 있을지도 모르겠네요. 베를린 필하모닉과 같이 운영은 불가능해도."

차명운의 조심스럽고 상냥한, 그러나 현실적인 대답을 들은 배도빈은 고개를 끄덕였다.

확신에 찬 모습이었다.

차명운과 헤어진 배도빈은 숙소까지 걸으며 여러 생각을 정리했다.

악단을 세워 콘서트홀을 운영하기 위해 오랜 시간 고민했던 이야기가 지금은 조금씩 명확해지고 있었다.

환경을 고려한다면 유럽이 적절했다.

다른 것보다 우수한 단원을 모집하기에 유럽보다 나은 지역은 없었다.

음악을 하는 사람의 대부분이 결국에는 유럽을 본 무대로 잡는 만큼 루트비히 오케스트라도 그에 따를 필요가 있었다.

연주자 없이 악단을 시작할 수는 없는 법이니까.

배도빈은 본인의 음악적 가치라면 어디든 따라올 사람이 있을 거라 확신했지만.

모든 단원을 음악의 주 무대에서 벗어나도록 구성하기란 쉽지 않을 듯했다.

그러나 그렇다고 해서 다른 지역을 포기하고 싶지는 않았다.

상대적으로 적을 뿐.

그곳에도 분명 음악을 사랑하는 이들이 있으니 말이다.

본래 고집이 세고 음악에 한해서는 끝없이 욕심을 부렸던 배도빈은 활동 무대를 정하는 일마저 타협하고 싶지 않았다.

고민은 있었다.

디지털 스트리밍 서비스의 품질이 크게 향상되며 베를린 환상곡, 찰스 브라움, 투란도트 등이 크게 성공하는 것을 경험한 배도빈은 여러 안건을 두고 저울질을 해보았다.

'아니야.'

그러나 어떤 방식도 공연의 가치를 다할 수는 없었다.

녹음 기술과 온라인 서비스가 질적으로 향상된 것은 사실이었으나 썩 흡족하진 않았다.

'내 음악을 듣고 싶은 사람들이 있는 곳이라면 가야지.'

배도빈은 14년 전의 일을 떠올렸다.

새로운 세계에 적응하고 있던 시기였고 그런 탓에 온전한 형태로 삽입되지 않는다는 점에서 영화 음악에 부정적이었을 때였다.

'내가 자네를 가르칠 순 없지만, 자네의 음악이 필요한 곳을 알려줄 순 있을 것 같네.'

'도빈 군은 아직 잘 모를 수 있겠지만 훌륭한 곡은 비로소 그 자리를 찾아야 한다네. 그 위대한 모차르트와 베토벤의 곡이 수백 편의 영화에 사용되었다지. 무슨 뜻인지 이해할 수 있겠는가?'

'자네의 음악이 필요한 영화가 있네. 함께해 주게.'

'능숙하단 말이야.'

배도빈은 당시 사카모토 료이치가 했던 말을 똑똑히 기억하고 있었다.

그는 영화의 우수함, 수익성 등 다른 불필요한 말은 조금도 언급하지 않았다.

그저 배도빈의 음악이 필요하다는 말을 풀어서 반복했을 뿐이었다.

그러나 그것이 배도빈의 마음을 움직이는 결정적인 요인이었다.

음악을 하는 사람에게 있어 그보다 중요한 일은 없었다.

자신의 음악이 온전히 이해받고 그 가치가 받아들여져 필요시 된다면 그것이 최고의 기쁨이었다.

특히나 배도빈에게 음악이란 살아가는 이유이자 존재를 입증하는 유일한 수단.

더욱이.

연간 200억 원에 달하는 개인 수입이 발생하고, 업계에서 가장 활발히 활동 중인 샛별 엔터테인먼트의 소유주로서 얻는 수입이 추가된 현재.

시가총액 890조 원에 달하는 WH 그룹을 등에 업은 배도빈은 본인과 가족의 삶을 유지하는 데 아무런 지장이 없었다.

오케스트라를 운영하면서 적절한 수입이 보장되고, 우수한 단원들에게 그에 상응하는 보상을 할 수 있다면 그 이상의 수입은 크게 바라지 않았다.

중요한 것은 음악이 필요한 이들에게 자신의 음악을 들려주는 것.

그것은 그 어떤 조건보다 앞서 있었다.

'비행기부터 사야겠는데.'

배도빈이 문득 걸음을 멈췄다.

'아니지.'

보다 좋은 생각이 떠올랐다.

'크루즈도 살까? 바다 위의 오케스트라. ……이쪽이 더 재밌을 것 같네.'

다시 걷기 시작한 배도빈이 하품을 하며 숙소로 들어섰다.

한편 진달래는 아리엘 핀 얀스로부터 초대받아 잘츠부르크의 덕도날드를 찾았다.

빅덕으로 간단하게 저녁을 때우던 관광객과 현지인들은 아리엘 얀스가 매장 안에 들어선 순간 고소한 치즈향과 오리고기의 육즙이 흐르는 두 개의 고기 패티 그리고 푹신한 빵을 문 채 그대로 굳어버렸다.

그가 들어선 순간 장미향이 나는 착각이 들 정도로 그에게 현혹되어 버렸다.

"몹시 허하군. 이 몸의 허기를 달랠 만한 메뉴가 있는가?"

"아…… 그게."

넋을 놓고 아리엘을 보던 종업원이 '빅덕 같은 걸 어떻게 바치라는 거야'라는 생각에 망설이고 있을 때 아리엘이 고개를 끄덕였다.

"역시 항상 먹던 것이 좋겠군. 빅덕 세트를 주문하지. 이 레이디에게도 같은 걸 부탁하네. 세프에게 각별히 신경 써 달라

전해주고. 아, 포크와 나이프도 준비해 주게."

"셰, 셰프요?"

아리엘이 답하지 않고 고개를 끄덕여 보이자 종업원이 망설이다 조리실에 대고 말했다.

"셰, 셰프님! 홀에 빅덕 세트 두 개요! 각별히 신경 써주세요!"

"뭔 미친 소리야?"

만족스럽게 값을 지불한 아리엘은 빅덕 세트 두 개를 수령해, 진달래를 정중히 에스코트하여 자리를 잡았다.

"초대에 응해주셔서 감사합니다, 새벽의 여신이여."

"아, 아니. 불러줘서 고마워."

진달래가 손을 저었다.

평소와 다르게 아리엘 앞에만 서면 조심스러워졌다.

아리엘 얀스는 진달래를 마치 공주처럼 대했는데, 진달래에게 있어 그런 경험은 처음이었다.

상상으로도 아리엘과 같은 사람을 떠올려 보진 않았고 손을 잃은 뒤로는 이런 식으로 남자를 만날 거라 생각지 않았다.

면역이 없는 상황에서 아리엘 얀스의 저돌적이면서도 정신 나간 대우는 진달래의 취향을 직격하고 말았다.

"슈만 정말 머, 멋있었어."

진달래가 햄버거를 든 채 말했다.

그 말에 아리엘이 왼손을 얼굴 앞으로 들어 손등을 진달래에게 향했다.

자연스럽게 위치한 다섯 손가락이 아리엘의 얼굴을 감쌌고 그는 씩 하고 웃으며 자랑을 늘어놓았다.

"역시 알아봐 주시는군요. 이 아리엘, 슈만의 시를 표현하기 위해 여러 밤을 보냈습니다. 1악장에는……."

음악을 배우고는 있지만 기악에 관한 것이 아니었기에 진달래는 아리엘의 말을 대부분 이해하지 못했다.

그러나 항상 자신감에 차 있고 자신을 당당히 표현하는 모습이 매력적으로 느껴졌다.

진달래 본인도 그런 생각을 할 줄은 몰랐다.

'조금 닮은 거 같아.'

진달래는 아리엘 핀 얀스와 만나면서 그가 배도빈과 닮았다는 느낌을 받았다.

두 사람 다 자신의 음악에 확고한 자부심을 가지고 있었고 그것을 말하는 데 있어 망설이지 않았다.

2라운드에서 탈락했지만 그런 것은 조금도 신경 쓰지 않고 다음에는 슈만의 피아노 협주곡을 어떻게 연주하겠다고 말하는 아리엘 핀 얀스의 열정은 분명 진달래에게 큰 자극이었다.

'조금 별나긴 해도 뭐 어때.'

멋진 사람이라고 생각했다.

"혹시 입에 안 맞으십니까?"

"아, 아니. 나 햄버거 좋아해."

진달래가 빅덕을 양껏 입에 물었다.

그러면서도 의문이 들었는데 마치 베르사유의 가장 화려한 방에 누워 포도를 먹을 것처럼 생긴 아리엘이 덕도날드를 좋아할 거라고는 생각도 해보지 못했다.

포크와 나이프로 빅덕을 썰어 먹는 아리엘을 보며 진달래가 물었다.

"햄버거 좋아해?"

그 말을 들은 아리엘이 냅킨으로 입 주변을 꾹꾹 눌러 닦은 뒤 입을 열었다.

"좋아합니다. 빵과 야채 그리고 이 오리고기 사이에 스며든 농밀한 소스. 씹을수록 고소하게 올라오는 풍미는 가히 신이 내린 은총이죠."

"의외다. 난 저녁 먹으러 가자고 해서 엄청 부담스러운 곳이면 어쩌지 걱정했거든."

아리엘이 고개를 살랑살랑 저었다.

"요리든 물건이든 결국 어떤 사람이 쓰는지에 따라 다르지요. 추악한 사람이 1만 달러의 시계를 찬다 해서 품격이 높아지는 게 아닌 것처럼요. 그런 의미에서 저와 여신께서 드시고 있는 이 빅덕의 가치는 금보다 중합니다."

진달래가 웃었다.

남들이 들었을 때는 정신 나간 소리로 치부하겠지만 적어도 진달래는 자신의 생각을 솔직하고 당당하게 말하는 아리엘이 마음에 들었다.

그는 여러모로 의외인 구석이 많았다.

특히 귀공자처럼 보이면서도 상당히 검소했다.

세 번을 만났지만 같은 옷을 항상 깔끔하게 다림질해 입고 있었고 시계라든가 사치품은 일절 보이지 않았다.

잘츠부르크 교외로 나갈 때는 대중교통을 이용했고 함부로 돈을 쓰는 법이 없었다.

처음에는 외모에 이끌렸던 아리엘을 더 좋아할 수밖에 없는 이유였다.

"원래 검소한 편이야?"

질문을 받은 아리엘 얀스는 잠시 생각하다가 답했다.

"얀스 가문의 오랜 전통인지라."

"전통?"

아리엘 얀스가 항상 그랬던 것보다 더욱 자랑스레 말했다.

"재화를 쌓아두지 마라. 가능한 많이 베풀라. 8대조 제르민 얀스 백작께서 하신 말씀입니다."

아리엘이 빅덕을 내려다보며 말했다.

"제가 100달러의 저녁 대신 4달러의 빅덕을 먹음으로써 조국의 가난한 이들은 따뜻한 하루를 보내겠죠. 저는 고결한 얀스 가문의 일원으로서 품위를 유지하되 주변을 돕는 명예를 지키고 있습니다."

대대로 라트비아의 귀족이었던 얀스가는 물려받은 재산이 없기로 유명했다.

그들의 성도 이미 오래전 국가에 넘어갔으며 수많은 천재를 배출했음에도 가문이 지닌 재력은 형편없었다.

마리 얀스와 같이 크게 성공한 이들이 제법 있었음에도 모두 라트비아의 어려운 이들을 구제하기 위해 사용된 탓이었다.

아리엘 얀스가 로스앤젤레스 필하모닉에서 받는 연봉은 25만 달러.

부족함이 없었으나 그는 가훈을 자랑스레 여겨 대부분의 수입을 사회에 환원하였다.

그러면서도 품격을 잃지 않기 위해 매일 직접 옷을 다리고 구두를 닦았으며 사치품을 쓰지 않는 내에서 외모를 가꾸었다.

"멋있다……."

진달래가 무심코 감탄했다.

"크흠."

아리엘이 드물게 얼굴을 붉혔기에 진달래는 조금 재밌다고 생각했다.

"진짜 멋있어. 난 항상 같은 옷 입어서 그게 여러 벌 있나 생각했거든."

"매일 아침, 자신을 돌아보는 의식이지요."

아리엘을 보는 진달래의 눈이 더욱 따뜻해졌다.

"아, 도빈이도 기부 많이 하던데. 둘이 닮은 거 같아."

"그 마왕과 닮았다니. 짓궂은 면도 있으시네요."

아리엘이 어깨를 으쓱인 뒤 나이프를 쥐었다. 그리고 문득 진달래를 보며 말했다.

"그러는 여신께서도 매번 같은 티를 입고 다니시는 것 같습니다."

"어? 내가?"

진달래가 자기가 입은 옷을 살폈다.

좋은 옷은 아니지만 같은 옷을 매번 입고 다니지는 않았기에 의아해하고 있을 때 아리엘이 웃으며 말했다.

"프리티."

"……."

아재 개그라니.

'진짜 닮았네.'

"그게 뭐야."

진달래가 웃으며 아리엘을 타박했다.

식사를 마친 두 사람은 잘츠부르크의 저녁을 음미하며 걸었다.

진달래의 발은 가벼웠다.

아리엘은 끊임없이 떠들었다.

그러다가 잘츠부르크의 멋진 야경을 맞이했을 때 두 사람은 대화를 나누지 않았다.

서로의 심장 소리를 들을 수 있을 것만 같이 적막했다.

그러면서도 두 사람은 서로를 온전히 느끼고 있었다.

항상 흰 장갑을 끼고 있던 아리엘은 맨손이었고 그것은 의수를 뺀 진달래의 손목을 조심스레 쥐고 있었다.

"다시 만나는 날까지 부디 건강하시길 바랍니다."

"응. 꼭 또 만나."

두 사람은 다시 만날 것을 약속한 뒤 헤어졌다.

잠시 뒤.

진달래와의 저녁 식사를 마치고 숙소로 돌아온 아리엘 얀스는 내일 미국으로 돌아갈 수 있도록 채비했다.

진달래가 미성년자라는 것을 알게 된 뒤로 일찍 귀가했기에 그리 늦은 시간은 아니었다.

그때 인터폰이 울렸다.

"네."

-편안한 시간 보내고 계십니까? 라인 호텔 로비입니다. 아리엘 핀 얀스 고객님을 찾으시는 분이 로비에 계셔서 안내차 연락드렸습니다.

다시금 로비로 내려온 아리엘은 두 남자를 볼 수 있었다.

한 사람은 거만해 보였고 다른 한 사람은 그를 시중들고 있었다.

다소 어두운 금발을 뒤로 넘긴 중년이 나서 아리엘에게 다가갔다. 여유가 가득한 얼굴이었다.

"반갑네. 제임스 버만일세."

제임스 버만이 내민 손을 보고 아리엘은 그가 영국 재벌가와 같은 성을 쓰고 있음을 기억해냈다.

아리엘 얀스의 눈이 날카롭게 제임스 버만에게로 향했다.

"버만 가문은 늦은 시간에 약속도 없이 방문하는가?"

아리엘이 악수를 받지 않은 채 제임스 버만을 경멸스럽게 보았다.

"입조심해라. 이분은."

"아아, 괜찮네."

제임스 버만이 그의 사용인을 말린 뒤 웃어 보였다.

"실례했군. 잠시 시간 좀 내주겠나?"

제임스 버만과 잠시 눈을 마주한 아리엘이 고개를 팩 하고 돌렸다.

"거절하지. 당신은 그리 유쾌한 사람이 아니야."

"허."

아리엘의 태도에 제임스 버만이 안타까워했다.

"임시라고는 하지만 한 단체를 대표하는 사람이 이럴 줄은 몰랐군."

그러거나 말거나 아리엘 얀스는 돌아서 자신의 방으로 향했다.

그의 등 뒤에서 제임스 버만이 중얼거렸다.

"사업 이야기를 듣지도 않다니. 이래서야 구스타프 하나엘도 불쌍하군. 일을 맡긴 녀석이 이렇게 어려서야……."

모욕이었다.

아리엘 얀스가 다시 돌아섰다.

그의 얼굴에 화가 가득했고 품위를 위해 가까스로 억누르고 있을 뿐이었다.

"이야기는 들어주지, 버만 가문의 차남."

성이 난 아리엘과 달리 제임스 버만은 여유롭게 웃고 있었다.

한적한 곳에 자리한 두 사람은 극히 대조적인 모습을 보였다.

아리엘 얀스는 거만하게 턱을 살짝 들고 있는 제임스 버만을 몹시 불쾌해했다.

"이렇게 시간을 내줘서 고맙네. 22살이라 했던가? 화도 참을 줄 알고 내가 잠시 오해한 듯하군."

"감히 날 평하려 들지 마라."

제임스 버만은 날이 바짝 선 아리엘을 대수롭지 않게 여기며 입을 열었다.

"오케스트라 대전에서 들려준 자네와 로스앤젤레스 필하모닉의 연주는 무척 인상 깊었네. 천재라더니 과연 구스타프 하나엘이 후계자로 낙점할 만하더군."

"날 평하려 들지 말라 했다."

제임스 버만은 씩 하고 웃은 뒤 손짓했다.

그의 사용인이 버만을 대신해 서류 한 부를 아리엘 앞에 두었다.

아리엘 얀스는 그것에 시선조차 두지 않았다.

"곧 인터플레이가 북미에 진출하네. 읽어보면 알겠지만 여러 단체와 독점 계약을 맺었지. 다만 오케스트라는 자리를 비워뒀는데 마침 로스앤젤레스 필하모닉이 좋겠더군. 어떤가?"

"무슨 말을 하나 싶었더니 결국 그런 이야기인가? 유럽에서의 참패와 그 이유를 이 내가 모를 거라 생각했나?"

인터플레이의 무능함은 일부 사람들에게만 알려진 일이 아니었다.

거대 자본으로 인수합병을 진행, 기업 규모를 단기간에 비정상적으로 부풀린 인터플레이는 하청을 주어 단가를 대폭 하락시켰다.

한때는 유럽 클래식 음악 시장의 절반을 차지할 정도로 거대했지만 연이은 사건 사고로 인해 지금은 여러 악단과 유저가 등을 돌린 상황이었다.

가장 큰 장점이었던 고화질, 고음질의 디지털 스트리밍 시스템에 접속 오류, 음원 품질 문제가 연이어 터졌고.

새롭게 등장한 플랫폼 JH의 공격적인 마케팅에 인터플레이는 순식간에 사양길로 접어들었다.

그런 상황에서 인터플레이가 할 수 있는 일은 없었다.

알 수 없는 세력에게 공격받고 있다고 추측할 뿐.

상대의 정체를 알 수 없었던 인터플레이 그룹은 여기저기서 터지는 문제를 수습할 수 없었고.

결국 제임스 버만이 대대적인 숙청을 시작, 무능한 인력과 계열사를 쳐내고 재기를 준비 중이었다.

그렇게 선택한 방법이 영화, 공연과 함께 발전한 북미 시장이었다.

순수 클래식 음악 소비량도 만만치 않았기에 인터플레이는 북미를 새로운 시작을 위한 좋은 타깃으로 여겼다.

"과거에 연연해서야 발전이 없는 법이지. 여기, 이걸 보게."

제임스 버만이 페이지를 넘겨 한 지점을 보였다.

그곳에는 맥스 스튜디오와의 계약서 사본이 일부 내용이 삭제된 채 복사되어 있었다.

세이버즈 시리즈를 비롯하여 만화를 원작으로 한 각종 영화를 크게 성공시킨, 세계에서 가장 영향력 있는 영화 제작사 중 한 곳이었다.

"보다시피 맥스 스튜디오와의 계약이 체결되었네. 알고 있 겠지만 매출액을 매년 갱신하는 곳이지. 어떤가. 로스앤젤레 스 필하모닉이 함께한다면 그림이 멋지지 않겠나?"

제임스 버만은 로스앤젤레스 필하모닉이라면 이 제안을 받 아들일 수밖에 없다고 판단했다.

토마스 필스 사후.

구스타프 하나엘이 분투했지만 예전만 못한 것이 사실이었다.

순수 음악으로도 유명했지만 영화와 오페라 등의 각종 공 연과의 협업이 잦았던 로스앤젤레스의 재정은 토마스 필스 이 후 급속도로 안 좋아졌다.

주축 멤버가 사망, 은퇴 등의 사유로 떠나면서 더 이상 로스 앤젤레스 필하모닉과 함께할 이유가 사라진 것이었다.

구스타프 하나엘이 쓰러지면서 상황은 더욱 악화될 것이 분명.

제임스 버만은 이 건방지고 어린 지휘자에게 다른 선택지가 없다고 판단했다.

"로스앤젤레스 필하모닉의 재정이 어려운 건 잘 알고 있네. 악단을 부흥시키고 싶지 않은가?"

제임스 버만이 쐐기를 박았다.

그는 여전히 여유가 넘쳤다.

로스앤젤레스 필하모닉을 시작으로 인터플레이가 재기하 는 것을 의심치 않았다. 비록 과거에 비할 바는 아니나 LA는 여전히 세계 최고의 오케스트라 중 하나로 인식되고 있으며 특히나 미국에서의 입지는 확고했다.

로스앤젤레스 필하모닉이 인터플레이와 계약했다는 것이 알려지면 클리블랜드, 시카고, 보스턴과 같은 거대 오케스트라와의 계약도 한결 수월해질 터.

'할 수밖에 없지.'

재정적 문제를 겪는 단체의 어린 지휘자를 구워삶는 일쯤이야 별것 아니었다.

공식 루트는 악단과 해야겠지만 이렇게 어설퍼 보여도 지휘자는 지휘자.

아리엘 얀스의 부담감을 자극해 아군으로 만들면 악단을 구슬리기에도 유리했다.

맥스 스튜디오와의 계약은 덤.

인터플레이와 맥스 스튜디오의 계약은 사실이었지만 그것은 스트리밍 쪽 계약이었다.

음악 제작에 관여할 수 있는 일도 아니었고 단지 콘텐츠를 가진 업체와 플랫폼의 계약일 뿐.

그러나 영화 음악 제작을 기반으로 했던 로스앤젤레스 필하모닉을 구슬리기에는 더할 나위 없이 매력적인 거짓말이었고.

로스앤젤레스와 클리블랜드, 시카고, 보스턴을 계약한다면 이 계약을 통해 안면을 튼 맥스 스튜디오도 유력 악단과 계약한 인터플레이에게 의뢰할 수 있는 상황이었다.

분명한 사기였지만.

동시에 제임스 버만은 그럴 수 있다고 확신했고 자신했다.

'자, 어서.'

제임스 버만이 여유로운 태도를 고수하며 아리엘을 보았다.

"싫다."

아리엘 얀스가 퉁명스레 말했다.

"······뭐라고?"

"나는 신의 계시를 받은 몸. 네 더러운 수작 따위 추호도 필요 없으니 썩 꺼져라."

아리엘이 일어났다.

"네놈 덕분에 환상적이었던 오늘의 기분이 무색해지는군."

까득.

제임스 버만이 이를 갈았다.

"잘 생각해라, 얀스. 알량한 자존심으로 악단이 부흥할 수 있는 기회를 날릴 셈인가?"

"더 이상 내 귀를 더럽히지 마라. 그 추잡한 입에 내 고결한 이름을 담지도 마라. 하찮은 네 입이 움직일 때마다 역겨워 참을 수가 없다."

아리엘은 어안이 벙벙한 제임스 버만을 두고 걸어가 웨이터에게 세면대가 어디 있는지를 묻고는 그대로 걸어 나갔다.

그러고는 마치 더러운 거라도 묻은 듯 귀를 박박 씻어냈다.

♪

오랜만에 푹 잔 덕분에 몸이 개운하다.

아침을 먹기 위해 식당으로 향하니 나윤희와 소소가 진달래를 닦달하고 있다.

"어, 어제 어땠어?"

"바른대로 말해."

나윤희는 드물게 들뜬 모습이고 소소는 용의자를 취조하는 것처럼 험상궂은 표정을 짓고 있다.

"그냥. 밥 먹고 걸었어."

"진짜? 진짜 그게 다야?"

"……손도 잡았어."

진달래의 말에 나윤희가 주먹을 쥐고 두 손을 붕붕 휘둘렀다.

나윤희가 호들갑을 떠는 건 처음 본다.

"사형이야."

누구랑 손을 잡았는지는 모르겠지만 소소는 무척 마음에 안 드는 듯하다.

"아, 여기."

진달래가 손을 흔들었고 자리에 앉으니 소소가 어제 무슨 일이 있었는지 말해주었다.

"정신병자가 달래 잡아가려 해."

"정신병자요?"

"아리엘 얀스."

고개를 돌리니 진달래가 콧노래를 흥얼거리며 빵에 크림치즈를 얹고 있었다.

둘이 처음 만났을 때부터 불안하더니 결국에는 만나는 모양이다.

남의 연애사에 관여해서 좋은 일 하나 없기에 별다른 말은 않지만 불안한 것도 사실.

다른 게 걱정되는 게 아니라 그놈이 제정신인지가 가장 불안한 요소다.

"잘해줘?"

"응. 엄청 다정해."

"……."

믿을 수 없지만 본인이 그렇다고 하는데 어쩔 수 없다.

화제를 돌렸다.

"악보 수정 사항이 많지 않아요. 금방 끝날 거 같은데, 오늘 조 추첨 전에 찰스에게 가볼 거예요."

"아, 나, 나도 같이 가도 될까?"

"그럼요."

나윤희가 크림치즈를 챙겨주며 물었다. 덜어내 빵에 듬뿍 바르는데 진달래가 중얼거렸다.

"아…… 보고 싶다."

빠져도 단단히 빠진 모양이다.

잠시 후.

식사를 마친 뒤 수석 연주자들과 함께 간단히 미팅을 가졌다.

신세계로부터는 처음 지휘했을 때부터 지금까지 스무 번 가까이 공연했던 만큼 레퍼토리도 다양했고 어느 정도 확고해진 부분도 있었다.

덕분에 수정할 내용도 적었고 수석 연주자들의 이해도 빠른 편이라 크게 힘쓰지 않아도 되었다.

문제는 3라운드에서 맞상대할 곳이 어딘지 아직 정해지지 않았다는 점.

상대가 누구든 최선을 다해 연주하는 거야 당연한 일이지만 시간이 부족한 만큼 효율적으로 움직일 필요가 있다.

"그럼 저녁 때 봐요."

"수고하셨습니다."

단원들과 헤어지고 나윤희와 함께 찰스 브라움이 입원해 있는 병원으로 향했다.

잘츠부르크의 거리는 여전히 관광객으로 북적인다.

"저, 저기."

"네."

"……그게."

"네."

"으.으.으."

"네."

나윤희가 뭔가 하고 싶은 말이 있는지 자꾸만 망설였다.

재촉할수록 말을 못 하는 그녀의 성격을 아는지라 걷는 속도를 줄였다.

아마 단둘이 있을 때 하고 싶은 말이 있어 찰스 브라운에게 같이 가자고 했을 거다.

쉼호흡을 몇 번 한 나윤희가 어렵게 입을 열었다.

"……레몽 도네크 씨 이야기인데. 주제넘는 말인 거 같아서."

"오해하지 않아요."

"아."

나윤희가 다행이라는 듯 고개를 끄덕였다.

주변을 둘러보니 사람이 반쯤 찬 카페를 발견할 수 있었다.

"앉아서 이야기해요."

오렌지 주스 두 잔을 주문하고 앉았다.

무슨 말을 할지 궁금하지만 시간이 촉박한 것도 아니라 기다리니 점원이 주스를 가져다주었다.

그것을 한 모금 마신 뒤에야 나윤희가 입을 뗐다.

"승희 언니한테 레몽 도네크 씨 이야기 들었어."

"네."

"지휘자가 되고 싶은데 그러지 못해서 런던으로 가셨다고……. 혹시 이유 알고 있나 싶어서."

푸르트뱅글러의 부탁대로 레몽 도네크가 자격과 실력 문제로 박탈되었다는 이야기는 하지 않은 모양이다.

이승희의 입장도 공감되는 게 레몽 도네크의 이적은 그만큼 단원들에게 충격이었고.

그런 만큼 모두 그 일을 자세히 알고 싶어 했다.

단지 레몽 도네크가 연락을 받지 않았기에 알 수 없었을 뿐이다.

이승희도 그러했으니 사정을 알게 된 이상 어느 정도는 단원들의 걱정을 달래주고 싶었을 터다.

그리고.

레몽 도네크에겐 그리 좋지 않은 감정을 가지고 있지만, 푸르트뱅글러의 부탁을 받은 이상 그 이유에 대해서는 말할 수 없다.

이승희도 그 부분을 언급하지 않았고 그래서 나윤희가 내게 묻는 것이리라.

"말하지 않기로 약속했어요."

"응."

잔을 쥐고 있는 나윤희의 손가락이 꼼지락거렸다.

"……아마 입장 차이나 그렇지 않으면 세프 눈에 레몽 도네크 씨가 총감독이 되는 게 적절하지 않아 보였을지도 모른다고 생각했어."

"……."

정확하다.

전부터 느꼈던 거지만 나윤희는 주변 관찰을 잘하는 편이다.

상대의 기분을 이해하는 것도 말이다.

남에게 해를 끼치고 싶지 않은 성격 탓에 눈치를 봐왔던 덕일까.

신기하다.

"그런가 보네."

긍정하지도 부정하지도 않았다.

나윤희에게 거짓말을 하거나 무엇을 숨기고 싶은 생각은 조금도 없지만 그걸 떠나서 제자를 향한 푸르트벵글러의 마지막 사랑을 지켜주고 싶다.

"저번에 로비에서의 일 때문에 눈치챘어."

"아."

2라운드 세 번째 날.

로비에서 토스카니니, 레몽 도네크와 언쟁을 했을 때 알아챈 모양이다.

"사실 그 뒤로 단원들이 더 슬퍼해서……. 대체 왜 도네크 씨랑 사이가 틀어졌는지 모르겠다고."

이승희가 굳이 '입장 차이'라고 말한 이유가 그 때문이었나.

단원들이 기억하는 레몽 도네크와 그때의 모습은 확실히 믿을 수 없을 만큼 차이가 있었다.

"으으."

나윤희가 다시금 머뭇거렸다.

"괜찮아요."

"난 명확한 이유도 모르고 들어온 지 얼마 되지도 않았고. 게다가. 게다가."

"괜찮아요."

또 조금 시간이 필요한 듯해 여유를 가지고 잔을 들었다.

이곳 오렌지 주스는 단맛이 무척 강한 게 향만 첨가하고 설탕을 있는 대로 넣은, 훌륭한 주스다.

"……레몽 도네크 씨, 재, 재수 없어."

"커헉."

사레가 들려 버렸다.

간신히 진정하고 고개를 들자 나윤희가 허둥지둥 물을 받아와 건네주었다.

어떻게든 잘해보고 싶다든지.

내심 언제나처럼 기발한 발상으로 해결책을 내준다든지 할 줄 알았건만, 설마 그녀의 입에서 재수 없다는 말이 나올 거라고는 생각지 못했다.

나도 모르게 편견이 생겼던 모양이다.

"괘, 괜찮아?"

"네. 괜찮아요."

물을 마신 뒤 물었다.

"갑작스러워서 잠깐 놀랐는데 시원하네요. 네. 저도 같은 생각이에요."

다른 것보다 함께했던 사람들에게 한마디 말도 없었다는 것이 그러했다.

그것이 그의 자존심인지는 모르겠으나 말이다.

"그, 그래서 단원들이 그런 사람 때문에 신경 쓰고 한숨 쉬고 악단 분위기는 자꾸만 우울해지고. 여, 연주에도 알게 모르게 지장이 생기는 게 조금."

"네."

"부당하다고 생각해."

맞는 말이다.

어떠한 사유든 자기가 좋아서 떠났고 짧게는 몇 년, 길게는 20년 가까이 함께했던 이들에게 일언반구도 없었던 사람이다.

그 전까지의 그가 좋은 모습을 보여주었고 단원들도 그에게 의지했지만 그렇다고 그의 독단이 납득되진 않는다.

푸르트뱅글러나 단원들이나 지나치게 감정적으로 반응했던 것도 사실이다.

"그러네요."

"그래서 셰프를 설득해 보고 싶어. 잊어야 할 과거는 잊고. 나, 나아가야 한다고."

"베를린 필하모닉을 위해서라도?"

"으, 응."

나윤희가 고개를 끄덕였다.

아주 잠깐의 틈을 두고 또 말을 더듬었다.

"주, 주제넘었지?"

"아뇨."

그럴 리가 없다.

"그런 말 하지 말아요. 베를린 필하모닉의 단원은 모두 악단 운영에 관한 의견을 말할 수 있고, 누난 누구보다도 멋진 단원이니까."

푸르트뱅글러를 만나야겠다.

"도울게요."

찰스 브라움이 입원한 병실에 들어섰고 멀핀 과장에게서 사정을 전해 들은 나는 어지러움을 느꼈다.

"이 일은 내 명예를 위해서라도 비밀로 해줬으면 좋겠어."

할 말이 없어 가만히 있는데 멀핀 과장이 심각하게 설명을 덧붙였다.

"당장 치료하지 않으면 걷잡을 수 없다고 합니다."

"그런 거 다 병원의 상술이야. 연주에는 지장 없으니 걱정 마. 단원들에게는 비밀로 하고."

"브라움 씨……."

나윤희가 찰스 브라움을 안타깝게 불렀다.

"오케스트라 대전이 네게만 중요하다고 생각하지 마. 우리의 문제고 최선을 다해야 해."

찰스 브라움은 단호히 말했다.

"이런 일로 단원들이 흔들리게 할 순 없어. 그런 일 용납할 수 없다. 반드시 이 일은 비밀로 해주길 바란다."

고개를 돌려 멀핀 과장을 보았다.

"앉아 있는 것도 힘든 거예요?"

"네. 그간 많이 참으셨나 봐요. 의사 말로는 그러지 않아도 심각한데 여러 스트레스를 받아 악화되었다고 하네요."

머리가 지끈지끈 아파진다.

"수술하면 회복은 얼마나 걸린대요?"

"개인차가 있어서 단언할 순 없지만 일주일이나 그 이상까지도……."

"그런 뒤에는 괜찮은 거예요?"

"당분간은 어려울 것 같습니다. 워낙 심각한지라."

찰스 브라움이 소리쳤다.

"수술 따위 안 받는다니까! 서서 연주하면 되잖아! 4라운드에 내가 아니면 누가 나선단 거야?"

"조용히 좀 해요!"

아픈 사람에게 화를 낼 수도 없어 가만히 있었는데 본인이 자꾸 의지를 태우니 나도 언성이 높아졌다.

4라운드 곡으로 준비한 스트라빈스키의 발레곡 '불새(The Firebird)'는 찰스 브라움의 바이올린을 부각시켜 바이올린 협주곡으로 편곡한.

이번 대회 최고의 준비곡이었다.

찰스 브라움 말고 그것을 연주할 수 있는 사람은 없다.

그런 상황에서 치질이라니.

더 이상 앉아 있을 수도 없다니.

"당장 수술받아요. 3라운드 끝날 때까지 반드시 나아요."

"안 받는다니까!"

"애처럼 굴지 마요! 비밀로 해줄 테니까!"

버럭 성을 내자 찰스 브라움이 이불 속으로 들어갔다.

비밀로 해준다는 말이 통한 건지 화를 내서 얌전해진 건지는 모르겠지만 아무튼 그가 없으면 불새는 연주할 수 없다.

"멀핀, 제 말 기억하죠?"

"네."

"오늘 당장에라도 수술 받게 하세요."

문을 닫고 나오는데 나윤희가 떨리는 목소리로 응원했다.

"히, 힘내세요."

찰스 브라움은 대답하지 않았다.

OOTY 오케스트라 대전, 3라운드 조 추첨이 시작되었다.

콘서트홀에서 떨어진 대형 세미나실에 모인 대회 운영진과 각 악단의 주요 인사 그리고 기자들이 저마다 감탄을 늘어놓았다.

"이쯤 되니 어딜 가도 안심할 수 없겠네."

"그래? 난 그래도 3조랑 4조는 피하고 싶을 거 같은데. 어떻게 해도 결국에는 암스테르담이나 시카고를 상대하게 되잖아."

"1조와 2조는 어떻고. 빈 필하모닉이랑 베를린 필하모닉 A가 어땠는지 벌써 잊었어?"

2라운드에서 최고 점수를 획득한 상위 4개 악단이 차례로 대형 스크린에 표시되었다.

최고 점수를 획득한 빈 필하모닉이 1위로 첫 번째 자리를 장식했고 베를린 필하모닉 A, 암스테르담 로얄 콘세르트허바우 그리고 시카고 심포니가 순서대로 시드 자리를 차지했다.

3라운드 맞대결에서 승리한 악단이 각 시드와 4강전을 펼치니 조 추첨 결과에 따라 양상이 달라질 수밖에 없었다.

잠시 뒤 사회자가 무대에 올라섰다.

"OOTY 오케스트라 대전 3라운드 조 추첨 행사에 참석하신 내빈 여러분, 감사드립니다. 오늘 사회를 맡은 자르제입니다."

테이블에 놓인 음식을 들며 담소를 나누던 사람들이 그에게 박수를 보냈다.

"식순을 간략히 설명드리겠습니다. 세계 클래식 음악 협회장의 축사 뒤, 사카모토 료이치 교수의 축하 무대가 예정되어 있습니다."

"오오."

호화로운 OOTY 오케스트라 대전 참가진 중에 흠이 있다면 리빙 레전드 사카모토 료이치의 불참이었다.

지휘자로서든 피아니스트로서든 그의 참가를 바라는 이가 많았고 모든 음악인에게 존경받는 그가 축하 무대를 가진다는 소식에 모두 기뻐하였다.

"그런 뒤에는 각 악단의 지휘자께서 알파벳순으로 무대에 올라 번호가 적힌 공을 뽑도록 하겠습니다."

이후 일정을 설명한 뒤 사회자 자르제가 물러났고 세계 클래식 음악 협회장이 축사가 있었다.

모든 사람이 그의 말을 경청했고 동시에 속으로는 사카모토 료이치가 빨리 무대 위에 오르길 바랐다.

협회장도 그 분위기를 읽고는 웃으며 짧게 연설을 마쳤고 이내 음악인들의 음악가, 사카모토 료이치가 무대에 올랐다.

"조금 시간이 걸릴 줄 알았는데 급히 올라오게 되었습니다. 화장실에 다녀올 여유가 없었네요."

사카모토 료이치의 농담에 분위기가 풀어졌다.

"부탁을 받아 올라오긴 했는데 이렇게 대단한 분들 앞에서 연주를 하려니 늙은 손이 조금 떨립니다. 해서 도움을 좀 받고 싶은데."

사카모토 료이치가 망설이지도 않고 무대 아래서 머핀을 먹으며 잔뜩 기대하고 있는 배도빈을 보았다.

사카모토의 시선을 따라 모든 이가 고개를 돌렸고 이내 더욱 반가워했다.

"도빈 군, 오랜만에 함께해 주게."

장내는 순식간에 흥분되었다.

배도빈이 지휘자로 활동하면서 그의 연주는 들을 기회가 없었는데, 음악을 즐기는 이들에게는 매우 애석한 일이었다.

베를린 필하모닉에 들어가서도 얼마 안 되어 지휘를 맡았던 탓에 더욱 그럴 수밖에 없었다.

공백도 길었던 만큼 사람들은 사카모토 료이치의 선물에 크게 기뻐했다.

배도빈 본인을 제외하고 말이다.

'오랜만에 사카모토의 연주를 듣나 싶었는데.'

배도빈이 궁시렁대면서 무대 위로 올라갔다. 그러면서도 표정은 무척 밝았다.

사카모토 료이치와의 협주가 기쁘지 않을 리 없었다.

"뭐 할 거예요?"

"글쎄. 아, 부활은 어떤가."

부활은 배도빈이 다시 태어나고 가장 처음 발표한 곡이었다.

다시 태어난 악성이 현대에 처음 발표한 피아노 3중주였고 그의 곡 중에서도 가장 '베토벤다운' 곡이기도 했다.

또한 사카모토 료이치와의 인연을 만들어준 곡이기도 한 만큼 추억이 남다르기도 했다.

'사카모토가 피아노, 내가 바이올린을 맡아도 첼로가 비는데.'

배도빈이 주변을 살피다가 소소, 나윤희와 함께 웃고 있는 이승희와 눈을 마주쳤다.

'부활을 녹음한 당사자가 있는데 고민을 하다니.'

배도빈이 웃으며 손짓했다.

이승희는 어쩔 수 없다는 듯 무대로 올라왔다.

관객들의 반응은 더욱 뜨거워졌다.

세계 최고의 첼리스트가 더해지니 당연한 반응이었다.

직원이 숨을 헐떡이며 바이올린과 첼로를 나와 이승희에게 각각 전해주고는 내려갔다.

"갑자기 이게 뭐람? 엄청 부담스러운데."

"껄껄."

'이게 얼마 만이지.'

배도빈이 두 사람과 시선을 교환하고 현을 켜기 시작했다.

· 58악장 ·

드보르자크

배도빈이 무거운 멜로디를 제시했고 이승희의 첼로가 그 분위기를 더욱 하강시켰다.

그 사이로 비집고 들어오는 사카모토 료이치의 애달픈 피아노 소리가 장내를 채웠다.

내로라하는 음악계 인사들도 긴장감에 숨을 내쉴 수 없었다.

작은 소리라도 냈다간 이 팽팽한 긴장감을 깨버릴 것 같았기 때문이었다.

여덟 개의 건반이 동시에 벼락처럼 울리고 바이올린은 불꽃을 연상시키듯 타올랐다.

기묘하게 끊기는 첼로는 대지의 균열을 알리고 갈라진 땅 아래로 하강.

지독한 절망이다.

사람들이 절로 눈썹을 좁혔다.

이 깊은 심상을 어떻게 받아들이는지는 각기 달랐으나 때때로 치고 올라오는 피아노의 몸부림을 처절하게 느끼는 것만은 모두 같았다.

첼로가 이끄는 고압적인 분위기와 바이올린으로 표현되는 칼날 같은 음표들이 피아노의 주 멜로디를 괴롭혔다.

그러나 사카모토 료이치의 피아노는 몇 안 되는 음만으로도 희망을 표현했다.

작디작은 소리가 그의 섬세한 손짓에 의해 가슴에 닿고.

피아노 소리를 들을 때마다 사람들은 저도 모르게 더욱 몰입했다.

응원하게 되었다.

살을 에는 바람이 땅 깊은 곳을 누볐고 그럴수록 피아노 소리는 더욱 아름답게 귀를 자극했다.

소리가 작으니 더욱 집중하게 되었고 그러다 보면 사카모토 료이치가 얼마나 신중히 연주하는지 느낄 수 있었다.

'언제 들어도 믿을 수 없군.'

마리 얀스가 고개를 천천히 저었다.

그는 여태 여러 천재를 봐왔지만 배도빈과 같은 인물은 보지 못했다.

어떠한 음악가라도 경지에 이르기까지 과정이 없을 수는 없건만 적어도 그가 보기에 배도빈은 과정 없이 세상에 나타난 순간 이미 완성되어 있었다.

첼로와 바이올린을 활용해 피아노에 집중할 수밖에 없게 만드는 구조와 악상은 놀라웠다.

그러나 그보다 더 믿을 수 없는 것은 이 완벽한 곡을 만 3세에 발표했다는 점이다.

직접 듣고도 믿을 수 없었다.

'신인가 악마인가.'

배도빈이 활동을 시작한 지 15년이 흐른 지금, 그를 수식하는 여러 말 중에서 마리 얀스가 가장 공감하는 말이었다.

마리 얀스는 지휘자로서의 자신을 가꾸기 위해 일평생을 바쳤고 그것은 빌헬름 푸르트벵글러와 사카모토 료이치도 마찬가지였다.

그가 아는 모든 음악가가 본인만의 세계를 구축하기 위해 오랜 시간을 바쳤건만.

배도빈은 만 3세에 이미 이러한 경지에 나타나고 말았다.

말 그대로 난데없이 하늘에서 떨어진 느낌이었다.

'천재라는 말로는 설명할 수 없지.'

듣는 것만으로도 이토록 가슴을 뒤흔드는 곡이라면 작곡가로서 평생에 하나 만들어도 기적이라 여길 터.

배도빈은 벌써 이러한 수준의 곡을 여럿 발표했다.

비록 곡을 만드는 속도가 전에 비해 더뎌졌다고는 하나 매번 변화하는 스타일과 완벽한 구조를 고려하면 그마저도 빠르게 느껴졌다.

거짓이 아니기에 더욱 믿을 수 없는 일.

마리 얀스는 살며시 눈을 감았다.

'이런 음악가가 아직 발전하고 있다니. 더 듣지 못해 안타깝구나.'

또한 더없이 아끼는 손자를 떠올렸다.

배도빈만큼은 아니지만 어렸을 적부터 뛰어난 음악성을 보였고 음악만을 해왔던, 거장 마리 얀스가 천재라 부르는 데 망설임이 없었던 아리엘 얀스.

'부디 그 아이가 좌절하지 않았으면.'

마리 얀스는 사랑하는 손자 외에도 많은 후배 음악가들이 배도빈으로 인해 좌절하지 않길 바랐다.

가슴속에 빛나는 재능을 지닌 여러 인재가 혹여나 배도빈이라는 거대한 산과 자신을 비교하지는 않을까.

이해할 수 없는 천재성에 매몰되진 않을까 걱정되었다.

연주는 마지막에 이르렀다.

곡의 분위기는 1악장과 달리 생동감이 넘쳤다.

이승희의 힘 있는 연주가 절정에 이르렀고 사카모토 료이치의 피아노는 완연한 모습을 드러내 발랄한 몸을 놀렸다.

배도빈은 피아노와 촘촘하게 얽히니 그 춤사위에 청중들은 점차 감정이 고조되었다.

벅차오르는 감동과 함께.

연주를 마친 세 사람에게 아낌없이 박수를 보냈다.

두 사람과의 연주는 무척이나 가슴 설레는 일이다.

사카모토와 이승희 모두 오랜만일 텐데 '부활'을 완벽하게 연주해 주었다.

박수를 받으며 무대에서 내려왔다.

자연스럽게 이승희, 사카모토와 같은 테이블에 자리했다.

"너 바이올린 놓고 있던 거 맞니?"

이승희가 어이가 없다는 듯 물었다.

"그럴 리가요. 쉴 때마다 잡고 있는데."

"아무리 그래도 그렇지. 지휘 준비하고 곡 쓰면서 더 잘해졌잖아. 요즘도 안 자고 막 그래?"

"잠은 조금씩 자는 걸로 충분해요."

"껄껄. 젊음이 좋긴 좋구만."

사카모토가 얼굴 가득 웃으며 말했다.

"사카모토도 여전해서 좋아요."

"나야 빌헬름과 달리 자기관리를 잘해서 말이지."

푸르트벵글러를 보며 웃으니 그가 고개를 팩 하고 돌렸다. 사카모토의 말을 들은 모양이다.

"늙어가는 건 참으로 슬픈 일일세. 앞으로도 종종 이런 자리를 가졌으면 하네."

"그럴래요?"

사카모토가 오케스트라에 함께해 준다면 그보다 바라는 일도 없을 것이다.

번갈아 지휘하든, 악장으로 와주든 상임 작곡가로서 있어주든 그가 바라는 일이라면 무엇이든 맞춰줄 수 있다.

"음? 무슨 계획이라도 있는가?"

"네. 사카모토도 분명 좋아할 거예요."

"껄껄. 무슨 일인지 궁금해지는구만. 식이 끝나면 천천히 들려주게."

사카모토의 말과 동시에 사회자 자르제가 감사 인사를 전했다.

"멋진 연주를 들려주신 세 분께 진심으로 감사드립니다. 다음으로 오늘의 주 무대, 3라운드 대진 추첨을 시작하도록 하겠습니다."

무대 위에는 어느새 한 아이가 올라와 있었다.

"오늘 추첨에는 올해 크리크 국제 피아노 콩쿠르에서 우승한 프란츠 페터 군이 도와주겠습니다."

상당히 어려 보이는데 크리크에서 우승했다니 조금 관심이 갔다.

갈색을 띤 곱슬머리가 아무렇게나 뻗어 있고 볼이 통통하다. 이마가 넓고 튀어나왔는데 꼭 버섯처럼 생겼다.

잔뜩 긴장했는지 입을 앙다물고 있는 모습이 조금은 귀엽다.

"안내해 드린 대로 각 악단의 지휘자께서 알파벳 오름차순으로 추첨을 해주시겠습니다."

자르제가 대본 카드를 보더니 곧 마이크에 입을 댔다.

"멋진 시작이네요. 베를린 필하모닉 B의 배도빈 지휘자, 무대 위로 올라와 주시기 바랍니다."

일어나 걷는데 사람들의 시선을 느낄 수 있었다.

예나 지금이나 지나친 관심을 받는 건 익숙하나 지금은 평소와 다르다.

'피하고 싶겠지.'

상위 라운드로 진출하고 싶은 저들이 나를 피하고 싶은 마음이야 당연한 일이다.

"으아아아."

꼬맹이와 눈을 마주했는데 녀석이 이를 딱딱 부딪치며 떨었다.

추울 리가 없으니 아마 긴장한 탓이리라.

"손을 넣어 공을 꺼내 프란츠 페터 군에게 넘겨주세요."

넣자마자 손에 닿은 공을 집어 들었다. 추첨을 도와주는 꼬맹이에게 넘기자 녀석이 손을 심하게 떨며 그것을 받았다.

꼬맹이가 공을 위아래로 잡고 돌리려는데 그만 공을 놓치고 말았다.

"죄송해요오!"

이제 고작 10살을 넘겼을까.

어린아이의 실수를 다들 귀엽게 여기는데 본인만 죽을죄라도 지은 듯 행동했다.

당장에라도 울 것처럼 보여 다가가 등을 쓸어내리고 공을 같이 주워 주니 녀석이 흠칫했다.

"배, 배, 배, 배, 배."

"괜찮아. 봐. 다들 웃고 있잖아."

"배, 배, 배도빈 님이 나, 날 만졌어."

팬이었나.

그럼 더 상냥하게 해줘야지.

녀석을 이끌어 무대 가운데로 돌아온 뒤 공을 함께 열어주었다. 하얀 쪽지가 나왔고 그것을 건네주니 허락을 구하는 듯 나를 올려다보았다.

고개를 끄덕이니 객석을 향해 종이를 펼쳤다.

"8번. 8번입니다. 베를린 필하모닉 B는 3라운드 4번째 순서로 정해졌습니다."

8번이라.

고개를 돌려 대진표를 확인했다.

베를린 필하모닉 B라고 적힌 패 왼쪽에는 비어 있고 우측에는 4번 시드를 확보한 시카고 심포니 오케스트라가 있었다.

'제르바 루빈스타인이라.'

어렸을 적부터 그 이름을 접했고 그가 연주한 피아노 앨범은 수도 없이 들었다.

더욱이 그가 느지막이 지휘봉을 잡은 뒤로는 시카고 심포니 오케스트라의 팬이 되었다.

푸르트벵글러와 마리 얀스, 브루노 발터와 함께 이 시대 최고의 지휘자라 손꼽히는 그와 겨룰 수 있다니 벌써 마음이 들뜬다.

'찰스도 회복하겠지.'

확실하진 않지만 일정이 뒤로 잡혀서 그에게도 조금은 시간이 주어진 것도 다행이다.

결선에서 선보이기 위해 철저하게 준비한 스트라빈스키의 'The Firebird'를 위해서라도 말이다.

'……좋아.'

그리고.

2번 시드를 받은 베를린 필하모닉 A와 결승에서 만날 수 있는 구조도 썩 마음에 든다.

더할 나위 없이 만족스러운 결과다.

"수고해 주신 배도빈 지휘자께 감사드립니다. 다음 순서는 체코 필하모닉 오케스트라입니다. 엘리아후 인손 지휘자, 무대 위로 올라와 주시기 바랍니다."

내려와 자리하자 이승희가 능글맞게 웃었다.

결승에서 만날 수 있게 되어 기쁜 모양이다. 고개를 돌리니 푸르트뱅글러도 작게 고개를 끄덕였다.

"아, 7번. 7번입니다. 첫 대진이 벌써 정해졌군요. 3라운드 4번째 경연은 체코 필하모닉 오케스트라와 베를린 필하모닉 B의 대결로 정해졌습니다."

그때 사회자가 두 번째 추첨 결과를 발표했다.

무대 정면을 보니 과연 체코 필하모닉이 베를린 필하모닉 B 왼쪽에 자리했다.

'……드보르자크를 준비했는데 체코 필하모닉이라니.'

모르긴 몰라도 아마 체코 필하모닉 오케스트라 역시 드보르자크를 준비했을 가능성이 높다.

체코가 자랑하는 위대한 음악가이기도 하면서 엘리아후 인손은 드보르자크의 권위자로 정평이 난 지휘자다.

체코 필하모닉 오케스트라의 수준이야 말할 것도 없이 유럽 최고.

일이 재밌게 되었다.

나윤희는 기합을 넣는 듯 주먹을 꼭 쥐었고 소소는 관심 없다는 듯 케이크를 먹었다.

눈을 마주쳤는데 케이크를 권해서 한 입 먹어보니 쌉쌀하면서도 끝에 남는 단맛이 일품이라 대기 중인 웨이터를 불렀다.

"모스코바 방송 차이코프스키 오케스트라는 6번입니다. 3라운드 3번째 경연이네요."

"런던 심포니, 1번입니다."

"산타 체칠리아 음악원 오케스트라, 3번입니다. 3라운드 2번째 순서로 정해지네요."

"두 번째 대결이 결정되었습니다. 프랑스 국립 오케스트라 2번, 런던 심포니와 3라운드 첫 번째 순서입니다."

케이크를 먹는 도중에도 추첨식은 계속 진행되었다.

프랑스 국립 오케스트라도 좋은 악단이지만 아무래도 브루노 발터가 이끄는 런던 심포니에는 부족함이 있다.

4강 첫 번째 경연은 빈 필하모닉과 런던 심포니가 될 듯한데, 양쪽 모두 시대 연주를 지향하고 있는 만큼 흥미롭다.

그런 뒤에는 역시 푸르트벵글러와 베를린 필하모닉 A.

클리블랜드 오케스트라와 산타 체칠리아 음악원 오케스트

라도 훌륭하지만 어느 쪽이든 푸르트벵글러와 베를린이 지리라곤 상상할 수 없다.

'다음은 역시 빈 아니면 런던이겠지.'

세미파이널에서는 빈이든 런던이든 꽤 접전일 것 같다.

칼 에케르트와 브루노 발터라는 걸출한 인물이 이끄는 두 악단은 수십 년간 최고의 악단으로 인정받았던 만큼 쉽진 않을 것이다.

'이쪽도 마찬가지지만.'

드보르자크 정면 대결이 예상되는 가운데 체코 필하모닉 오케스트라는 특기를 더할 나위 없이 뽐낼 것이고 북미 최고의 악단 중 하나인 시카고 심포니 뒤에는.

마리 얀스의 암스테르담이 기다리고 있을 것이다.

'백작 마리 얀스.'

사카모토 료이치와 빌헬름 푸르트벵글러와 함께 내가 인정하는 이 시대 최고의 음악가 마리 얀스.

그리고 완벽한 악단이라 자부하는 베를린 필하모닉을 십 년 넘게 압도했던 암스테르담 로얄 콘세르트허바우.

'재밌겠는데.'

암스테르담이 얼마나 대단한지는 누구보다도 잘 알고 있다.

그 푸르트벵글러도 마리 얀스에게는 꽤 오랜 세월 밀렸던 것이 사실이니까.

'평론가와 기자들의 평가 따위 중요치 않지만 시장 영향력을 따져도 베를린 필하모닉과 동등하면 했지 밀리진 않았어.'

사회자의 클로징 멘트와 함께 회장이 정리되었다.

"이제 막 절정으로 치닫는 오케스트라 대전! 3라운드 대진이 정해진 가운데! 팬들과 언론은 각 악단이 어떤 준비를 할지 너무나도 궁금하다!"

"……."

"그중에서도 우리의 배도빈! 만만치 않은 상대를 어떻게 생각하는지! 앞으로 어떤 곡을 들려줄지! 모든 기자가 인터뷰를 따기 위해 혈안이 되어 있는 지금! 운 좋게 단독 인터뷰를 따낸 유능한 기자가 있었으니!"

"……."

"아사히 신문의 이시하라 린입니다!"

조 추첨일 다음 날.

전부터 인터뷰를 해달라고 애걸복걸하던 이시하라 린과 만났는데 정말 기쁜 모양이다.

평소에도 활기찬 사람이지만 오늘은 조금 신기해 보일 정도로 들떠 있다.

"단독 아니에요."

"으엉?"

어깨를 으쓱이자 이시하라 린이 머리라도 맞은 듯 입을 벌렸다.

"일본에서는 단독 맞잖아! 오랜만에 기분 좀 내자!"

"그래요."

왠지 모르게 재밌다.

작게 웃으며 고개를 끄덕이자 이시하라가 꿍얼거렸다.

"네 인터뷰 따는 게 얼마나 어려운지 아니? 카밀라 앤더슨 국장보다 지금 멀핀 과장이 더 깐깐하다니까?"

"덕분에 귀찮은 일이 좀 줄긴 했어요."

"귀찮다니! 얘, 팬들은 네 모습 한 번이라도 더 보고 싶어 하는데 그러면 안 돼. 일본에 네 팬이 얼마나 많은데."

공연이라든지 일본 시장에 신경 쓰지 못한 지 꽤 오래되었거늘.

그렇다고 하니 고마울 뿐이다.

그런 일을 가벼이 말할 사람도 아니니 언젠가는 그들을 위한 이벤트도 한 번쯤 기획해 봐야겠다.

'사카모토랑 함께하면 더 좋겠지.'

어제 즉흥으로 한 협연이 썩 즐거웠기에 일본 이벤트를 핑계로 사카모토와 한 번 더 어울릴 수 있겠다.

"자, 그럼 첫 번째 질문."

"갑자기요?"

"30분밖에 안 줬다고!"

꽤 다급해 보여 또 웃었다.

"오랜만에 만났는데 점심이나 같이해요. 밥 먹으면서 대화하는 거야 멀핀도 어쩌지 못할 거예요."

"정말?"

엄청 좋아한다.

"그럼 우선 2라운드까지의 소감부터 들려줄래?"

"즐거워요. 참가자로서도 그렇고 듣는 입장에서도 이만한 연주를 계속 들을 수 있으니까요."

"여유로운 건 여전하네. 역시 우승할 자신이 있어서 그런 거야?"

"그럼요. 제가 아니면 누가 우승하겠어요."

"역시! 그래야 배도빈이지!"

이시하라가 주먹을 뻗었다.

기분이 좋아 그런지 다른 때보다 반응이 활동적이다.

"하지만 3라운드로 올라서니 남은 악단들의 면면도 만만치 않아. 당장 마주하는 체코 필하모닉에 대해서는 어떻게 생각해?"

"훌륭해요. 엘리아후 인손의 해석은 깊고 체코 필하모닉의 표현력은 풍부하죠."

"응응."

"어떤 곡을 연주할지 모르겠지만 분명 기분 좋은 경험을 할 거라 믿어요. 그들이 3라운드에서 멈추는 게 애석할 것 같네요."

"너 정말 대단하네. 그런 말을 아무렇지도 않게 하고."

다 엘리아후 인손과 체코 필하모닉이 얼마나 대단한지 잘 알고, 나와 베를린을 믿으니 하는 말이다.

"멋진 선전포고였어."

이시하라가 수첩에 따로 메모했다.

"2라운드 때 최지훈 군과의 협연이 좋은 반응을 보였어. 벌써 두 번째 맞췄는데 호흡은 어때? 역시 편한가?"

"네. 최지훈 피아니스트는 오케스트라를 정확히 이해하고 있어요. 표현은 섬세하고 감정에도 솔직하죠. 함께하면 곡을 준비하기 수월해요."

이시하라 린이 조금 못마땅한 듯 눈썹을 좁혔다.

"공적인 자리라 그런 건 알지만 너무 딱딱하지 않아? 좀 더 알콩달콩하게 해주면 안 될까?"

"무슨 뜻이에요?"

"두 천재의 뽁짝대는 케미가 없잖아. 최지훈의 팬은 배도빈의 팬, 배도빈의 팬은 최지훈의 팬인 거 몰라?"

무슨 말인지 모르겠다.

"……넘어가고. 그럼 진짜 중요한 문제! 찰스 브라움 악장이 갑작스레 입원한 정황이 알려졌는데 앞으로의 계획에는 무리가 없는 거야?"

"치."

"치?"

순간적으로 말실수를 할 뻔했다.

커피를 한 모금 마신 뒤 정정했다.

"찰스 브라움은 베를린 필하모닉 B에서 빼놓을 수 없어요. 그가 없다면 OOTY 오케스트라 대전을 수행하는 데 치명적이에요."

"치명적이다……. 그럼 병세는? 아니, 무슨 병이야?"

"아마 4라운드 때에는 복귀할 수 있을 거예요. 자세한 내용은 본인의 허락 없이 말하기 꺼려지네요."

"응."

이시하라 린이 대수롭지 않게 넘어갔다. 아무래도 찰스 브라움이 어떻게 아픈지보다는 복귀 여부가 더 중요한 듯싶다.

이후로 소소, 나윤희, 마르코 등 주요 단원들에 대한 질의응답을 가졌고.

식사를 하러 가는 도중에는 현재 일본에서 가장 기대하고 있다는 나카무라 료코에 관한 질문을 받았다.

"베를린 필하모닉에 입단하고 나서 나카무라 료코의 소식을 기다리는 사람이 많아. 아직은 이렇다 할 이야기가 없는데. 단원으로서 어때?"

"자기 위치에서 최선을 다하는 사람이에요. 젊어서 그런지 의지가 강하고 패기도 있고요."

"젊어서 그렇다니. 할아버지 같아."

"……그 부분은 빼주세요."

이시하라 린이 입맛을 다셨고 곧장 질문을 이었다.

"사실 비올라가 그리 부각되는 악기는 아니라서 일본에서 거는 기대에 비해 활약이 좀 적긴 해. 네가 보기엔 어때? 앞으로 대성할 수 있을까?"

"료코의 비올라는 특별해요. 음량과 음색부터 남다르죠. 비올라가 전면에 나서는 악기가 아닌 건 맞지만 그게 나카무라 료코의 음악성을 가리는 요인이 될 순 없어요."

나카무라 료코는 지금도 연습할 때면 나를 잡아먹을 듯이 노려본다.

다리를 잃고도 그 전보다 활발히 활동하는 나카무라의 딸 답게 그런 강인한 의지를 지닌 연주자다.

분명 빛을 보는 날이 있을 것이다.

최근에는 나윤희와 잘 어울리는 것 같기도 하고 악단에도 적응하기 시작한 것 같으니까.

식당에 들어서면 소란스러워질 것이 뻔하기에 숙소로 삼은 호텔 라운지로 향했다.

적당히 주문하고 앉으니 이시하라 린이 메모를 정리한 뒤 숨을 길게 내쉬었다.

"좋아. 멀리 출장 온 보람이 있었네."

"오케스트라 대전 일정 내내 있는 거예요?"

"응. 그런 일이니까. 공부도 되고 좋아. 참, 너희 가족 정말 정체가 뭐니?"

뜬금없는 질문이다.

한쪽 눈썹을 들고 고개를 살짝 기울이자 이시하라 린이 말을 이었다.

"2월에 어머님께서 하신 전시회 말이야. 대박은 아니지만 꽤 호평이던데? 미술 쪽은 전문 분야가 아니라 잘 몰라도."

"아."

아버지와 함께 어머니께 깜짝 파티를 해준 것을 말하는 것 같다.

그간 어머니께선 소소하게 화랑을 운영하시면서 그 안에서만 작품을 걸곤 하셨는데 욕심이 없으신지 전시회는 잘 가지 않으셨다.

지인의 요청으로 한두 작품을 보내는 정도가 외부 활동의 전부.

빛을 보지 못하고 잠들어 있는 그림이 아까워 아버지와 함께 미술관을 빌려 어머니의 작품을 전시했었다.

베를린의 전경이나 도진이나 내 그림이 많았는데 찾아온 사람들의 반응도 좋았고 어머니께서도 은근히 좋아하셨던지라 좋은 기억이다.

"원래 촉망받는 인재셨대요. 너무 주목받는 게 부담스러워서 외부 활동은 거의 안 하시지만 지금도 그림은 자주 그리세요."

"아무래도 WH 그룹의 장녀가 재능도 있으니 그랬겠지. 나도 어렴풋이 기억은 나."

아직 내가 태어나기 전의 일이다.

"그런 부담 안 느끼는 네가 이상한 거고."

일반적으로는 그렇겠지.

"주문하신 가지 샐러드와 오리고기가 들어간 리조또입니다."

식사가 나와 포크를 들었다.

샐러드에 사용하는 드레싱은 평범한 호텔이면서도 꽤 풍미가 있어 종종 주문하곤 했다.

이시하라도 입에 맞는 모양인지 감탄했다.

"와, 여기 음식 괜찮다."

"아침으로 먹기에 좋더라고요."

"응. 정말."

적당히 배를 채우자 그녀가 문득 잊었던 것을 떠올린 모양인지 손뼉을 쳤다.

"아, 어머님 이야기 말고도 있어. 배영빈 감독, 네 사촌이지?"

"네."

이시하라 린이 배영빈을 어떻게 아는지 신기하다.

"어떻게 알아요?"

"얼마 전에 일본에 매국노가 개봉했거든."

"……네?"

일본 국민 모두가 그럴 거라 생각하지는 않지만 배영빈의 극장용 애니메이션 '매국노'는 항일을 배경으로 했다.

한국과 중국을 타깃으로 한 것인 만큼 일본에 개봉했다는 사실에 조금 놀랐다.

역사적 사실을 기반으로 한 의식 있는 작품이지만 극우, 반한이라는 정신 나간 일본인들에게 배영빈이 고생해서 만들고 푸르트뱅글러와 진달래가 참여한 매국노가 해코지라도 당할까 걱정되었다.

"응. 엄청 인기 있더라니까. 정말 신기한 집안이야."

이건 또 무슨 말이지.

의심하고 있자니 이시하라 린이 핸드폰으로 무엇인가를 검색한 뒤 내게 보여주었다.

"자, 봐."

일본의 커뮤니티 사이트다.

ㄴ봉달이 약간 루루슈 같다.

ㄴ일본 아니메가 쇠퇴하는 중에 한국에선 이렇게 발전하고 있었네. 경각심을 가져야 함.

└그래봤자 지브리에 안 됨.

└뛰어난 작화와 감동적인 장면을 강조하는 음원이 수작.

└성우진 모두 신인급인데 의외로 좋다. 중국에서는 1,300만 명이 봤다지?

└야, 이 멍청이들아. 이거 일본 까는 거라고!

└그게 무슨 상관인데? 봉달이 멋있어!

'봉다루 칵코이이'라는 댓글을 마지막으로 고개를 들어 이시하라 린을 보았다.

"설명 좀 해주세요."

"뭘?"

"좀 걱정되었는데 반응이 나쁘지 않네요. 악플이 있긴 하지만서도."

"일본도 변하고 있으니까. 사실, 역사 인식에 대해서는 요즘 젊은 사람들 사이에선 그리 중요하지 않아. 제대로 가르치지 않았던 만큼."

이시하라 린은 일본의 우민화 정책에 대해 비판하면서, 범국가적 사기극을 일삼았던 전 수상의 퇴임 이후 변하기 시작한 일본에 대해 말했다.

"이대로라면 일본은 고립될 거야. 결국에는 한국, 중국과 공존해야 하는데 말이지. 사실 예전의 망령 때문에 손해 보는 것도 만만치 않아. 내막을 알고 보면 기가 차는 일도 많고. 그러니 우리도 조금씩 변화해 나가야겠지."

사카모토와 나카무라, 히무라 그리고 이시하라 린과 같은 사람이 더 많이 생기길 바랄 뿐이다.

"모두 네 덕분이야."

"뭐가요?"

"희망을 안겨주었으니까."

또 희망이란다.

"인식 자체가 바뀌었어. 전에도 말한 적 있지만 일본 사람들은 네게 정말 고마워하고 있어. 너를 향한 관심과 감사가 대한민국으로 전해지면서 조금씩 인식이 바뀐 거니, 이러한 상황에 네 역할이 없다고 할 순 없겠지."

"본인 앞에서 그런 말을 잘도 하시네요."

"어라? 지금 쑥스러워하는 거야? 정말? 그 배도빈이?"

"시끄러워요."

음악으로 세상을 바꾼다는 거창한 생각은 단 한 번도 하지 않았다.

그러나 분명.

기쁜 일이다.

"어렸을 땐 그렇게 귀여웠는데 요즘 들어 엄청 시크해진 거 알아? 요요, 귀염둥이."

"……."

다음부턴 이시하라 린의 인터뷰는 30분 안으로 끝내야겠다.

"그럼 3라운드도 힘내!"

"네."

인터뷰를 마친 뒤 악보를 검토하고 있자니 마침 사카모토와 히무라가 찾아왔다.

오케스트라 개설 이야기를 나누고자 방문해 달라고 했는데 좋은 타이밍에 맞춰 와주었다.

외부로 발설되기에는 이른지라 방에 자리를 잡고 차를 주문했다.

"무슨 일이야? 선생님하고 같이 볼 일이라면 중요한 일일 것 같은데."

히무라가 악보를 조심스레 치우며 의자를 뺐다.

"오케스트라 관련해서 방향성을 잡았거든요. 히무라와 사카모토의 의견을 들어보고 싶어요."

"아."

히무라의 눈이 살짝 커졌고 사카모토는 눈매를 좁혔다.

"드디어 결심이 선 모양이군."

"네."

"잘 생각했네. 조금 이를 수도 있지만 나로서는 그보다 기쁜 일도 없지. 빌헬름도 고려하고 있던 것 같고."

"세프가요?"

"음."

사카모토가 고개를 끄덕였다.

"빌헬름은 자네를 붙잡아 두는 것이 옳은 일인지 고민하고 있어. 그답지 않게 무척 조심스러웠지."

"……."

푸르트벵글러가 그런 생각을 하고 있는 줄은 몰랐다.

그러나 막상 생각해 보면 종종 칼 에케르트를 언급했던 것도 아마 나 이외의 후계자를 들이기 위함이 않았나 싶기도 하다.

어쩌면 사카모토 말대로 내가 떠나는 걸 어느 정도 받아들이고 있을지도 모르겠다.

이번 OOTY 오케스트라 대전에서 내건 조건도 그렇고 말이다.

정말 고마운 사람이다.

"그래, 어서 들려주게. 어떤 생각을 했는지 궁금하구만."

히무라도 고개를 끄덕여 사카모토의 말에 힘을 주었다.

"해상 오케스트라를 구상하고 있어요."

이런저런 이유가 있지만 가장 중요한 것부터 알렸다.

사카모토와 히무라는 생각지 못한 일이었는지 눈을 끔뻑였다.

"해상 오케스트라?"

"네. 한 지역에 머물면 제 음악을 듣고 싶어도 듣지 못하는 사람이 생기니까요. 이리저리 다니면서 연주를 하고 싶어요. 대형 크루즈가 콘서트홀이 되는 거예요."

"허어."

사카모토가 턱을 내밀고 생각에 빠졌고 히무라는 예상대로 여러 문제점을 언급하기 시작했다.

"유지하는 데 드는 비용이 상당할 텐데. 그러니까 오케스트라를 듣는 여행을 말하는 거지?"

"네."

"오케스트라를 유지하기 위한 제반 비용이 너무 커. 관객들이 부담해야 하는 기회비용도 크고."

히무라의 말대로 어쩌면 관객이 짊어질 짐은 더 커질지도 모른다.

만약 루트비히 오케스트라를 서울에 세운다면 인근에 주거하는 시민들은 공연비만 지불하면 되지만, 크루즈를 타야만 한다면 반강제적으로 여행이라는 시간적 비용과 공연비에 더해 초호화 크루즈를 타는 금전적 비용을 함께 지불해야 한다.

접근성에 부담이 생기는 거다.

그러나 히무라는 분명 좋은 해결책을 제시해 줄 거라 믿는다.

"알고 있어요. 그래서 히무라에게 도움을 청하는 거고요."

"믿어주는 건 기쁘지만⋯⋯."

히무라가 잠시 고민하기에 좀 더 구체적인 이야기를 더했다.

"하지만 완편 오케스트라를 구성하진 않을 거예요. 지금까지와 배치도 다를 거고요."

"그건 무슨 뜻이야?"

"좀 더 유동, 유기적으로 움직일 수 있는 오케스트라를 구성하고 싶어요. 악기가 많으면 소리는 웅장해질 수 있지만 그만큼 운용이 둔해지니까요."

"소수 정예로 가겠단 뜻이로군."

사카모토가 잘 정리해 주었다.

"도빈 군이 어떤 생각을 하는지 아직 잘 모르지만 아마 하고 싶은 음악을 소화할 수 있는 구성원을 원하겠지?"

"네. 그러기 위한 오케스트라니까요."

사카모토가 고개를 끄덕이고는 히무라를 보며 말했다.

"2관 편성이나, 아니, 어쩌면 1관 편성을 생각하고 있을지도 모르겠군. 실내관현악단처럼."

"⋯⋯인원이 적으면 유지비용은 생각보다 적게 들어갈지도 모르겠네요. 최소 100명을 잡아도 연봉으로만 100억은 나갈 테니까. 크루즈를 운용하려면 직원도 엄청날 텐데. ⋯⋯빅토리아호의 승무원이 대충 7~800명 정도였나."

히무라와 사카모토의 대화가 흥미롭게 이어졌다.

빅토리아호가 뭔지는 모르겠지만 히무라의 말로 보아 호화 크루즈인 듯싶다.

"구상하고 있는 건 1관 편성에 근접해요. 취주악부와 피아노 그리고 가수가 추가될 예정이지만."

"옳거니."

사카모토가 무릎을 쳤다.

"클래식 음악으로 들려줄 수 있는 건 모두 하겠단 뜻이로군. 규모는 작더라도 분명 다양한, 자네가 하고 싶은 음악은 모두 할 수 있도록 말이야."

"네."

"단원들이 고생깨나 하겠네. 실력도 출중해야 할 테고."

"……도빈이를 따라갈 수 있는 연주자들이라면 평균 연봉을 1억으로 잡아도 힘들 수 있겠는데."

히무라가 중얼거렸다.

그러나 내가 히무라에게 바라는 점이기도 하다. 이런 쪽은 나보다 셈에 밝은 히무라가 훨씬 낫다.

"돈 걱정은 하지 않아도 돼요."

"아니야, 도빈아. 사업은 하나하나 잘 따져보고 시작해야 해. 수익성이 확보되어도 실패하는 사례가 훨씬 많아."

"괜찮아요. 저랑 제가 선택한 연주자들의 음악을 좋아하지 않을 리 없으니까요."

"……."

"하하하. 이거 히무라 군이 한 방 먹었구만."

"그래. 다른 사람도 아니고 너니까 납득할 수 있지만 그래도 쉽게 생각할 일은 아니야. 해상 연주회를 가진다 해도 배 위에서만 있을 것도 아니잖아. 단원들에게도, 승무원들에게도 휴식이 필요해. 지역을 정해놓고 있으면 발생하지 않을 부대비용이 단지 악단을 유지하는 것만으로도 나갈 거라고."

"그러게요."

"……."

잠시 생각을 정리한 뒤 입을 뗐다.

"그럼 이런 방법은 어때요?"

"무슨?"

"어차피 큰 항구를 가진 도시는 몇 없으니 그 도시에 전용 호텔을 마련하는 거예요."

"……진심으로 하는 말이야?"

"껄껄껄껄."

"평소에는 일반적으로 운영하다가 크루즈가 도착하면 사용하는 거죠. 관광객들도 숙소가 필요할 테니 연동해서 할인해 주면 고객 확보도 빠를 테고."

"그건…… 어쩌면 가능성 있는 이야기일지도 모르지만 대체 그 큰 도시들에 어떻게 호텔을 마련한다는 거야? 작은 규모도 아니고 수천 명을 수용할 만큼 큰 곳을."

"사면 되죠."

"도빈아!"

답답한지 히무라의 목소리가 커졌다.

"네가 얼마나 부자인지 알지만 지나쳐. 만약 실패했다간 모든 걸 잃을 거야. 세계 주요 도시에서 호텔을 매입한다니. 대체 얼마나 들지 상상이나 해봤어?"

"아뇨. 잃는 건 돈뿐이에요."

돈은 수단일 뿐이다.

나도 돈을 사랑하지만 그것은 돈이 음악을 하는 데 있어 매우 쾌적한 환경을 조성해 주기 때문이다.

내 말을 들은 히무라가 잔뜩 인상을 쓰고는 고개를 숙였고 잠시 상황을 지켜보던 사카모토가 껄껄 하고 웃었다.

"히무라 군, 자네도 잘 알고 있지 않나. 도빈 군에게 음악 외의 일은 없다고."

"알고 있긴 하지만……."

히무라가 한숨을 푹 내쉬었다.

"도빈아, 이 일은 시간을 들여 검토해 봐야겠어. 어차피 너 올해는 베를린에 있을 거잖아. 천천히 보자."

"네. 저도 급하게 생각하고 있진 않아요. 3~4년 정도 뒤로 보고 있어요."

"3~4년?"

"네."

히무라의 생각보다 기한이 더 길었는지 그가 의아한 표정을 지었다.

그럴 수밖에 없는 이유를 설명해 주려다가 문득 좋은 생각이 들었다.

"그러고 보니 크루즈도, 호텔 사업도 하셨네. 할아버지에게도 물어봐야겠어요."

"……아!"

히무라가 나와 같은 생각을 했는지 눈을 크게 떴다.

"무슨 일인가?"

사카모토가 나와 히무라를 번갈아 보며 물었다.

"그렇지! 초기 비용이 거의 안 들 수도 있겠어. WH 그룹의 이미지에도 좋을 수밖에 없고!"

할아버지한테 크루즈랑 호텔 좀 달라고 해야겠다.

-그래서 크루즈랑 호텔이 필요해요.

눈에 넣어도 아프지 않을 손자의 말에 유장혁 회장은 눈을 깜빡였다.

WH해운의 규모는 크지 않았지만 배도빈의 생각은 제법 그럴듯해 보였다.

배도빈이 이끄는 오케스트라를 감상할 수 있는 독점적 성격을 띠기에 고객 유입이 크게 뛸 것은 당연한 일.

다른 사람이라면 몰라도 벌써 10년 넘게 세계 최고의 음악가로 사랑받는 손주는 여러 차례 자신의 상업적 가치를 증명해냈다.

'이것 봐라.'

유장혁이 입맛을 다셨다.

딸 유진희와 사위 배영준이 그룹 운영에 조금도 관심이 없었고 손자 배도빈은 어렸을 적부터 꿈이 확고해 유장혁은 내심 회사를 물려주는 걸 포기하고 있었다.

그의 재력을 물려줄 순 있어도 되도록 경영을 맡아주길 바랐거늘, 둘째 손자 배도진은 너무 어렸다.

때문에 경영권 상속이 유장혁의 유일한 걱정거리였는데 배도빈이 사업 이야기를 꺼내니 눈이 휘둥그레질 수밖에 없었다.

그러나 기뻐하기엔 이른 법.

영악한 손자가 바라는 게 WH해운과 WH호텔의 경영이 아니라는 것쯤은 잘 알고 있었다.

"껄껄. 재밌는 이야기로구나."

-그렇죠? 할아버지도 놀러 오시면 좋을 거예요.

"음음. 그렇겠지."

유장혁은 적당히 반응하며 시간을 끌었다.

'요녀석을 어떻게 구슬린담. 옳지.'

생각을 정리한 유장혁 회장이 목을 가다듬었다.

"도빈아."

-네.

"크루즈는 얼마든지 줄 수 있지만 오케스트라를 더하려면 회사가 어떻게 돌아가는지 알아야 하지 않겠느냐."

-아무래도 그렇겠죠?

"그래. 네가 급하게 생각하고 있는 것 같지 않으니 시간 날 때마다 할아버지랑 같이 둘러보는 게 어떠냐."

배도빈이 곧장 대답하지 않아 유장혁은 한 번 더 밀어붙였다.

"네가 일이 어떻게 돌아가는지 파악하면 좀 더 유연한 방도가 생길지도 모르지."

-그렇겠네요.

"암. 그렇고말고. 그리고 도빈아, 네가 바라는 대로 운영하려면 발언권도 쥐고 있어야 하지 않겠느냐?"

-네.

"그러려면 WH해운에 대해서 몰라서야 말이 안 되지."

-그러네요.

유장혁 회장의 입이 귀에 걸렸다.

"그러니 할아버지가 잘 알려주마. 시간 날 때마다 서울로 오너

라. 아니, 내년이면 아예 여기 머물면서 진득하게 있어도 좋고."

-그럴게요.

"뭐!"

-왜 그러세요?

"아, 아니다. 그래. 그럼 그렇게 하자구나."

통화를 마친 유장혁 회장은 손자가 평소와 달리 자신의 말을 너무나 순순히 받아들인 것이 마음에 걸렸다.

'이럴 녀석이 아닌데.'

하지만 그런 의심도 잠시.

너무나 바랐지만 포기할 수밖에 없었던 일이 난데없이 진행된 덕에 입이 씰룩거렸다.

'재밌는 일이야. 괜찮아 보이고. ……암. 누구 핏줄인데. 녀석에게도 사업가의 피가 흐르는 게야. 해운과 호텔을 시작으로 조금씩 물려주면 되지.'

"흐흐흐흐."

조금씩 삐져나오는 웃음을 참을 수 없던 유장혁 회장이 결국에는 크게 웃기 시작했다.

갑작스레 회장실에서 큰 웃음이 들려 깜짝 놀란 두 비서는 어안이 벙벙해 서로를 볼 뿐이었다.

할아버지가 아무래도 내게 WH해운과 WH호텔의 경영권을 물려주고 싶으신 모양이다.

몇 번 그런 눈치를 주시곤 했는데 아버지도 어머니도 나도 그리 관심이 없어 쓸쓸해하는 모습을 봐왔던지라 조금은 안타까웠다.

'좋은 게 좋은 거지.'

두 회사가 필요한 건 사실.

사실상 최고 경영자로서의 역할을 다하진 않겠지만 할아버지도 그 정도까지 바라진 않으실 거다.

할아버지의 말대로 결정권과 발언력이 있어야 움직이기 편할 테니 적당히 어울려 권한을 얻을 수 있다면 남는 장사다.

'뭐든 잘 아는 사람이 해야지.'

효도도 하는 겸 말이다.

그렇게 생각을 정리하자 허기를 느꼈다. 어느덧 저녁이다.

'악보를 못 봤네.'

이것저것 정리할 일이 있었지만 소중한 하루가 금방 지나버리고 말았다.

하루가 참 짧다.

저녁은 대충 때우고 바로 조율에 들어가고자 건넛방 문을 두드리자 최지훈이 눈을 비비며 나왔다.

"으응?"

"잤어?"

"응."

시계를 다시 확인해도 저녁 6시.

평소 초등학교 교과서에나 나올 법할 바른 생활이 몸에 밴 최지훈이 지금까지 자고 있었다니 믿을 수 없다.

"뭐 하는데 여태 잤어?"

"크리크 콩쿠르 영상 보다 보니 잠을 못 잤어. 들어와. 금방 씻을게."

최지훈이 하품을 하며 안으로 들어갔다. 따라 들어가 적당히 앉은 뒤 물었다.

"들을 만했어?"

"으음. 아무래도 전체적으로 아쉬웠는데 눈에 띄는 애가 있어서."

혹시나 싶다.

"프란츠 페터?"

"알고 있어?"

최지훈이 관심을 가질 만한 수준이라면 적어도 우승은 했을 거라 생각했는데 들어맞았다.

"조 추첨식 때 나와서."

"아, 그랬지."

최지훈이 샤워부스로 들어가 말을 이어갔다.

"대단하더라. 15살인데 국제무대에는 처음인 모양이야. 서정적이라고 해야 하나? 한번 들어봐."

샤워기에서 떨어지는 물소리에 최지훈의 목소리가 가려졌다.

주변을 둘러보니 침대 위에 녀석의 헤드폰과 태블릿이 있어 살펴보니 최근 목록에 크리크 국제 피아노 콩쿠르 결승 블루레이가 남아 있었다.

적당히 시간을 죽일 생각으로 헤드폰을 끼고 파일을 재생하니 곧 어제 보았던 키 작고 볼이 통통한 녀석이 나왔다.

'15살이라고?'

고작해야 10살 갓 넘긴 줄 알았는데 동안이라는 수준을 넘어 발육이 덜 된 느낌이다.

태블릿을 한쪽에 치워놓고 눈을 감았다.

그리고 첫 번째 음을 듣는 순간.

눈을 떠 태블릿을 다시 볼 수밖에 없었다.

'뭐야.'

연주하는 곡은 슈베르트의 피아노 소나타 19번 C단조.

'엉망이잖아.'

엉망진창이다.

그러나 이 자유분방함은 여태 내가 느껴보지 못했던 새로운 감각을 일깨우는 듯하다.

늦은 봄의 따사로운 햇빛조차 이보다 부드러울 순 없다.

프란츠 페터는 빈틈없이 배치된 음계를 감싸듯 이리 쥐었다가 저리 옮기며 가지고 놀았다.

프란츠라는 흔한 이름.

그러나 녀석의 연주는 내가 들었던 그 어떤 피아니스트와도 비교할 수 없을 정도로 달리 놀랍다.

그러면서도 참으로 아름답다.

'정규 교육을 받지 못했나?'

때 묻지 않은 순수함.

방향성은 전혀 다르지만 마치 예전의 니나 케베리히를 보는 듯하다.

"어때?"

샤워를 마친 최지훈이 나와 머리를 말리며 물었다.

"찾아야겠어."

"어? 누굴? 걔?"

"응. 나 먼저 간다."

"나 머리만 말리면 되는데. 같이 가."

"지금 말려."

"말리고 있잖아."

"걷다 보면 알아서 말라. 빨리 가자."

"어디 있는지는 알고 이러는 거야?"

모른다.

핸드폰을 열어 멀핀 과장에게 전화를 걸었다.

-네, 악장. 전화 받았습니다.

"어제 조 추첨식에 나온 프란츠 페터라는 애 알고 있어요?"

-프란츠 페터. 프란츠 페터. ……아, 크리크 우승한 아이죠? 이름은 들어봤습니다.

"지금 잘츠부르크에 있을 텐데 어디에 있는지 확인해 줄 수 있어요?"

-네?

멀핀 과장이 조금 당황했는지 횡설수설하다가 이내 만족스러운 답을 주었다.

-한번 알아볼게요. 10분만 주세요.

"네."

전화를 끊으니 최지훈이 날 묘한 눈으로 보고 있었다.

"왜?"

"처음으로 너랑 일하면 안 되겠다는 생각이 들었어."

"무슨 뜻이야?"

"아무런 연고도 없는 사람을 도시에서 찾아내라니. 일을 시켜도 어떻게 그런 걸 시킬 수 있어?"

"히무라랑 카밀라는 다 해줬는데."

"그건 히무라 대표님이랑 국장님이 이상하게 유능하신 거고. 보통 가능한 일이 아니잖아."

"그런가?"

"그래."

무리한 부탁을 한 건가 싶어 조금은 반성하고 있는데 문자 메시지가 도착했다.

프란츠 페터가 머문다는 호텔 주소다.

최지훈에게 보여주었다.

"말도 안 돼."

"508호에 프란츠 페터라는 사람이 있을 텐데 배도빈이 만나러 왔다고 전해주세요."

"죄송합니다. 508호는 현재 비어 있습니다."

멀핀이 알려준 호텔을 찾으니 데스크에서 프란츠 페터가 이미 떠났음을 확인할 수 있었다.

"……"

"왜 그래? 뭐 하려고?"

생각을 정리하고 있는데 최지훈이 물었다.

"그냥. 만나야 할 것 같아서."

나도 잘 모르지만 그 녀석의 연주에 마음이 이끌려 무작정 움직였다.

"음악 하는 애라면 언젠가 꼭 보게 될 거야."

최지훈은 다른 말은 하지 않았다.

확실히 녀석의 말대로 음악을 하는 이상 언젠가 다시 만나겠지만 너무 오래 기다리지 않았으면 좋겠다.

"그래. ……밥 먹으러 가자."

"응."

아쉬움을 달래며 최지훈과 함께 근처 식당에서 적당히 배를 채웠다.

그러면서도 프란츠 페터에 대한 생각을 떨쳐낼 수 없었는데 조금씩 내 감정에 대해 인지할 수 있게 되었다.

욕심.

크고 순수한 원석을 본 내 욕심이다.

채은이를 만났을 때도 니나를 찾아 나섰을 때도 마르코를 발견했을 때와 같이 난 그 녀석이 망가지지 않고 잘 가공되길 바라는 것이다.

뛰어난 후학이 꽃 피우는 모습을 지켜보는 일이 얼마나 기쁜 일인지 잘 알고 그러지 못하고 좌절할 때 느끼는 안타까움도 뼈저리게 느꼈기 때문이다.

"3라운드 때는 드보르자크였지?"

"어."

"체코에서도 드보르자크로 나올 것 같은데, 재밌겠다."

"그러게."

"……."

올리브를 쿡쿡 찌르고 있자니 묘하게 불편한 시선이 느껴져 고개를 들었다.

최지훈이 화를 내고 있다.

"왜?"

"됐어."

화가 난 건 확실한데 이유를 모르겠으니 어쩔 도리가 없다.

식사를 마쳤다.

숙소로 돌아왔는데 그때까지 묘하게 말수가 적어진 최지훈이 아 하고 감탄사를 냈다.

녀석을 보았다가 시선을 좇으니 그 끝에 나보다도 작은 버섯 같은 녀석이 있었다.

"도빈아, 재."

"응."

왜 여기 있는지는 모르겠지만 잘되었다.

"으아아아. 도, 돌아갈까?"

"오늘 말고는 기회가 없을 텐데."

"하, 하지만 만나 줄 리가 없잖아."

"역시 그냥 돌아가는 게……."

뭐라 중얼대는 거야?

다가가도 별 반응 없이 혼잣말을 중얼거리기에 잠깐 기다렸더니 갈팡질팡한다.

"프란츠 페터."

"끄악!"

이름을 부르니 크게 소리를 쳐서 깜짝 놀라고 말았다.

로비에 있던 사람들도 한 번씩 시선을 준 뒤 제 갈 길을 갔다.

"배, 배, 배도빈!"

"안녕."

"시, 신이시여!"

프란츠 페터가 납죽 엎드리려 하기에 당황해 녀석을 붙잡고 말았다.

간신히 일으켜 세운 뒤 몇 번을 달래고 나서야 겨우 진정시킬 수 있었다.

날 이렇게까지 당황시킨 사람은 이 녀석이 처음인 듯하다.

"아무래도 나 보러 온 거 같은데 올라가서 이야기하자."

"네, 넵!"

최지훈이 자리를 피해주었고 내 방에서 프란츠 페터라는 녀석과 함께 있을 수 있었다.

녀석은 시뻘겋게 달아오른 얼굴을 푹 숙이고는 몸을 꼼지락댔다.

"크리크 결승에서 슈베르트 소나타 들었어."

고개를 퍼뜩 든다.

눈을 크게 뜨고 입을 살짝 벌리고 있는 모습이 어지간히 기쁜 모양이다.

"인상적이야. 피아노는 얼마나 친 거야?"

"5, 5년 정도요."

솔직히 말해 이해할 수 없을 정도로 배움이 빠르다.

"저기……."

내심 놀라고 있는데 프란츠 페터가 조심스레 말을 붙였다.

"혹시 이, 이거 봐주실 수 있나요!"

녀석이 낡은 가방에서 종이 다발을 꺼내 내게 향했다.

악보다.

"곡도 써?"

"네, 네! 하지만 다른 분께 보이는 건 처음이라……. 가, 가능하다면 배도빈 님께 보여드리고 싶어서."

"그래서 찾아왔던 거야?"

녀석이 수줍게 고개를 끄덕였다.

악보를 받으니 무척 깔끔했다.

고친 부분이 없었고 마치 컴퓨터로 쓴 것처럼 기호와 글자가 정자로 제대로 적혀 있다.

하지만 그러한 것보다 나를 더 놀라게 한 것은 단순한 멜로디가 곧장 내 가슴을 움직였다는 것이다.

'아.'

이제야 떠올리다니.

'프란츠 페터. 프란츠 페터 슈베르트.'

짧고 아쉬운 만남이 이 악보를 보는 순간 몸과 영혼을 가득 채웠다.

"연주해 봐."

방 안에 놓인 피아노를 가리키자 프란츠 페터가 후다닥 뛰어가 서둘러 건반을 눌렀다.

상상했던 그대로 훌륭한 곡이다.

맑은 계곡물이 흐르듯 청량감을 주는 멜로디와 그러한 심상을 정확히 전달할 줄 아는 연주력.

'물건이야.'

프란츠 페터가 연주를 마쳤다.

"프란츠 페터는 본명이야?"

"네?"

이상한 질문이긴 하다.

"슈베르트와 이름이 비슷하니까."

"아, 마, 맞아요. 가능하다면 루트비히라는 이름이 더 좋을 텐데."

이상한 녀석.

어이가 없어 웃고 말았다.

"계약한 곳은 있어? 음악은 어떻게 하고 있고."

"계약은…… 크리크에서 우승한 뒤에 몇 번 연락을 받았는데."

"받았는데?"

"라이징스타에 들어가고 싶어서……."

"환영하지."

프란츠 페터가 벌떡 일어났다.

"정말요? 정말 그렇게 해주시나요?"

"물론. 인재가 스스로 들어와 준다는데 거절할 리가. 일단 오늘은 늦었으니 내일 미팅을 잡도록 하자. 저녁에 괜찮지?"

어찌나 고개를 힘차게 끄덕이는지 부러질 것만 같다.

"자, 번호 찍어."

핸드폰을 넘겨주자 방금까지 잔뜩 들떠 있던 프란츠 페터가 우물쭈물 그것을 보기만 했다.

"왜?"

"핸드폰이…… 없어요."

요즘 세상에 핸드폰이 없는 사람이 있다니.

신기한 노릇이다.

"그럼 연락은 어떻게?"

"시설 쪽으로……."

시설이라.

일단은 고개를 끄덕였다.

아이가 쓰는 물건이라고 보기에는 지나치게 낡은 가방과 옷차림.

핸드폰이 없는 걸로 보아 사정이 어려운 듯하다.

혹시나 싶어 물었다.

"오늘 지낼 곳은 있어?"

"괘, 괜찮아요. 하루쯤이라면 역에서 보내면 돼요."

말도 안 되는 소릴.

꼬르륵-

마침 녀석의 배가 항의를 했다.

인터폰을 들었다.

-네, 고객님. 무엇을 도와드릴까요?

"부드러운 빵과 가지 샐러드, 연어를 구워 가져다주세요."

"괘, 괜찮아요! 조금만 걸어가면 근처에 깨끗한 솔잎이 있어요."

뭔 말이야.

주문을 마치고 돌아보자 녀석이 큰일이라는 듯 펄쩍펄쩍 뛰었다.

"연주 들려줬잖아. 공연 값이라고 생각해."

"하지만 저따위의 연주가 배도빈 님께……."

"그 신이라느니 님이라느니 좀 어떻게 좀 해."

"그럼 어떻게……."

"형."

"네? 어, 어떻게 제가 감히 배도빈 님을 형이라고 불러요. 말도 안 돼요."

"너 좀 귀찮다."

"죄, 죄송합니다."

말 한마디에 곧 울 것 같다.

정말 이상하고 황당하면서 재밌는 녀석이다.

"농담이야."

녀석에 대해 조금 더 물었다.

"협회에서 마련해 준 호텔이 어제까지였다고?"

"네. 그래서 집으로 돌아가야 해서……."

"집은 어딘데?"

"할라인이요."

"가깝네."

"네. 열심히 걸으면 금방 가요."

"……뭐라고?"

어이가 없어 뭐라 말하지도 못했는데 음식이 도착했다.

프란츠 페터는 입을 벌리고 군침을 다셨고 그런 주제에 차마 못 달려들고 있었다.

"먹어."

"하지만."

"버린다."

"이, 이 맛있어 보이는 걸요?"

"그러니까 먹어."

프란츠 페터가 어쩔 수 없다는 듯 구운 연어를 집어 들었다.

어린애는 어린애인지 얼마나 먹고 싶어 하는지 얼굴과 행동에 그대로 드러난다.

연어 스테이크를 칼로 썰지도 않고 크게 먹곤 황홀한 표정을 짓는다.

"마, 맛있어!"

히무라에게 부탁할 일이 늘었다.

"잡아왔어요."

"잡아? 뭘?"

히무라 쇼우는 갑작스레 찾아온 배도빈을 황당하게 지켜보았다.

그 뒤에는 배도빈보다 훨씬 어려 보이는 남자애가 꼼지락대고 있었는데 좋게 말해도 귀엽게 생기지는 않았다.

차림은 남루하고 부모가 제대로 관리해 주곤 있는지 의심될 정도로 꾀죄죄했다.

그러나 거의 우는 것처럼 보일 정도로 감격하며 아이스크림을 먹고 있는 모습이 애처로웠다.

"혹시 저 아이 말하는 거야?"

"네."

배도빈의 대답이 워낙 산뜻해 히무라 쇼우는 어처구니가 없어졌다.

'어디서 자꾸 주워오는 거야.'

히무라 쇼우는 죽은 아들이 종종 길고양이를 안고 돌아왔던 것을 떠올리며 작게 웃었다.

지금도 그리 다르지 않았다.

"일단 들어와. 일하던 도중이라 조금 어지럽긴 하지만."

"들어가자."

"네, 넵!"

히무라와 배도빈은 마주 앉았고 프란츠 페터는 조금 떨어진 곳에서 히무라가 내준 전병을 바라보았다.

아무것도 내지 않는 것보단 낫다고 생각했지만 어린애 입맛에는 맞지 않을 거라 걱정했는데 그도 아닌 모양.

"도빈 님, 도빈 님! 이것 좀 드셔 보세요! 바삭바삭한 게 이렇게 좋은 식감인 줄은 몰랐어요!"

너무 맛있게 먹어 히무라는 도리어 다행이라 생각했다.

"천천히 먹어."

배도빈이 프란츠 페터를 달랬고 히무라가 입을 뗐다.

"누구야?"

"프란츠 페터라고 크리크 피아노 콩쿠르 올해 우승했어요."

"아."

"히무라는 알 거라 생각했는데 의외네요."

"그럴 수밖에."

배도빈은 히무라의 대답을 의아하게 여겼다.

클래식 음악계에서 히무라 쇼우만큼이나 발이 넓은 사람도 드물었다. 덕분에 새로운 정보도 무척 빠르게 입수하는 편이었다.

무명은커녕 만 3세였던 배도빈의 음악이 니코동에 오르자마자 접촉했을 정도로 말이다.

그런 히무라였기에 배도빈은 크리크 국제 콩쿠르처럼 공신력과 화제성을 갖춘 대회 우승자를 모른다는 것이 낯설게 느껴졌다.

배도빈이 고개를 살짝 틀고 눈매를 좁히자 히무라가 한탄하듯이 말했다.

"있어. 유장혁 회장님이라고 그분 덕에 일이 너무 많아져서 요즘엔 현장에 잘 못 다니니까."

"하하."

"그나저나 몇 살이야? 엄청 어려 보이던데."

"열다섯이래요."

"……환경이 좋지 않아서 그런지 발육이 확실히 더디네. 생각보다는 나이가 있잖아."

그렇게 말하면서 히무라는 무심코 맞은편에 앉아 있는 배도빈을 봤는데, 더할 나위 없이 좋은 환경에서 성장한 배도빈도 작은 편이었다.

'그렇지도 않나.'

속으로만 생각하고 히무라가 말을 이었다.

"크리크에서 우승했고 네가 추천하니 재능은 말할 것도 없겠지. 니나나 마르코도 그랬으니까. 그런 인재를 들이는 것도 샛별 엔터테인먼트로서는 좋은 일인데."

"뭐가 걸리는 거예요?"

"피아니스트는 이미 많아. 샛별 엔터테인먼트에 소속된 피아니스트만 11명이고 세계적으로 봐도 재능 있는 피아니스트는 얼마든지 있어. 단지 피아노를 잘 연주하는 것만으로는 상업적 성공을 바랄 수 없지."

배도빈은 평소보다 배는 눈을 깜빡이며 히무라 쇼우의 말을 들었다.

"게다가 결국에는 샛별 엔터테인먼트 소속이 루트비히 오케스트라로 넘어갈 거잖아. 피아니스트만 12명이 되면 그게 피아노단이지 관현악단은 아니게 될 테고."

잠자코 듣고 있던 배도빈이 고개를 젓고 히무라의 말을 끊었다.

"애 피아니스트로 키울 거 아니에요."

"네?!"

프란츠 페터의 목소리였다.

배도빈은 하늘이라도 무너지듯 놀란 프란츠 페터의 경악에 깜짝 놀라 돌아보았다.

프란츠 페터가 고개를 숙이고 있자 그의 넓고 툭 튀어나온 이마만 눈에 들어왔다.

무릎을 꿇고 두 손을 바닥에 댄 채 좌절한 프란츠 페터가 울먹였다.

"여, 역시 오늘의 이 맛있는 음식들은 최후의 만찬이었던 거네요. 끄으으윽."

'뭐라는 거야.'

"결국 버리실 거라면 이, 이 맛있는 과자를 하나만 더 먹을 수 있도록 해주세요."

"입 다물고 이거나 더 먹어."

배도빈이 주변을 훑은 뒤 선반 위에 놓여 있던 과자를 툭 하곤 건네주었다.

"으아아아! 도, 도빈 님! 과자 위에 초콜릿이 올라가 있어요! 이걸 먹은 뒤에 저는 죽게 되는 건가요? 그렇다면 저는, 저는!"

프란츠 페터를 귀찮다는 듯이 보던 배도빈은 직접 과자를 뜯어다 프란츠 페터의 입에 쑤셔 넣었다.

완강히 거부할 줄 알았던 프란츠 페터는 의외로 쉽게 함락되어 그것을 맛보았고 이내 거부할 수 없는 달콤함에 정복되어 버리고 말았다.

"끄으으윽. 분하다. 마, 맛있어. 너무 맛있어. 이런 걸 먹었으니 이젠 죽어도."

"얌전히 있어."

"네……."

힘없이 대답한 프란츠 페터가 힐끔힐끔 히무라의 과자를 보았기에 배도빈은 그것을 눈앞에 가져다 놓고는 엄포했다.

"먹어. 조용히. 한 번만 더 시끄럽게 했다간 엉덩이를 차 줄 거야."

"넵."

그 모습을 보던 히무라는 난감하게 웃었다.

'선영이한테 줄 선물이었는데.'

잘츠부르크에서만 판매하는 과자라 이곳에 오기 전 박선영이 사다 달라고 신신당부를 하던, 한정판매용 과자였는데 아쉽게 되었다.

내일 다시 사러 가야겠다고 생각하며 히무라가 물었다.

"그러면?"

"곡을 쓰게 할 거예요. 지금은 배운 게 없어 손볼 구석이 많은데 제대로 가르치면 분명 대단한 작곡가가 될 거예요."

"······저 애가?"

"네."

배도빈의 대답에 확신이 가득했기에 히무라 쇼우는 의심스러우면서도 프란츠 페터를 살피기 시작했다.

소리도 내지 않고 비닐 포장을 조심스레 뜯어, 떨리는 손으로 그것을 한 입 베어 먹는 순간 튀어나올 것처럼 커지는 눈.

리액션이 좋다고 해야 할지.

아니면 저런 음식을 처음 먹어보기에 그런 것인지 알 수 없었다.

그러나 어떻더라도 특이해 보이는 것은 마찬가지였다.

'그래. 원래 천재들이 이상하잖아. 사카모토 선생님도 푸르트뱅글러도 도빈이도.'

히무라는 어린이 프로그램이 출연해 엉덩이를 씰룩이며 하모니카를 부는 걸 진심으로 즐기는 사카모토와 괴팍한 지휘자 푸르트뱅글러 그리고 배도빈의 기이한 행동들을 떠올리며 고개를 끄덕였다.

수술 이틀 차.

고귀한 바이올리니스트이자 베를린 음악 대학 교수 겸 베를린 필하모닉 악장 찰스 브라움이 신음했다.

'뭐가 무통이란 말이야.'

강한 마약 성분이 함량된 무통 주사를 맞았으나 엉덩이가 타오를 것만 같았다.

더욱이 일을 볼 때는 마치 칼을 내빼는 듯한 고통에 초콜릿 이외에는 어떤 것도 먹을 수 없었다.

'끄윽.'

찰스 브라움은 무통 주사가 불량품이라고 확신했다.

그러지 않으면 이렇게 괴로울 리가 없으니 말이다.

'안 되겠어. 교체해 달라고 해야지.'

"끄응."

이를 악물고 고통을 참으며 겨우 일어난 찰스 브라움은 주춤주춤 걸었다.

이제 거의 문에 닿을 수 있어 마지막 한 걸음을 내딛는 순간, 병실 문이 활짝 열렸다.

빠악-

"어머. 괜찮으세요? 죄송합니다. 죄송합니다!"

"……."

순간적으로 피할 수 없었던 찰스 브라움의 새끼 발가락이 그대로 문에 찌였고.

찰스 브라움은 이내 당연히 느껴져야 할 지독한 고통을 떠올렸다.

"······아프지 않아."

그러나 그의 예상과 달리 새끼 발가락에서는 아무런 통증도 느껴지지 않았다.

분명 심하게 찌였는데.

아프지 않았다.

아픈 것은 오직 그의 항문뿐이었다.

"휴. 다행이네요. 정말 죄송해요. 그런데 어디 가시는 길이셨어요?"

"······아무것도."

찰스 브라움은 무통 주사의 위력을 절감하면서 만약 그것이 없었더라면 자신은 분명 죽었을 거라고 생각했다.

그가 다시 병상 위로 힘겹게 몸을 옮겼다.

"좌욕은 잘하고 계시죠?"

간호사가 링거를 갈며 물었다.

"그런 수치스러운 행동 따위 못 하겠소."

"그럼 더 고생하실 거예요. 하루에 몇 번씩 꼭 하셔야 해요."

간호사가 병실을 나가고 찰스 브라움은 우두커니 개인 병실 한쪽에 마련된 화장실을 보다가 조심스레 일어났다.

그리고 잠시 뒤.

'한결 낫군.'

좀 전보다 통증이 많이 가라앉아 찰스 브라움은 엉덩이만 물에 대고 있는 민망한 행위를 달리 평가하게 되었다.

그러던 중 노크 소리가 났고.

첫 방문자가 찾아왔다.

"아, 아, 안녕하세요."

"음. 제2바이올린 수석이군."

찰스 브라움의 병명은 기밀이었기에 그에 대해 알고 있는 사람은 멀핀 과장과 일부 직원, 단원 중에서는 배도빈과 나윤희 뿐이었다.

"이런 꼴이라 환대해 주지 못해 애석하네."

"아, 아니에요. 괜찮아요. 저기 이거……."

나윤희가 찰스 브라움에게 상자를 보여주곤 옆에 두었다.

그것을 본 찰스 브라움은 힘겹게 고개를 저었다.

"아쉽지만 난 아무것도 먹지 못해. ……내 아름다운 외모가 벌써 이렇게 수척해져 버린 것만 봐도 알 수 있겠지?"

"정말 그래요."

나윤희는 나이에 맞지 않게 맑고 탱탱했던 찰스 브라움의 피부를 떠올리며 고개를 끄덕였다.

그러고는 상자를 열었다.

"오렌지 주스랑 초콜릿이에요. 이 정도는 드셔도 괜찮다고 해서."

"오오."

그제야 찰스 브라움이 반갑게 나윤희의 선물을 살폈다.

그중 그가 가장 좋아하는 밀크 초콜릿이 있어 얼른 하나를 집어 먹었다.

배는 부르지 않았지만 그렇게나마 고통을 줄이고 싶었다.

"아주 훌륭한 선물이었어. 인사하지."

찰스 브라움이 아픈 와중에도 예를 보였고 나윤희는 도리어 고개를 푹 숙이며 화답했다.

"별말씀을요. 그냥 아는데 어떻게 모른 척하고 있나 싶어서."

"아니. 연습만으로도 바쁠 텐데 정말 고맙다. 하지만 오늘로 되었으니 부디 3라운드 잘 치러주길 바라지."

"마, 맡겨주세요!"

나윤희는 주먹을 꽉 쥐고 고개를 끄덕였다.

찰스 브라움은 면회를 와준 것에 깊게 감사하나 그보다 중요하게 생각하는 게 있었다.

그것은 나윤희, 아니, 모든 베를린 필하모닉 단원이 같은 생각이었으니 그들의 지휘자 배도빈과 함께 최고의 연주를 이어나가고 싶다는 마음이었다.

사실 여러 신호가 있었다.

언젠가부터 후배 칼 에케르트를 언급해 온 빌헬름 푸르트벵글러.

이상하게 인재 욕심을 부리는 배도빈.

그리고 전과는 다르게 정식 후계자로서가 아니라 베를린 필하모닉 B의 지휘자로서 활동하게 된 점 등 모든 것이 배도빈이 언젠가 베를린을 떠나기 위한 모습처럼 보였다.

처음 그가 복귀했을 때의 분위기와는 너무도 대조적이었다.

거기에 푸르트벵글러가 배도빈에게 우승하지 못하면 떠나야 한다고까지 말했으니 베를린 필의 단원들도 뭔가 심상치 않은 분위기를 느끼고 있었다.

그렇기에 이번 오케스트라 대전에 임하는 각오가 남다를 수밖에 없었고.

나윤희도 그것을 너무나 잘 알고 있기에 고개를 끄덕였다.

그리고 조심스레 입을 열었다.

"그래서 말인데요……."

체코 필하모닉 오케스트라의 신규 단원 밀로스 발렌슈타인은 조국, 체코 음악을 사랑했다.

너무나 사랑한 나머지 체코 음악가들을 신봉하는 지경에 이르렀고 그만큼 자부심도 강했다.

보헤미아 왕국 시절부터 체코는 뛰어난 음악가가 유독 많았고 어린 밀로스 발렌슈타인에게 그들의 음악은 곧 젖과 꿀이었다.

연주자로서의 그가 잉태될 수 있었던 근본이었다.

'우리 아들, 커서 뭐 되고 싶어?'

'체코의 음악을 연주할 거야!'

플루티스트 밀로스 발렌슈타인.

그는 일곱 살 때 아버지에게 했던 말을 단 한 번도 잊지 않았고 결국 자랑스럽게도 체코 필하모닉 오케스트라에 입단했다.

그에게 최고의 날이었음은 밀로스의 가족 모두 아는 사실이었다.

입버릇처럼 체코 음악에 대해 읊었고 항상 플루트를 놓지 않았고 클래식 음악을 듣다가 밤을 꼬박 지새웠기에.

그가 플루티스트로 인정받아 체코 필하모닉에 입단했을 때는 마을 사람들조차 으레 당연한 일처럼 받아들였다.

'드디어 다가왔어.'

밀로스 발렌슈타인은 벅차오르는 가슴을 도저히 진정시킬 수 없었다.

얀 바츨라프 보르지세크.

베드르지흐 스메타나와 안토닌 드보르자크, 레오시 야나체크, 구스타프 말러 시대에 절정에 이른 체코 음악은 라파엘 쿠벨릭과 같은 거장에 이르러서도 그 명맥을 굵게 뻗어나가고 있었다.

역사적으로 체코의 음악은 국민적 정서를 달래주는 깊은

맛이 있었고.

현 체코 필하모닉 오케스트라의 지휘자, 엘리아후 인손은 타 국가 출신임에도 그러한 체코 음악에 대한 깊은 이해도를 보였다.

어려서부터 음악을 접했던 밀로스 발렌슈타인에게 그런 엘리아후 인손과 체코 필하모닉 오케스트라는 무엇보다 소중한 악단이었다.

그래서.

3라운드에 임하는 선배 단원들의 태도에 불만을 가질 수밖에 없었다.

3라운드 첫 번째 날 저녁.

경연을 들은 체코 필하모닉 단원들이 연습실에 모여 한가로이 수다를 떨고 있었다.

"이야, 벌써 3라운드라니. 이 대회도 한 달 뒤엔 끝나겠는데?"

"그러게. 기왕이면 끝까지 듣고 싶은데 말이야."

"하하하! 당장 이번 라운드에서 떨어질 것 같지 않아?"

"실은 난 2라운드에서 떨어지는 줄 알았어."

"하하하하! 나도."

진지함이라고는 조금도 느낄 수 없는, 밀로스의 기준으로는 경박하기까지 한 대화였다.

"무슨 말씀을 하시는 거예요! 당연히 우승해야죠!"

참다못한 밀로스가 소리를 질렀다.

위대한 체코 필하모닉 오케스트라의 단원들이 나약한 말을 아무렇지도 않게 내뱉는 걸 더 이상 들어줄 수 없었다.

단원들이 잠시 밀로스를 쳐다보다가 웃었다.

"하하. 오늘도 힘이 넘치는구나, 밀로스."

"너무 긴장하고 살면 건강에 안 좋아. 릴렉스. 릴렉스."

"그러는 여러분이야말로 긴장 좀 해요! 3라운드가 시작되었는데 왜들 이렇게 풀어지신 거예요? 더 열심히 해야죠! 오늘 런던 심포니 연주 다들 들으셨잖아요!"

"아아, 그렇지. 좋던데? 역시 브루노 발터 경이었어."

"그러니 말이야. 이러니저러니 해도 인터플레이 때와는 차원이 다르더군."

"거기 요즘 망해도 시원하게 망하고 있더라. 그렇게 컸던 곳이 신기하단 말이야."

"맞아. 음악도 그런데 영화사 같은 곳에서도 손 끊더라고."

'갑자기 인터플레이 이야기는 왜 나오는 건데!'

밀로스 발렌슈타인은 긴장감이라고는 조금도 찾아볼 수 없는 단원들의 모습이 안달이 났다.

어느새 그들은 런던 심포니의 연주를 감탄하며 또 인터플레이가 왜 망하는지 쓸데없는 토론을 하기도 했다.

연습에는 조금도 관심 없어 보였다.

"오오. 다들 모여 있구만."

그때 수석 지휘자 엘리아후 인손이 연습실에 들어섰다.

"벨리텔!"

밀로스 발렌슈타인이 엘리아후 인손에게 달려갔다.

"허허. 오늘도 기운이 넘치는구나, 밀로스."

"벨리텔이 뭐라고 좀 해주세요! 다들 너무 쉽게 생각하고 있다고요."

"음? 그게 무슨 말이냐?"

"어제는 3라운드 진출도 겨우 했다느니, 오늘은 2라운드에서 떨어질 줄 알았다느니 약한 소리를 하잖아요. 체코 필하모닉이 세계 최고라고 증명해야죠!"

"하하하. 그거 좋지. 다들 밀로스의 말을 들었을 테지? 시작하자."

"네, 벨리텔."

허허 하고 웃은 체코 필하모닉은 곧 연습을 시작했다.

그들이 선택한 곡은 체코 필하모닉이 가장 자신 있어 하는, 위대한 음악가 구스타프 말러의 5번 교향곡이었다.

구스타프 말러의 음악성이 독자적인 노선을 보이기 시작한 작품으로 체코 필하모닉 오케스트라는 이것을 종종 중요한 무대에서 연주하곤 했다.

밀로스 발렌슈타인은 내심 또 다른 주요 레퍼토리인 드보르자크의 9번 교향곡, 신세계로부터를 하길 바랐지만 이 역시 좋은 곡이었기에 수긍했다.

드보르자크의 그 힘차고 활기찬 곡은 좀 더 높은 무대에서 해도 좋다고 생각했다.

'그래. 분명 이길 수 있어.'

밀로스는 플루트 꼭 쥐고 생각했다.

엘리아후 인손의 말러는 곡의 성향을 극대화하여 낭만적이고 부드러우면서도 명쾌했다.

체코 필하모닉의 연주를 들어본 사람이라면 그 생동감에 빠져들 수밖에 없었다.

'할 수 있어.'

밀로스 발렌슈타인에게 3라운드에서 만날 배도빈과 베를린 필하모닉이 얼마나 대단하든, 그것은 중요치 않았다.

체코의 음악이라면 반드시 이길 수 있다고 믿어 의심치 않았다.

그러다 중요한 현악부에서 실수가 연달아 났다.

"아하하. 죄송합니다."

"음음. 다음엔 좀 더 잘 따라와 보게. 껄껄."

"하하하. 옙."

"……."

밀로스는 실연이 코앞으로 다가왔는데 기본적인 실수를 하는 것도, 그것을 웃음으로 넘기는 상황도 믿을 수 없었다.

인정할 수 없었다.

'4악장은 현악부밖에 없잖아. 어떻게 틀릴 수가 있어.'

그렇게 부들부들 떨던 밀로스 발렌슈타인은 정신이 팔려 곡을 반복할 때, 자신의 차례가 왔음에도 박자를 놓치고 말았다.

"하하하. 밀로스, 틀렸잖아."

"이야. 그 꼼꼼한 밀로스가 틀리다니. 정말 긴장이 많이 되긴 하나 봐?"

"……죄송합니다."

밀로스 발렌슈타인은 자신의 실수에 얼굴이 확 달아올랐다. 차마 고개를 들 수조차 없었다.

분명 어제도 그제도 10년 전에도 연습해 왔던 곡인데 박자를 놓치다니.

기본적인 실수로 연습을 방해한 자신을 용서할 수 없었다.

"너무 그렇게 침울해하지 마. 아까 얀도 틀렸잖아."

"맞아. 내가 틀린 거에 비하면 넌 아무것도 아니라고."

"크하하! 네 입으로 그런 말 하면 안 되지!"

"그런가? 하하하하!"

단원들의 말에 밀로스 발렌슈타인은 참을 수 없었다.

따끔하게 혼을 내고 진심으로 반성한 뒤 완벽한 연주를 할 때까지 반복해 연습해도 세계 최고가 될 수 있을까 말까 한데.

이러한 실수에 대해 쉽게 생각하는 선배 단원들이 미웠고 그런 상황을 허허 웃으며 지켜볼 뿐인 수석 지휘자가 미웠고.

동시에 그런 생각을 하면서 박자를 놓친 자기 자신이 믿을 수 없을 정도로 싫었다.

　"죄송합니다. 잠시 화장실 좀 다녀올게요."

　그러한 마음을 다스릴 줄 모르는 어린 플루티스트는 도망치듯 연습실 문을 열었다.

　남은 단원들이 걱정스레 보았다.

　"평소보다 좀 더 심한 거 같은데? 달래줘야 하는 거 아냐?"

　"지금까지 너무 치열하게 살아서 그래. 우리도 저랬잖아."

　"그렇긴 해도."

　"밀로스도 마음이 조급해 봤자 변하는 게 없다는 걸 알아야 해. 그게 연주를 방해할 뿐이라는 것도."

　"말해주는 게 좋지 않을까."

　"알잖아. 스스로 납득하지 않으면 소용없다는 걸. 안 그래요, 벨리텔?"

　단원들의 말에 엘리아후 인손이 부드럽게 미소 지었다.

　한편.

　연습실에서 나온 밀로스는 마음을 달래며 화장실로 향했다.

　찬물로 세수라도 해야 정신이 돌아올 것 같았다.

　그러나 아무리 물을 끼얹어도 자신의 미숙함을 향한 화는 가시지 않았다.

　그러나 이미 연습 도중에 무단으로 나와 버렸으니.

그나마 돌아온 정신이 또 한 번의 잘못을 지적했고 그것이 밀로스를 더욱 괴롭혔다.

'돌아가자. 돌아가서 다시 한번 사죄드리자.'

더 이상 기다리게 할 수 없었기에 밀로스는 서둘러 발을 옮겼다.

그 순간이었다.

복도 끝에서 관악기가 힘차게 소리를 내었다.

그 폭발적인 소리는 잠시 멈추었다가 이내 두터운 문이 닫히면서 다시 들을 수 없었는데.

밀로스 발렌슈타인은 그 잠깐이라도 소리의 정체를 알 수 있었다.

드보르자크의 9번 교향곡.

그가 가장 사랑하는 신세계로부터였다.

저도 모르게 몸이 이끌려 문 앞에 선 밀로스는 미약하게나마 들리는 그 연주에, 그 완벽함에 매료되어 넋을 놓고 한동안 소리에만 집중했다.

'대체 어디지?'

2라운드에서 살아남은 악단은 총 12개 악단.

그중 오늘 경연을 마친 런던 심포니와 프랑스 국립 오케스트라는 아닐 테니, 체코를 제외하면 남는 곳은 아홉 군데였다.

'암스테르담인가? 베를린 A? 시카고?'

밀로스는 본인이 생각하기에 가장 뛰어난 악단을 먼저 떠올렸다.

그만큼 듣고 있는 '신세계로부터'는 너무도 완벽하게 조율되어 있었다.

그때 연습실 옆 조금 높은 위치에 표시되어 있는 이용 시간표가 눈에 들어왔다.

'……베를린 B라고?'

밀로스 발렌슈타인은 믿을 수 없었다.

설마하니 체코 음악의 진수를 자랑하는 체코 필하모닉 오케스트라를 상대로 드보르자크를 준비할 거라고는 생각지 못했다.

그것이 치기 어린 밀로스 발렌슈타인의 한계였고.

지나친 민족주의가 낳은 편견이었으나 평생을 그렇게 자란 밀로스는 자각할 수 없었다.

그저 잘못된 방향으로 생각할 뿐이었다.

'말도 안 돼. 동양의 지휘자가 드보르자크를 이렇게 잘 지휘할 수 있을 리 없어.'

그렇게 주먹을 쥐고 손을 파르르 떠는데.

어느새 연주가 멈추었고 문이 벌컥 열렸다.

"누구?"

배도빈은 연습실 앞에 부들대고 있는 붉은 갈색 머리의 남자에게 물었다.

"배도빈……."

밀로스 발렌슈타인은 주먹을 꽉 쥐었다.

"우릴 상대로 드보르자크의 곡을 준비하다니, 그것은 오만인가?"

"뭐라는 거야. 이건."

밀로스 발렌슈타인이 이를 갈며 말했지만.

아리엘 핀 얀스라는 걸출한 정신병자에게서 면역이 된 배도빈은 헛소리를 하는 상대를 어떻게 대해야 하는지 잘 알고 있었다.

서로의 말을 이해하진 못한 것이 도리어 상황이 악화되지 않은 요인이 되었다.

"무슨 일이야?"

그때 피서 디스카우가 우람한 몸집을 드러내며 문 쪽으로 향했고 밀로스 발렌슈타인은 그를 보고 움찔했다.

그러나 용기를 내 다시 한번 외쳤다.

"드보르자크를 준비한 걸 후회하게 해주마! 네가 모든 곡을 완벽하게 할 거라는 생각 따위 버리는 게 좋을 거야!"

배도빈은 문 앞을 막아서서 알 수 없는 말로 소리를 질러대는 밀로스를 보다가 그를 걷어차 버렸다.

그러고는 넘어진 밀로스 발렌슈타인을 뒤로하고 화장실로 향했다.

'마, 마왕이라더니. 과연 이런 괴팍함 때문이었나!'

그렇게 그는 홀로 배도빈에 대한 적개심을 불태웠다.

♪

잠시 뒤 저녁.

연습을 마치고 귀가한 배도빈은 자신의 방 한쪽 구석에서 쭈그린 채 있는 프란츠 페터를 발견했다.

'왜 저러고 있어?'

배도빈의 기준에서 넓은 방은 아니었지만 그렇다고 좁은 방도 아니었다.

베를린 필하모닉 사무국의 멀핀 과장은 그들의 지휘자와 악장들에게 현실적인 선 안에서 최대한 대우해 주었다.

당연히 베를린 필하모닉 B가 머물고 있는 숙소의 최고 수준의 방을 배정받았는데.

프란츠 페터는 넓은 곳을 두고 굳이 구석에 오도카니 자리하고 있었다.

"아."

배도빈이 방에 들어서자 프란츠 페터가 고개를 퍼뜩 돌렸다.

배도빈에게 다가가더니 차마 가까이 붙진 못하고 주변에서 쭈뼛대며 웃었다.

"다녀오셨어요?"

"거기서 뭐 해?"

"악보 보고 있었어요."

"······아침부터?"

"네!"

배도빈이 프란츠가 있던 자리를 보았다.

악보가 두 곳에 차곡차곡 쌓여 있고 한 장의 악보가 나와 있었는데 아무래도 볼 때마다 정리를 해둔 것처럼 보였다.

그러나 배도빈의 눈에는 그 앞에 놓인 종이 한 장만이 들어왔다.

건반이었다.

얼마나 눌러댔는지 너덜너덜했다.

'마음껏 치랬더니.'

"저건 뭐야?"

"아. 연습할 때 쓰는 거예요. 헤헤."

프란츠 페터가 수줍게 그것을 쥐어 자신의 가방에 조심스레 넣었다.

"피아노 있잖아."

"그······ 손때라도 묻으면."

"그래도 돼."

배도빈은 프란츠 페터와 그의 동생이 머물 곳을 찾기까지 그를 자신의 방에 두었는데, 일 때문에 나서면 혼자 남겨두기에도 난감했다.

그래서 적당히 놀 것을 가져다주었는데 프란츠 페터는 컴퓨터나 게임기는커녕 오디오와 TV조차 어떻게 사용해야 하는지 몰랐고, 그나마 피아노를 쳐도 된다고 하자 몹시 놀라며 고개를 저었다.

대신 배도빈의 악보를 구경해도 되는지 물었다.

그것이 아침의 일이었으니 하루를 꼬박 악보만 보고 있었으니 배도빈으로서는 조금 당황스럽기도.

기특하기도 했다.

그와 함께하는 사람 대부분 노력파였지만 프란츠 페터와 같이 어렸을 적부터 이렇게 음악만을 파고드는 경우는 흔치 않았다.

배도빈은 최지훈을 떠올리며 웃었다.

전혀 다르게 보여도 이렇게 음악에 빠져들어 집중하는 모습만큼은 무척 닮았다고 생각했다.

그러나 대충 이야기는 들었지만 어떤 삶을 살았기에 피아노조차 조심스러워 마음껏 치지 못하는 건지 안타까웠다.

"그래. 뭐 좀 재밌는 거 있었어?"

"네! 아직 보고 있지만 여기 이 악보는 정말 대단한 거 같아요. 저는, 저는 이런 곡을 연주해 보고 싶어요."

"아."

배도빈은 최지훈에게 주기 위해 만들고 있던 피아노 소나타

곡을 보곤 고개를 끄덕였다.

2라운드 피아노 협주곡을 함께하면서 최지훈 안에서 무엇인가가 정립되고 있음을 확인했기에, 오케스트라 대전이 진행되는 도중에도 틈틈이 형제의 장점을 극대화할 곡을 만들고 있었다.

"이건 안 돼."

"그, 그럼요! 제가 어떻게 감히 도빈 님의 곡을."

"그런 식으로 말하지 말랬지."

"네에. 죄, 죄송합니다."

프란츠 페터는 금세 또 쪼그라들었다.

배도빈은 프란츠 페터가 그럴 때마다 가슴이 아팠다. 그가 저럴 수밖에 없는 이유를 알기 때문이었다.

사소한 일에 감사할 줄 알고 타인에게 고개 숙이는 일이 당연해진 것도 모두 그의 환경 때문이었다.

부모를 일찍 여읜 프란츠 페터는 친인척들에게마저 받아들여지지 못했고, 어렸을 적부터 스스로 자신과 동생을 보호해야만 했다.

단순히 가난하다는 것을 넘어서 희망조차 없는 삶을 연명해 온 프란츠 페터는 자연스럽게 고개를 숙이고 다니게 되었다.

저 어린 소년이 감당하기에는 너무나 큰 짐이었고 철이 들 무렵부터 베토벤 가문의 실질적인 가장 역할을 했던 루트비히는 프란츠 페터의 입장을 누구보다 잘 이해하고 있었다.

"프란츠."

"끄윽. 네."

"지금까지 네가 어떻게 살았든 그건 중요하지 않아. 앞으로는 너도 네 동생도 아프고 굶는 일은 없을 거야."

배도빈은 자세를 숙여 프란츠 페터와 눈높이를 맞춘 채 말했다.

프란츠 페터가 시선을 피해 바닥을 보았다. 배도빈은 그런 그의 얼굴을 잡아다 다시금 시선을 맞췄다.

그리고 말을 이었다.

"모두 네 손에 달렸다, 프란츠 페터."

"저, 저는 그렇게 대단한 사람이."

"돼야 해."

고개를 돌리지 못하자 눈만 옮겨 배도빈의 강렬한 시선을 피한 프란츠 페터가 이내 움찔했다.

"날 봐."

아주 천천히 소년의 눈이 움직였다.

"너와 같은 상황에서 고개를 숙이는 건 쉬워. 자신을 속이면 되니까. 하지만 그건 너와 네 동생의 환경을 조금도 바꾸지 못할 거야."

배도빈은 이를 악물고 버텼던 과거를 입에 담았다.

"누가 너희 형제를 업신여긴다면 맞서 싸울 줄 알아야 하고 배가 고프면 빵을 살 수 있어야 해. 아무도 널 도와주지 않아."

프란츠 페터는 아무 말도 못 하고 고개를 떨어뜨린 채 울었다.

"고개 숙일 필요 없어. 넌 지금까지 네 동생을 잘 지켜왔고 네 동생에게 너보다 소중한 사람은 없어. 비굴해지지 마. 자부심을 가져. 주머니에 동전 하나가 없더라도 네 가슴속엔 언젠가 세상을 놀라게 할 힘이 있으니까."

강해져야만 했다.

어머니와 동생을 지키기 위해서라면 돈을 벌어야 했다.

루트비히에게 음악은 그의 존재를 증명하는 유일한 길이었기에 다른 일을 할 수는 없었다.

그러니 음악으로 돈을 벌어야만 했다.

자신마저 무너진다면 소중한 어머니와 동생들을 잃을 수도 있다는 생각에 나약해질 수 없었다.

그렇게 자신을 몰아붙였던 루트비히는 괴로운 날을 버티면 언젠가는 분명 웃을 날이 올 거라는 믿음을 가지고 있었다.

그 믿음은 곧 그의 음악에도 흔적이 남을 정도로 진실되었다.

그 투쟁의 삶이 그를 괴팍한 사람으로, 기인으로 인식되게 하기도 했으나 역사상 가장 위대한 음악가가 될 수 있었던 원동력이기도 했다.

그러한 경험이 있었기에.

배도빈은 착하고 어린 소년을 가만둘 수 없었다.

그의 눈에 형제에게 주기 위해 만들고 있던 악보가 들어왔다.

"저 곡은 내 형제를 위해 만든 곡이야. 너라서 연주할 수 없는 게 아니라 다른 누구라도 그럴 순 없어."

"아."

"네가 필요하다면 언젠간 만들어주지. 하지만 난 네가 너만의 곡을 만드는 사람이라 생각한다."

배도빈이 프란츠 페터를 놓아주었다.

"가슴 펴."

프란츠 페터가 굽은 어깨를 펼치며 가슴을 내밀었다.

"눈물 닦고."

코를 들이마시며 눈물을 닦았고 배도빈은 그 모습을 바라보았다.

조금의 동정심도 없었다.

언젠가는 위대한 곳에서 함께할 것을 확신했기에 그럴 이유는 조금도 없었다.

"곧 있으면 동생이 올 거야. 네 동생이 눈치 보지 않고 먹고 놀 수 있게 해줘야지."

프란츠 페터가 고개를 힘차게 끄덕였다.

"좋아."

배도빈이 프란츠 페터를 돌려 엉덩이를 치며 말했다.

"그런 얼굴로 동생 볼 거야? 빨리 들어가서 세수하고 나와."

그 말에 후다닥 화장실로 들어간 프란츠 페터는 세면대에 물을 받아 얼굴을 씻어내면서도 그것을 멈출 수 없었다.

아무리 손을 움직여도 자꾸만 나오는 눈물을 닦아낼 수 없었다.

잠시 뒤.

히무라 쇼우가 프란츠 페터의 동생, 알베르트 페터를 데리고 배도빈을 찾았다.

"형아!"

"알!"

배도빈은 어린 형제가 서로를 얼싸안는 모습을 흐뭇하게 보다가 히무라에게 인사했다.

"바쁠 텐데 정말 고마워요."

"네가 이런 적이 한두 번이었니. 숙소도 잡아놨어. 관광객이 너무 많아서 빈 곳 찾기도 힘들었다고."

"고생하셨어요. 이 일은 꼭 갚을게요."

히무라가 다른 말은 없이 배도빈의 등을 쓸어내렸다.

"바로 가죠. 프란츠, 준비 됐어?"

"네!"

프란츠가 낡은 가방을 메고 동생 알베르트 페터의 손을 꼭 쥔 채 고개를 끄덕였다.

"형아, 우리 어디 가?"

"우리가 살 집에 가는 거야."

"집? 우리 부자 된 거야?"

"아니. 저기 저분이 배도빈 님이신데 우리가 잘 수 있는 곳을 마련해 주셨어."

"정말? 이제 같이 잘 수 있는 거야?"

프란츠 페터는 목이 멨다.

그렇게 울었음에도 동생과 함께할 수 있다고 생각하니 믿을 수 없었고 자꾸만 감정이 북받쳤다.

그러나 배도빈이 한 말을 떠올렸다.

'알한테는 내가 전부야.'

그러니 울 수 없었다.

"그럼! 이따가 꼭 감사하다고 인사드리자."

"응!"

이동하는 도중, 페터 형제는 창밖으로 보이는 잘츠부르크를 구경하며 조잘댔다.

"형! 저게 뭐야?"

"모르겠어. 엄청 멋지다."

"응. 엄청 멋있어."

"알, 저거 봐."

"어디, 어디?"

"저어기."

"우와아. 난 저런 거 처음 봐!"

숙소에 도착하고.

두 개의 침대와 욕조가 있는 평범한 객실에 들어섰을 때, 페터 형제는 너무나 기뻐 진정할 수 없었다.

"형! 침대야! 푹신해!"

"알, 씻고 올라가야지!"

"형도 빨리 이렇게 해봐!"

"……그렇게 푹신해?"

아직 저녁을 먹지 못한 두 형제가 씻고 나왔을 때 룸서비스가 도착했고 그것을 본 페터 형제는 꿈을 꾸는 것만 같았다.

알베르트는 이제 조금 걱정스럽게 눈치를 보았다.

"형아…… 무슨 일 있어?"

"왜?"

"막, 막 나 버리는 거 아니지?"

"무슨 말이야! 내가 널 어떻게 버려!"

"그치만…… 다들 헤어질 때 이렇게 잘해줬다고 했단 말이야. 형아, 나 침대도 빵도 괜찮으니까 나 버리지 마. 버리지 마아아아앙."

알베르트가 금세 울기 시작했다.

프란츠 페터는.

그제야 배도빈이 자신에게 왜 그렇게 엄하게 대했는지 알 것 같았다.

동생의 모습이 자신과 겹쳐지면서 가슴이 너무도 아팠다.

프란츠 페터가 알베르트의 손을 꼭 잡았다.

"아니야. 형도 침대도 빵도 계속 같이 있을 거야."

"끄으억. 크흡. 정말?"

코를 들이마시며 되묻는 동생을.

프란츠 페터는 제법 다부진 얼굴로 대했다.

"응. 약속."

3라운드 두 번째 경연 당일.

"우와! 여기 뭐 하는 데야?"

"오케스트라 대전이 열리는 곳이야. 알, 연주 들을 때는 꼭 조용히 해야 해?"

"조용히?"

"응. 음악을 듣는 다른 사람들한테 피해를 주니까."

"응. 나 착해. 피해 주는 거 나빠."

페터 형제가 웃으며 자리했다.

곧 산타 체칠리아 음악원 오케스트라와 클리블랜드 오케스트라의 경연이 진행되었다.

산타 체칠리아 음악원 오케스트라는 슈만의 1번 교향곡 B플랫 장조를 연주했다.

산타 체칠리아 오케스트라는 도입부터 영혼을 빼앗기듯 강렬한 선율을 뽑아내 장내를 휘어잡았다.

어린 프란츠 페터에게 있어 그것은 너무도 귀중한 경험이었다.

객석에 앉은 소년은 별빛처럼 눈을 반짝이며 가슴 설레고 있었다.

'이게 슈만이구나.'

꼭 쥔 두 주먹은 펴질 줄 몰랐고 프란츠 페터는 단 하나의 음이라도 놓칠까, 귀를 쫑긋 세웠다.

때로는 웅장하게.

때로는 장난스럽게 뛰어다니는 선율은 너무도 즐거운 경험이었다.

프란츠 페터는 마치 어제의 꿈이 오늘도 이어지는 것만 같았다.

그리고 마침내 앞으로도 그럴 수 있지 않을까 하는 작은 희망을 가질 수 있었다.

OOTY 오케스트라 3라운드는 큰 이변 없이 진행되었다.

1차전과 2차전에서 런던 심포니와 클리블랜드 오케스트라가 진출, 4강 대진의 절반이 완성되었다.

최지훈은 객석에 앉은 채 대진표를 바라보며 생각에 잠겼다.

'빈 필하모닉과 런던 심포니, 베를린 필하모닉 A와 클리블랜드 오케스트라. 다들 대단한 곳이야.'

최지훈의 생각대로 어떤 악단이라도 최고라는 수식어가 과하지 않았다.

각 악단이 추구하고 있는 지향점에 조금씩 차이가 있을 뿐, 무엇 하나도 흠 잡을 수는 없었다.

2라운드부터 심사 위원단이 만점을 주는 빈도가 크게 늘어난 것만 해도 알 수 있는 사실이었다.

하지만.

'……이보다 위를 보고 있는 거지?'

최지훈은 새로운 오케스트라를 만든다는 형제의 말을 떠올렸다.

이대로 몇 년이 흐르면 배도빈은 모든 사람의 기대와 바람대로 세계 최고의 악단을 지휘할 수 있었다.

베를린 필하모닉.

그 이름은 언제나 클래식 음악을 즐기는 이들을 설레게 했다.

지난 수십 년간 최고였으며 20세기와 21세기를 걸쳐 최고의 지휘자로 손꼽히는 빌헬름 푸르트벵글러가 건재했다.

그런 그가 개혁을 선언했다.

'베를린 필하모닉은 박물관이 되지 않기로 했다.'[2]

이미 최고의 자리에 올라선 푸르트벵글러는 안주하지 않았다.

그의 말대로 조금씩 옛 위상을 잃어가는 베를린 필하모닉은 달라지고 있었다.

배도빈과 함께하면서 베를린은 연주의 레퍼토리를 더욱 넓혔고 빌헬름 푸르트벵글러와 배도빈의 신곡도 심심치 않게 발표했다.

콘서트홀을 확장하였고 두 개 팀으로 나뉘어 베를린과 유럽뿐만이 아니라 아시아, 북미, 남미에서의 활동도 활발해졌다.

투란도트와 같은 초대형 공연, 협업에도 적극적으로 나섰으며 디지털 스트리밍 서비스를 새로 정비함은 물론.

마케팅도 보다 적극적으로 나섰다.

거기에 파격적인 가격의 자선 콘서트까지.

베를린 필하모닉은 변화를 거듭해 단 2년 만에 옛 영광을 넘어선, 세계 최고의 오케스트라로 자리매김했다.

OOTY 오케스트라 대전이 시작할 때만 해도 유력 악단에서 모두 베를린 필하모닉을 넘는 걸 목표로 했던 만큼 현재 그보다 좋은 환경도 없었다.

. . . .

2) 사이먼 데니스 래틀(Simon Denis Rattle): 2013년 내한 인터뷰 中

세기의 천재 배도빈이 지휘봉을 잡는다면 앞으로도 더욱 발전해 나갈 터.

그러나 배도빈은 안주하지 않았다.

자신의 음악 세계를 더욱 확장시키고 스스로 변화하면서 그에 어울리는 오케스트라를 구축하려고 했다.

다른 사람의 눈에는 다소 무모하고 미련해 보일 수 있었다.

성공이 확실한 선택지를 두고 모험을 떠나는 일이 현명해 보일 수는 없었다.

그러나 최지훈은 그리 생각지 않았다.

'세상에 없던 음악을 들려줄게.'

'그런 게 있을 수 있어?'

'모든 음악이 그랬어.'

배도빈이라면 가능하리라 생각했다.

형제가 말하는 '세상에 없던 음악'이 무엇을 뜻하는지 최지훈은 잘 알았다.

작곡보다 연주에 치중된 현 클래식 음악계는 이미 오랜 세월 고여 있었다.

더 나은 음악. 더 아름다운 음악을 위한 시도는 소극적일 수밖에 없었고 그것이 클래식 음악 시장을 축소시키는 요인 중 하나로 작용했다.

위대한 음악가들이 이미 이뤄놓은 세계.

하지만 배도빈은 그마저도 더 아름다운 음악을 위해 발전해 온 역사라 믿었고, 당당히 걷고 있었다.

그가 음악가로 활동했을 때부터 말이다.

실패에 대한 부담이 없을 리 없다.

그러나 배도빈에게는 단지 나아가고자 하는 강한 의지와 자신에 대한 확고한 자부심이 있었다.

최지훈은 그런 배도빈과 함께하고 싶었다.

'어렸을 적부터 꿈꾸던 자리를 준비하는 거야.'

최지훈이 손을 꾹 쥐었다.

배도빈을 처음 만난 날부터 쭉 이어온 꿈을 함께할 날이 머지않았다.

'그때는 저 명단에 우리 이름이 붙어 있겠지? 아니, 반드시 그렇게 만들 거야.'

최지훈은 역사에 기록될 여러 악단 중에서도 최고로 손꼽힐 오케스트라를 배도빈과 함께 시작할 수 있음에 고무되었다.

특히나 주변에 있는 뛰어난 피아니스트 중에서도 다른 누구도 아닌 자신을 선택한 점이 중요했다.

배도빈은 어렸을 적부터 오케스트라를 만들겠다고 했다.

겨울의 가운데, 계곡 별장 다락방에 누운 채 피아노가 있는 오케스트라를 만들겠다는 배도빈을 잊을 수 없었다.

최지훈에게 두 번째 좌절을 안겨주었던, 배도빈마저 그 놀라운 재능에 집착했던 차채은.

독특한 리듬감을 뽐내며 지금은 북미에서 최고의 인기를 구가하는 니나 케베리히.

배도빈과의 경연 이후 부단히 자신을 닦아 마침내 피아노의 황제로 등극한 가우왕.

살아 있는 전설이라 불리는 사카모토 료이치.

배도빈이 만들겠다던 오케스트라의 피아노는 후보가 너무나 많았다.

그러나 배도빈은 결국 최지훈을 선택했다.

배도빈, 베를린 B와 두 차례 협연을 하면서 피아니스트로서의 자세를 갖춘 최지훈은 그 무게를 담담히 받아들였다.

그리고 다짐했다.

'세상에 없던 음악.'

지금까지 뛰어난 선배들을 보고 따랐다면 이제는 달라져야 했다.

그리고 더 아름다운 연주를 하기 위해, 배도빈이 만들 새로운 음악을 연주하기 위해 자신도 더 나아져야 한다고 생각했다.

'새로운 연주법이 있을 수 있을까?'

지금 당장은 생각나지 않았다.

가능할 것 같지도 않았다.

그러나 답이 존재하는지 그 여부조차 알 수 없는 상황에서 우직하게 나아가는 음악가를 알고 있었다.

최지훈은 그런 그와 함께하려면 그러한 삶이 당연하게 여겨져야 한다고 생각했다.

'뭐든 좋아. 다 해보자.'

그가 자신하는 영역은 노력뿐.

다른 사람보다 배움이 느려도 쉬지 않고 달리는 것만은 자신 있었기에 최지훈은 조급해하지 않고 발을 옮겼다.

객실에 돌아온 뒤 차분히 마음을 가라앉히고 건반을 눌렀다.

음 하나에 작곡가의 의도를 생각하며 탐미하듯 진득한 연주가 시작되었다.

벌써 3라운드 2차전이 끝났다.

이제 모레면 체코 필하모닉과 마주한다.

그런 만큼 오늘만큼은 관람하러 가지 않고 단원들과 함께 마지막 점검을 하였는데, 결과는 썩 만족스럽다.

단원들은 문제없이 잘 따라와 주었다.

다만 아무래도 관악기를 추가하고 싶은 생각이 떠나질 않는다.

가장 드라마틱한 효과를 줄 수 있는 건 악기 수를 대폭 늘려

음량을 강화하는 건데, OOTY 오케스트라 대전에서는 명단 이
외에 연주자는 참가할 수 없으니 참으로 안타까운 일이다.

해서 다른 방법을 구상 중인데 마땅히 떠오르지 않는다.

똑똑-

올 사람이 없는데.

노크 소리가 난 문 가까이 다가갔다.

"누구세요?"

"나야."

히무라다.

문을 열어주니 히무라가 꽤 지친 얼굴로 웃었다.

"들어와요. 피곤해 보이는데, 괜찮아요?"

"말도 마. 협회 홍보 때문에 정신없다."

저번에 이야기가 나왔던 일이 진행되고 있는 모양이다.

세계 클래식 음악 협회에서 샛별 엔터테인먼트 소속 음악가
들을 홍보대사로 활용하고 싶다던 말인데, 그런 상황에서 페
터 일도 처리했으니 여러모로 바빴을 터.

히무라를 위로하기 위해 찻잔을 꺼낸 뒤 커피포트에 물을
받았다.

"직원들은요?"

"중요한 일이니까 직접 해야지. 믿을 수 있는 사람은 미국에
서 다른 일 하고 있고."

나도 남에게 일을 맡기지 못하는 만큼 히무라의 말에 공감했다.

"선영 누나는 계속 미국에 있는 거예요?"

"응. 아주 물 만났어. 일을 어찌나 잘하는지 이번에 니나랑 툭타미세바한테 큰 건 하나 만들어줬거든."

내가 기억하는 박선영과 조금 다른 이미지다.

"아무튼. 프란츠랑 알베르트 이야기는 정리가 되었어. 신사적으로 처리하고 싶었는데 결국에는 강제가 되었지."

끓는 물을 따라내자 차향이 금세 물씬 피어올랐다. 물이 넘치도록 좀 더 부은 뒤 잔과 함께 테이블로 가져갔다.

"해결할 수 있어 다행이네요."

"응. ……정말 당황스럽더라."

히무라가 프란츠에 대한 이야기를 시작했다. 본인에게 대략적인 이야기는 들었지만 히무라도 충격을 받은 듯하다.

"프란츠는 시설이라고 했는데 정식 기관도 아니더라고. 게다가 10살이 되면 강제로 물건을 팔게 하고. 그렇게 못 하면 알베르트에게 밥도 안 줬나 봐."

예전에도 있었던 쓰레기 같은 놈들이다.

"그러니 프란츠는 다른 애들보다 훨씬 더 힘들었겠지. 알베르트가 몸이 안 좋아서 동생 몫까지 했던 모양이야. 나중엔 실적을 못 올리니 두 아이를 아예 떨어뜨려서 못 보게 했나 봐."

죽일 놈들.

나도 모르게 이를 꽉 물게 된다.

"마무리는 잘 된 거죠?"

"응. 돈 좀 쥐어 주고 해결하려 했는데 귀찮게 굴더라고. 그 지역 경찰들도 쉬쉬하기에 도움을 청했지. 권력과 돈이 좋긴 좋아. 김 비서님에게 연락하니 12시간 안에 쓸어버리던데?"

"WH가요?"

"그럴 리가. 오스트리아 특경이 와서 줄줄이 연행해 가더라. 알베르트랑 다른 아이들도 데려와서 난 그냥 인사만 하고 데려왔지."

"다른 아이들은요?"

"국립기관으로 보내졌지. 그리 좋은 환경은 아닐지 몰라도 원래 있던 곳보다는 훨씬 나을 거야."

"다행이네요."

진심으로 그렇게 생각했다.

"그런데 정말 알면 알수록 이해할 수가 없단 말이지. 그런 환경에서 어떻게 음악을 할 수 있었는지 말이야."

"자기가 일하는 곳 옆에 술집이 있었는데 거기서 클래식 음악을 틀었나 봐요."

"일하는 곳?"

"지금 들어보니 껌 같은 걸 팔았던 장소 중 하나 같네요."

"으음."

"거기서 음악을 듣고 하다 보니 주인이 기특했는지 공책이랑 악보를 몇 줬대요. 청소하면 매장 안에 있는 피아노를 칠 수 있게 해주고."

"……"

히무라가 아랫입술을 꾹 물었다.

찻물이 적당히 우러나고 온도도 적당해져 나와 히무라의 잔에 각각 나눠 따랐다.

그것을 말없이 마신 뒤에야 히무라가 씁쓸하게 중얼거렸다.

"대체 어린아이를 뭐로 생각하는 건지……"

예전 유럽에서 어린이는 짐이나 미성숙한 노동자 그 이상도 이하도 아니었다.

그나마도 농사를 짓는 집에서는 노동력이 중요해 기본 대우라도 받았지만 그렇지 않은 가정에서는 정말 처참했다.

현대는 당시 내가 바랐던 유토피아라 생각했거늘.

이곳에 익숙해지고 나이를 먹을수록 어두운 면이 드러나는 듯해 마음이 좋지 않다.

그렇게 생각하고 있을 때.

피아노 소리가 나기 시작했다.

히무라도 들었는지 음에 맞춰 고개를 몇 번 끄덕이더니 감탄했다.

"누구지? 보통 실력이 아닌데?"

"지훈이일 거예요."

"아아. 건넛방에 머물고 있다고 했지? 대단하네. 이 시간에도."

"항상 그랬어요."

공연이 있든 없든 녀석은 처음 만났을 때부터 이미 연습벌레였다.

잠시 최지훈의 피아노를 감상하고는 히무라가 외투를 챙겨 입었다.

"그럼 가볼게. 프란츠랑 알베르트에 관련된 일은 이제 걱정하지 않아도 돼."

"네. 다른 것보다 건강에 문제가 없는지 걱정돼요. 괜찮으면 직원 한 명 불러 전담으로 맡아주면 좋겠어요."

"그래."

히무라를 배웅해 주고 다시 객실로 올라오는데 피아노 소리가 계속 들리고 있다.

잠자코 듣고 있자니 어느 순간부터 한 부분을 반복해 연주한다.

그렇다고 달라지는 것은 없다.

그러나 최지훈이 무슨 생각으로 이 쉬운 부분을 반복하는지 알 것 같다.

'다 컸어.'

내 피아노를 듣고 울던 녀석이 벌써 이렇게 큰 음악가가 되다니.

시간이 정말 많이 흘렀다.

♪

드레스덴 슈타츠카펠레와 모스코바 방송 차이코프스키 오케스트라의 3라운드 3차전이 진행되는 도중.

체코 필하모닉은 마지막 연습을 위해 배정된 연습실에 모였다.

긴장감이라고는 조금도 느낄 수 없이 쾌활한 분위기였고 그마저도 오전 연습이 마무리 된 뒤에는 왁자지껄했다.

"이야. 이거 진짜 괜찮은데?"

"그치? JH라는 곳에서 낸 송진인데 진짜 질이 다르더라고."

"얼마야?"

"10유로."

"싸잖아!"

"점심 뭐 먹을 거야?"

"수플레 팬케이크."

"아침에도 먹었잖아."

"맛있으니까 어쩔 수 없어."

수석 지휘자 엘리아후 인손이 오후에는 따로 연습 없이 개인 정비 시간을 가지도록 배정했기에 체코 필하모닉 오케스트라 연주자들은 자유롭게 시간을 보냈다.

그런 도중에 밀로스 발렌슈타인만이 손을 놓지 않았다.

"어이, 밀로스! 밥 먹으러 가자고!"

동료 중 한 명이 불렀으나 밀로스 발렌슈타인은 대꾸하지 않고 악보와 연주에 집중할 뿐이었다.

단원들은 그런 밀로스를 두고 연습실에서 벗어났다.

"정말 열심히란 말이야."

"암. 어린데도 기특해."

"요즘 밀로스 같은 애들도 드물걸? 저음이나 고음이나 제대로 소화해내잖아. 보통 노력으로는 쉽지 않다고."

스무 살에 수준급 연주를 할 수 있는 것뿐만이 아니라 음악을 대하는 진지한 자세가 기특했기에 체코 필하모닉은 그들의 어린 플루티스트를 응원했다.

"그래도 조금 즐겼으면 좋겠는데."

"그치. 결국 좋아서 시작한 일이니까."

"벨리텔도 그걸 걱정하더라고."

"지칠까 봐?"

"그것도 그렇고. 어린애가 너무 대쪽 같다고 하시더라. 아무래도 그러다 보면 시야가 좁아진다고."

"음. 뭐, 벨리텔이 예뻐하시는 만큼 잘 이끌어주시겠지. 아, 저기야. 저기 팬케이크가 기가 막히게 맛있다고."

"그제도 말했어."

"하하하하!"

한편.

밀로스 발렌슈타인은 단원들이 모두 떠난 연습실에 홀로 남아 연습을 반복했다.

플루트만큼은 자신 있었지만 피콜로를 겸해야 하는 작품인 만큼 스스로 부족하다고 느꼈다.

'완벽해야 해. 벨리텔의 의도를 완벽히 표현해내야만 해.'

그렇게 한참이 흘렀다.

엘리아후 인손이 만년필을 찾으러 연습실을 다시 찾았는데, 밀로스 발렌슈타인은 그때까지도 계속해 연습을 하고 있었다.

그 모습을 본 엘리아후 인손은 빙그레 미소 짓고는 연주가 마무리되기를 기다렸다.

밀로스 발렌슈타인이 마침내 숨을 돌렸고 엘리아후 인손이 손뼉을 쳤다.

"벨리텔."

"많이 좋아졌구나."

존경하는 수석 지휘자에게 칭찬을 받은 밀로스는 기분이 좋아졌지만 그렇다고 마음을 놓진 않았다.

나태해지는 것을 경계하고 항상 자신을 몰아붙이는 걸 미덕으로 생각했다.

"감사합니다."

고개를 숙이고 다시 연습을 이어나가려는데 엘리아후 인손이 말을 걸었다.

　"오늘 경연은 슈타츠카펠레가 진출했더구나."

　"아."

　"정말 좋은 연주였으니 꼭 한번 들어보렴. 오케스트라 대전처럼 음악을 즐기기 좋은 기회도 드무니 말이야."

　"네."

　엘리아후 인손은 반성하듯 고개를 끄덕이는 밀로스의 옆에 앉았다.

　"연습을 많이 한다는 건 정말 좋은 일이란다. 난 너를 탓할 생각은 조금도 없어. 도리어 열심히 해주는 게 얼마나 고마운지 모른다."

　"벨리텔."

　"하지만 훌륭한 음악을 접하는 것 역시 중요한 공부란다. 그걸 말해주고 싶었을 뿐이야."

　밀로스가 다시 한번 고개를 끄덕였다.

　엘리아후 인손이 그의 어깨를 툭툭 달래고는 말했다.

　"오늘은 고생했으니 푹 쉬고 내일 그간 준비한 걸 멋지게 연주해 보자꾸나."

　"……저기, 벨리텔."

　"음?"

"저는 체코 필하모닉이 최고라고 생각해요."

엘리아후 인손이 빙그레 웃었다.

"나도 그렇게 생각한단다."

수석 지휘자의 말에 밀로스가 고개를 퍼뜩 들었다.

"그래서 꼭 우승하고 싶어요. 우리의 연주가, 체코의 음악이 최고라 증명하고 싶어요."

엘리아후 인손의 자애로운 얼굴을 보며 밀로스 발렌슈타인은 그간의 고민을 토로했다.

"하지만 결코 쉽지 않다는 건 알고 있어요. 그래서, 그래서 다들 조금만 더 열심히 해줬으면 해요. 그게…… 잘못된 건가요?"

엘리아후 인손은 살며시 고개를 저었다.

"그럴 리가 있겠니. 다만 단원들은 음악을 즐기고 있는 거란다."

"저는 그걸 이해하지 못하겠어요. 어떻게 즐기면서 최고가 될 수 있죠? 최선을 다해도 어려운 일이잖아요."

"최선을 다하는 것과 즐기는 일은 같은 일이란다."

엘리아후 인손의 차분한 음성이 밀로스에게 닿았다.

"네 눈에는 단원들이 열심히 하지 않는 것처럼 보이니?"

"……그런 건 아니지만."

"자신을 몰아붙이는 걸로는 한계가 있단다, 밀로스. 급히 달릴수록 시야는 좁아지기 마련이고 자각했을 때는 이미 너무 멀리 와, 지나친 것들을 볼 수 없단다."

밀로스 발렌슈타인은 그 말을 온전히 이해할 수 없었다.

경험과 연륜의 차이였다.

엘리아후 인손도 밀로스 발렌슈타인이 말 몇 마디로 자신의 말을 이해할 거라고는 생각지 않았기에 차분히 설명을 이어나갔다.

"답은 여럿이고 그 답들을 향한 길도 여러 가지란다. 단 하나의 길만 걷기에는 너무나 아깝지. 빈의 시대연주와 토스카니니의 완벽함, 푸르트벵글러의 격정적인 세계관 등 모두 감동적이잖니."

"……조금 알 것 같아요."

"그래."

"하지만. 하지만 전 런던이나 베를린에 치중된 지금의 상황을 받아들일 수 없어요. 우리야말로!"

밀로스 발렌슈타인이 잠시 말을 멈추었다.

엘리아후 인손은 지금껏 단순히 호승심이라고 생각했던 밀로스 발렌슈타인의 집착이 다른 데 근거를 두고 있음을 깨달았다.

그것은 무척 걱정스러운 일이었다.

"밀로스, 시야를 넓혀야 한단다. 나도 체코의 음악을 사랑하고 최고라 생각하지만 그래야만 하는 법은 없단다."

OOTY 오케스트라 대전의 의의는 클래식 음악의 발전.

어떤 음악이, 어떤 악단이 최고인지 가리기 위함이 아니었다.

그러나 어린 음악가에게는 그렇게 받아들여지지 않았던 모양.

우승하지 못하면 부정당한다는 생각이 강하게 자리하고

있었다.

어릴 때부터 연주자가 되는 과정까지 수없이 치른 경쟁 시스템의 폐해라는 것을 알기에.

엘리아후 인손은 가슴이 아팠다.

그와 같은 기성세대, 앞선 세대가 만들어 놓은 악습이었기 때문이었다.

밀로스 발렌슈타인은 말이 없었다.

엘리아후 인손은 다시 한번 물었다.

"무엇이 널 그렇게 몰아세웠니?"

"……베를린 필하모닉 B가 드보르자크의 9번 교향곡을 준비하고 있었어요."

엘리아후 인손은 밀로스 발렌슈타인이 현장 공개를 원칙으로 하는 3라운드의 규정상 알 수 없는 정보를 어떻게 알고 있는지 마음에 걸렸으나 일단 지켜보았다.

"드보르자크는 우리나라 음악가인데, 우리가 제일 잘하는데 베를린 필하모닉에게 지면 다들 그쪽이 더 잘한다고 생각할 테니까요."

그제야 엘리아후 인손은 체코 필하모닉의 어린 플루티스트가 무엇에 집착하는지 알 수 있었다.

그릇된 애국심.

아니, 그것은 애국심이라 할 수 없었다.

"밀로스."

엘리아후 인손의 목소리가 다소 경직되었다. 그의 표정도 굳어 있었고 그 눈은 무척 슬펐다.

어떻게 이 아이를 달랠까 고민이 가득했다.

"그런 동양인보다 우리가."

그러나 밀로스 발렌슈타인의 다음 말에 엘리아후 인손은 어린 음악가를 달랠 마음을 잃고 말았다.

"밀로스!"

엘리아후 인손의 역정에 밀로스 발렌슈타인이 깜짝 놀랐다.

화를 내는 법이 없었던 엘리아후 인손이었기에 잔뜩 노한 그의 얼굴은 밀로스 발렌슈타인을 당황하게 하기에 충분했다.

"벨리텔……?"

"내가 널 잘못 본 듯하구나. 나는 그런 생각을 하는 연주자를 우리 단원으로 인정할 수 없다."

엘리아후 인손이 일어섰다. 그러고는 단호히 선을 그었다.

"내일 경연에 나올 필요 없다."

"벨리텔?"

"더 이상 넌 체코 필하모닉의 단원이 아니다. 날 그리 부르지 마라."

엘리아후 인손의 차가운 모습에 당황한 밀로스 발렌슈타인은 입만 뻥긋거릴 뿐 무슨 말을 할 수 없었다.

"드보르자크를 말하면서 그런 생각을 하다니. 정말이지 믿을 수 없군."

"벨리텔, 벨리텔. 제가 잘못한 것이 있다면 알려주세요. 저는 단지!"

"그만!"

엘리아후 인손을 잡기 위해 나선 밀로스는 그 자리에서 움직일 수 없었다.

"마지막이다, 밀로스 발렌슈타인. 내 권한으로 너의 단원 자격을 박탈한다."

얼어붙은 밀로스 발렌슈타인을 두고 엘리아후 인손은 연습실 문을 박차고 나섰다.

그리고 길게 숨을 내쉬었다.

'대체 언제부터 이렇게 되었는지.'

인종차별에 대한 문제가 이렇게 심하지는 않았다.

나치 이후 금기시되어 자정 작용이 있었기에 유럽 내에서 적어도 대놓고 인종차별을 하는 경우는 없었다.

그러나 언젠가부터 다시금 그러한 조짐이 보이기 시작했다.

잘못된 역사 교육.

경제적 어려움의 이유를 타민족 탓으로 돌리는 일.

유럽 내 타민족의 테러 행위.

길을 벗어난 애국심 등 여러 요인이 작용하면서 유럽에 전쟁을 불러일으킨 문제가 다시금 수면 위로 올라섰다.

엘리아후 인손은 설마 그렇게 귀여운 밀로스 발렌슈타인마저 그런 사고방식을 가지고 있을 줄은 상상도 못 했다.

'드보르자크를 존경하면서 어찌.'

안토닌 드보르자크.

누구보다도 체코인이라는 데 자부심을 가졌던 위대한 음악가 드보르자크는 체코를 자랑스레 여겼던 만큼 타민족에 대해서도 존중하는 마음을 가지는 인격자였다.

미국으로 건너가 활동했을 때는 당시 여전히 핍박받고 있던 흑인은 물론 원주민에 대해서도 차별 없이 대했다.

그들에게 가르침을 줄 뿐만 아니라 그들에게서 배울 줄도 알았다.

그의 교향곡 중 가장 사랑받는 9번 교향곡, 신세계로부터는 당시 흑인들의 음악에서 영감을 얻어 만든 곡이었다.

가장 미국다운 음악.

안토닌 드보르자크는 애국심을 가진 만큼 다른 문화를 어떻게 이해하고 접해야 하는지 아는 사람이었고.

그것을 소중히 대하는 음악가였다.

그런 위대한 인물을 존경한다는 밀로스 발렌슈타인이 '그런 동양인'이라는 말을 내뱉다니.

엘리아후 인손은 깊이 통탄했다.

♪

　한편 밀로스 발렌슈타인은 밤이 새도록 엘리아후 인손의
방문 앞에서 잘못을 구했다.

　"잘못했어요, 벨리텔."

　"제발 이러지 마세요."

　"알려주시면 꼭 고칠게요. 제발 문 좀 열어주세요."

　그러나 문이 열리는 법은 없었고 그는 그렇게 울다 탈진해
쓰러졌다.

　다음 날 아침이 되어 그 상황을 알게 된 체코 필하모닉 오
케스트라의 단원들은 조심스레 엘리아후 인손을 찾았다.

　"벨리텔."

　"아, 좋은 아침일세. 악장."

　"복도에 밀로스가 잠들어 있던데 혹시 어젯밤에 무슨 일 있
었나요?"

　"……무시하게."

　"벨리텔."

　"그 아이는 어제부로 제명했네. 그런 사람을 우리 오케스트
라에 둘 순 없어."

　"그게 무슨……."

평소에는 한없이 자애롭지만 한 번 화가 나면 누구도 마음을 돌릴 수 없는 엘리아후 인손이었다.

수석 지휘자의 성향을 잘 알기에 체코 필하모닉의 악장은 마음을 접었다.

"알겠습니다. ……하지만 이유라도 알려주셨으면 합니다."

인손은 창밖을 볼 뿐 말이 없었다.

이내 포기한 악장이 방을 나서려 할 때 그가 입을 열었다.

"체코의 음악을 모욕했네."

그 말을 들은 악장은 별다른 답 없이 고개를 숙여 인사하고는 방을 나섰다.

그러고는 모든 단원에게 밀로스 발렌슈타인이 제명된 사실을 알렸고 충격을 받은 단원들을 뒤로 한 채 밀로스 발렌슈타인의 방을 찾았다.

어느새 잠에서 깬 밀로스 발렌슈타인은 악장을 보자마자 울기 시작했다.

"제발 버리지 말아주세요. 뭐든 할게요. 악장, 제발 벨리텔에게 가게 해주세요."

"……벨리텔의 결정이야. 난 해줄 수 있는 게 없어."

밀로스 발렌슈타인은 좌절했다.

체코 필하모닉 오케스트라는 그의 전부였다.

그가 얼마나 노력했는지, 사랑했는지 알기에 악장은 마지막 기회를 주었다.

"벨리텔께서 네가 체코 음악을 모욕했다고 하셨어."

"……제가요?"

"그래. 내가 해줄 수 있는 말은 여기까지야."

악장은 혼란스러워하는 밀로스 발렌슈타인을 두고 방을 나섰다.

3라운드 최고의 대진에 다소 누그러졌던 분위기가 한껏 끓어올랐다.

엘리아후 인손과 체코 필하모닉 오케스트라는 수십 년간 체코를 대표하는 악단으로, 세계인의 사랑을 한 몸에 받아왔다.

여러 언론에서 세계 최고의 오케스트라를 선정했으며 사실상 체코와 베를린의 대결은 3라운드에서 가장 예측하기 어려웠다.

앞선 세 번의 경연이 다소 예측할 수 있었던 결과에 반해 4차전은 누구도 확신을 가질 수 없었다.

현시대 가장 존경받는 음악가 중 한 명인 엘리아후 인손과 오랜 전통의 체코 필하모닉이 우세해 보이는 것도 사실이었으나.

감히 역사상 가장 뛰어난 천재였던 볼프강 아마데우스 모차르트와 비견되는 천재 배도빈의 존재는 너무도 컸다.

그가 이끄는 베를린 필하모닉 B는 창단된 지 2년밖에 안 되어 여러모로 체코 필하모닉과 대조적인 모습을 보였으나 그 실력만큼은 정직.

OOTY 오케스트라 대전을 통해 증명해 보이고 있었다.

기자들이 체코 필하모닉이나 베를린 필하모닉 관련자들에게 인터뷰를 따기 위해 목숨을 거는 것도 당연한 일이었다.

베를린 필하모닉이 대기실로 향하기 위해 콘서트홀 뒤편으로 향하자 수십 명의 기자가 기다렸다는 듯이 달려들었다.

어마어마한 수의 팬들과 함께 어우러져 난장판이 따로 없었다.

"빈! 빈! 도빈! 여기 좀 봐줘요!"

"악! 어떡해! 나 도빈 님이랑 눈 마주쳤어!"

"나 봐주신 거거든!"

"마에스트로 배! 마에스트로 배! 안 돼. 틀렸어. 안 들리나 봐. 진짜 배도빈 인터뷰 하나 따면 소원이 없겠다."

"소소 악장! 소소 악장! 체코 필하모닉과의 경합 전, 각오 한 말씀 부탁드립니다!"

"졸려."

"나윤회 수석! 오늘 연주에 주목할 만한 것이 있다면 팬들을 위해 간략히 설명 부탁드립니다!"

"아……. 그게……. 고, 곡은 현장에서 발표하게 되어 있어서……. 마, 말씀드리면 아, 안 돼서. 죄, 죄송합니다!"

"마르코 수석! 오늘 4라운드 진출에 자신 있으신가요?"

"그럼요. 제가 빈 필하모닉에 있었을 때의 일입니다. 견습이었던 제게 배도빈 악장은 이런 말을 해주었는데요. 그 말이 지금의 저를 있게 해주었고 그건 베를린 필하모닉 B의 다른 단원들도 마찬가지일 거예요. 스스로를 잃지 않으면서도 하모니를 이룰 수 있는 악단. 베를린 필하모닉은 그런 곳이니만큼 오늘도 좋은 결과가 있을 거라 생각합니다."

"료코! 료코! 나야! 언니 알잖아! 거기 좀 서 봐! 익. 왜 째려보지? 나 뭐 잘못했나?"

"이시하라 씨가 친한 척하니까 기분 나쁜 거잖아요. 나이 차이가 얼마나 나는데 언니라고 해요?"

"뭐라고?"

혼란스러운 와중에 베를린 필하모닉 B가 대기실로 향했고 팬과 기자들은 아쉬움을 달랠 수밖에 없었다.

"아니, 팝 가수야? 무슨 팬들이 이렇게 열성적이야?"

"그러게나 말이야. 배도빈 팬덤이 큰 건 알고 있었지만 이건 뭐."

"체코 필하모닉 버스다!"

"뛰어! 뛰어!"

다행히 뒷문까지 찾아오는 팬들은 없었기에 기자들은 체코 필하모닉 오케스트라와는 제대로 된 인터뷰를 딸 수 있다고 생각했다.

그러나 묘하게 체코 필하모닉의 분위기가 경직되어 있었고 언제나 부드러웠던 그들의 태도와 달리 인터뷰에도 잘 응하지 않았기에 기자들은 한숨을 푹 쉬었다.

프란츠 페터는 혹시 동생을 잃어버리기라도 할까 봐 걱정되어 알베르트의 손을 꼭 잡았다.

"알, 손 놓으면 안 돼?"

"응!"

힘차게 고개를 끄덕이는 알베르트를 보고서도 프란츠 페터는 걱정이 되어 손에 힘을 더 주었다.

그러면서도 가슴이 설   는데 베를린 필하모닉 B의 연주를 직접 듣는 것은 처음이었기 때문이었다.

"형아, 오늘이 도빈 님 나오시는 거야?"

"응. 엄청 기대된다. 그치?"

"나는 이야기만 들었었는데!"

"형도 직접 듣는 건 처음이야. 오늘도 얌전하게 듣자?"

그렇게 대화하면서 콘서트홀 안으로 들어선 페터 형제는 좌석을 찾기 시작했다.

그러나 익숙지 않은 넓은 환경에서 제대로 된 자리를 찾는 건 쉬운 일이 아니었다.

'히무라 아저씨께 폐 끼치는 것 같아서 혼자 올 수 있다고 했는데. 부탁드릴 걸 그랬나 봐.'

"형아, 우리 자리 없어?"

"아냐. 잠깐만."

프란츠 페터가 허둥지둥 댈 때 그가 의식하지 못하고 알베르트의 손을 놓아버리고 말았다.

'저쪽인가? 가봐야겠다.'

"알……. 알?"

가슴이 무너지는 듯했다.

당연히 잡고 있어야 할 동생의 손이 느껴지지 않았기에 프란츠 페터는 깜짝 놀라 주변을 둘러보았다.

"알! 알!"

"형아!"

퍼뜩 정신이 들어 알베르트의 목소리가 난 곳으로 고개를 돌린 프란츠 페터는 한 남자를 발견할 수 있었다.

알베르트가 다른 곳으로 가지 못하도록 손을 꼭 쥐고 있었다.

"최, 최지훈 피아니스트."

단 한 번 지나가듯이 인사했던 사람이었다.

"동생 잃어버리면 큰일 나. 자."

최지훈이 프란츠와 알베르트가 다시 손을 잡을 수 있도록 해주었다.

프란츠가 고개를 연신 조아리며 감사했다.

"감사합니다. 감사합니다!"

"아냐. 하지만 잃어버리면 안 돼. 하나뿐인 동생이잖아."

"네. 정말 감사합니다."

최지훈은 절대 놓치지 않겠다는 듯이 동생을 아예 뒤에서 안아버린 프란츠를 귀엽게 보았다. 그리고 그가 들고 있는 티켓을 보았다.

"자리 찾는 거라면 도와줄게. 같이 가자."

프란츠 페터는 너무도 감격스러워 감히 최지훈의 호의를 받을 수 없다고 생각했지만 자리를 찾다 동생을 잃어버릴 뻔하니 그럴 수도 없었다.

"부, 부탁드립니다. 죄송합니다. 감사합니다."

"하하. 몇 번을 인사하는 거야. 괜찮아. 애기야, 사탕 먹을래?"

"네!"

'무서운 분이신 줄 알았는데.'

그렇게 페터 형제는 최지훈의 도움을 받아 자리할 수 있었다.

한편.

하룻밤 만에 악단에서 제명되어 버린 실직자 밀로스 발렌슈타인은 악장이 남긴 말을 곱씹었다.

'체코의 음악을 모욕했다고 하셨어.'

그러나 그는 알 수 없었다.

어제 엘리아후 인손과의 대화를 반복해 떠올려 봤지만 무엇이 잘못되었는지 알 수 없었다.

체코 필하모닉 오케스트라와 수석 지휘자 엘리아후 인손에 대한 그의 믿음은 절대적이었기에.

그나마 잘못을 자신에게서 찾고 있다는 점이 희망이었다.

'뭘 잘못했지? 벨리텔이 이렇게까지 하실 만큼 큰 잘못이 대체 뭐야?'

'체코의 음악은 최고야. 그래. 벨리텔도 그걸 부정하진 않으셨어. 그럼 대체.'

'⋯⋯그런 동양인보다 우리가 낫다는 말인가?'

밀로스 발렌슈타인은 인정하고 싶지 않았다.

그와 주변 사람들 역시 모두 체코 음악에 대한 자부심이 투철했고 위대한 음악가들의 계보를 잇고 있다는 사명감마저 가지고 있었다.

그러나 엘리아후 인손은 그 말을 듣자마자 벼락같이 노해 밀로스 발렌슈타인을 쫓아냈고.

밀로스 발렌슈타인은 자신이 무엇을 잘못했는지 인정하지

않으면서도 자신이 왜 이런 상황에 처했는지 알고 싶었다.

'……직접 확인하겠어.'

밀로스 발렌슈타인은 얼굴을 가리고 OOTY 오케스트라 대전 3라운드 4차전을 방문했다.

다행히 아직 대회 참가자로서의 자격은 박탈되지 않았고 덕분에 따로 마련된 객석으로 향할 수 있었다.

'체코의 음악을 모욕하다니. 그럴 리가 없잖아요.'

무지한 밀로스 발렌슈타인은 무대 위로 올라오는 체코 필하모닉 오케스트라를 바라보며.

이를 꽉 깨물었다.

체코 필하모닉의 가운데에 한 자리가 비어 있었다.

보통 한 사람이 빠지면 의자를 놓지 않을 터인데 체코 필하모닉 오케스트라는 그러지 않았다.

한 명이 빠졌다는 사실을 감추지 않은 채 있었기에 콘서트 홀이 잠시 웅성거렸다.

"무슨 일이래?"

"플루트 자리 같은데."

"아, 분명 밀로스 발렌슈타인이라고 했지. 어디 아픈가?"

"글쎄."

주변에서 들려오는 말소리에 밀로스 발렌슈타인은 고개를 숙이고 얼굴을 좀 더 가렸다.

알아들을 수 있는 말은 거의 없었으나 간혹 들리는 자신의 이름으로 느낄 수 있었다.

한 자리가 비어 있음에 사람들이 의아해하고 있었다.

그리 생각하자 자연스레 좀 더 움츠리게 되었다.

"엘리아후 인손이다."

그러나 그것도 잠시.

잠깐의 소란은 마에스트로 엘리아후 인손의 등장으로 씻은 듯이 사라졌다.

무대 위에 사뿐히 모습을 드러낸 엘리아후 인손은 객석을 향해 정중히 인사했고 방문객들은 박수와 환호를 아낌없이 보내 답했다.

그때.

한 사람이 마이크를 들고 나와 엘리아후 인손 앞에 마이크가 놓았다.

장내 모든 사람이 어리둥절하고 있을 때 엘리아후 인손이 입을 열었다.

"어제, 저희는 한 명의 단원을 잃었습니다."

충격적인 발표였다.

객석에서 여러 말이 나왔고 엘리아후 인손이 말을 이어감에 따라 간신히 진정되었다.

"그는 자신의 길에 자부심을 가지고 누구보다도 열심히 걸었습니다. 그러나 너무 열심히 달린 나머지 그 길이 자신을 잘못된 곳으로 이끌고 있었다는 것을 자각하지 못했습니다."

밀로스 발렌슈타인의 입술이 파르르 떨렸다.

"그가 되돌아오며, 자신이 지나온 길을 둘러보길 바라며 구스타프 말러의 다섯 번째 교향곡을 들려드리겠습니다. 감사합니다."

엘리아후 인손의 말이 끝나고 객석에서는 그와 체코 필하모닉을 응원하는 박수가 나왔다.

상황은 제대로 이해할 수 없었으나 적어도 엘리아후 인손과 체코 필하모닉이 '빈자리'의 단원을 얼마나 사랑하는지 느낄 수 있었다.

그 진심만큼은 사정을 모르는 이들도 느낄 수 있었기에 객석에 자리한 밀로스 발렌슈타인은 터져 나오는 눈물을 참느라 애써야만 했다.

저렇게 좋은 사람이.

존경하는 사람이 그렇게까지 냉정해졌어야 할 만큼 심각한 잘못이 대체 무엇인지.

밀로스 발렌슈타인은 태동을 알리는 관악기를 들으며 자신을 뒤돌아보기 시작했다.

구스타프 말러 5번 교향곡.

완벽함을 추구했던 말러가 수없이 많은 수정 끝에 완성한 이 곡은 이전의 말러 본인, 일반적인 교향곡과는 사뭇 다른 형태를 띠고 있다.

장중한 시작을 알리는 도입부부터 청중의 마음을 흔들어놓으나 대조를 이루는 경우가 많아 받아들이는 입장이 갈리는 곡이기도 하다.

그러나 중요한 것은 이 곡이 구스타프 말러와 함께 변화하고 발전한 곡이라는 점이다.

말러는 병으로 쓰러지기 전까지 5번 교향곡을 수없이 수정했으며 그것이 곧 그의 마지막 작업이 되었을 정도로 5번 교향곡에 집착했다.

완벽함을 추구하는 사람이었으나.

완벽이란 없다는 것을 잘 알았던 음악가, 구스타프 말러.

현대에 이르러서는 엘리아후 인손과 체코 필하모닉 오케스트라에 의해 더욱 발전하였음이 분명했다.

· 59악장 ·

베를린의 마왕

7

'아아.'

관객들은 엘리아후 인손과 체코 필하모닉의 연주에 넋을 놓고 말았다.

말러의 5번 교향곡은 기존에 많은 이들에 의해 찬양과 비판을 받아 왔다.

그중에서도 특히 4악장이 영화 〈베니스에서의 죽음(Morte A Venezia, 1971)〉에서 사용되며 주목받기 시작했는데.

아다지에토(Adagietto: 천천히, 매우 느리게)의 4악장은 103마디로 짧게 구성되어 있으면서도 연주 시간은 약 11~12분에 달했다.

415마디로 구성되어 있는 1악장의 연주 시간이 약 14~15분 정도라는 것을 감안하면 4악장이 얼마나 느린지 알 수 있었다.

빠른 템포의 5악장 론도 피날레에 앞서 등장하는 만큼 그 템포 차이는 드라마틱했다.

더욱이 4악장 마지막 부분에 아타카(attacca)가 기입되어 쉬지 않고 5악장에 돌입하였기에 관객들은 이를 더욱 극적으로 받아들일 수 있었다.

따라서 5번 교향곡의 4악장은 독립적이라기보다는 앞뒤 악장 사이에서 두 곳을 연결해 주는 장치였다.

그러나 엘리아후 인손은 4악장을 모데라토 수준으로 이끌어 말러의 5번 교향곡을 훨씬 압축하였다.

그러면서도 충분한 음량과 빼어난 음색의 하모니를 이루어 4악장이 가지고 있는 서정성을 충분히 전달해 주었다.

밀도 있는 연주였다.

또한 4악장과 5악장 사이를 과감히 끊어냄으로써 관객들을 잠시 안도시켰고 그 짧은 간격 뒤에 몰아쳤다.

놀랄 수밖에 없었다.

당연히, 5악장 론도 피날레는 더욱 빨랐다.

잔잔한 물결이 이는 듯 평화로운 전개가 엘리아후 인손에 의해서는 파도가 치고 그 위로 철새가 바람과 함께 날아다니는 곡이 되었다.

그뿐만이 아니었다.

단순히 곡의 빠르기를 변경했을 뿐만 아니라 전 영역에서 템포를 조절해가며 리듬감을 극대화하였다.

엘리아후 인손과 같은 노련한 지휘자가 아니라면 불가능한 일이었다.

체코 필하모닉의 연주는 가슴을 뜨겁게 하는 무엇인가가 있었다.

이것이 체코 필하모닉이 자랑하는 템포의 미학.

발전에 발전을 거듭한 엘리아후 인손의 체코 음악이었다.

밀로스 발렌슈타인은 주먹을 꽉 쥐었다.

평소에는 배 나온 동네아저씨일 뿐이었던 선배 단원들이 지금은 그 어떤 오케스트라보다 찬란히 빛나고 있었다.

어렸을 적부터 동경했던 모습 그대로.

밀로스 발렌슈타인은 이 감동적인 연주로 인해 다시 한번 체코 필하모닉에 매료되었고.

동시에 이제는 함께할 수 없다는 사실에 더없이 깊게 좌절하였다.

한편.

'이건 좀…….'

이필호 기자가 턱을 쓸었다.

그는 엘리아후 인손과 체코 필하모닉 오케스트라가 뛰어난 것은 알았지만 이렇게 과감한 시도를 할 거라고는 예상치 못했다.

예상 밖의 일이었고 더욱이 너무나 멋들어진 표현이었기에 그저 감탄할 뿐이었다.

그만큼 오늘 체코 필하모닉과 경합하는 베를린 필하모닉을 걱정할 수밖에 없었다.

'쉽지 않겠는데.'

배도빈은 지금 누가 뭐라 해도 대한민국의 자랑이었다.

팬 투표의 영향도 있지만 대한민국은 실시간으로 응원하기 위해 밤을 꼬박 새우는 사람으로 넘쳐났다.

아무리 늦은 시간이라 해도 팬들은 피곤조차 잊은 채 배도빈에 열광했다.

어려웠던 환경을 이겨내고 스스로의 힘으로 성장해 세계 정상에 우뚝 선 천재.

같은 한국인으로서 자부심을 느끼며 지친 삶 속에서 다시 한번 발을 옮길 수 있는 힘이 되어주었다.

이필호 기자도 그러했기에 엘리아후 인손과 체코 필하모닉 오케스트라의 선전은 다소 반갑지 않았다.

"브라보!"

마침내 체코 필하모닉의 연주가 끝났고 관객들은 열렬히 환호했다.

신선하고 또한 완성도 높은 말러를 들려준 거장 엘리아후 인손에게 성의를 다해 감사를 표했다.

현장 반응은 3라운드 그 어떤 연주보다도 뜨거웠다.

'잘한다.'

차채은도 그 속에서 멋진 연주를 들려준 체코 필하모닉에게 경의를 표했다.

오케스트라 대전을 통해 오케스트라에 대한 지식을 쌓을 수 있었던 차채은은 엘리아후 인손이 얼마나 대담하고 노련한 인물인지 알 수 있었다.

'3라운드 준비 시간도 짧았는데.'

템포를 완벽하게 조율해, 곡을 재탄생시킨 엘리아후 인손.

그러한 일을 짧은 시간 내에 능숙하게 소화한 체코 필하모닉의 저력 또한 대단하긴 마찬가지였다.

"확실히 명문은 명문이네. 그렇죠, 대리님?"

한이슬 평론가가 입을 열었다.

"응. 한 사람 빠져서 무슨 일인가 싶었는데 그런 티가 전혀 안 났어. 아마 다른 악기가 조금씩 음량을 맞췄겠지."

"어머. 그 정도까지 들려요? 우리 대리님 편집장 말고 평론해야겠네."

"하하. 뭘 또 그렇게까지 띄워주고 그래. 정 기자는 어땠어?"

"불쾌하네요."

"어? 어떤 부분이?"

"몰라요."

잔뜩 화가 난 정세윤 기자의 태도에 이필호 편집장은 다소 당황했다.

그 모습을 옆에서 지켜보던 차채은은 이필호를 한심하게 여겼다.

관중석을 통해 기자로서의 그를 존경하게 되었지만 한 달 가까이 함께해 본 결과 12세 이용가의 러브 코미디물 주인공처럼 눈치가 없었다.

'정 기자님 불쌍해.'

그러나 그렇다고 나서서 해결할 문제도 아니라 차채은은 체코 필하모닉으로 인해 달아오른 기분을 달래며 다음 순서를 기다렸다.

'드보르자크 9번이었지.'

신세계로부터는 배도빈의 주 레퍼토리였던 만큼 큰 걱정은 없었다.

그러나 앞서 지금까지와는 전혀 다른 형태의 말러 교향곡이 나왔기에 해왔던 대로라면 상대적으로 차이가 생길 듯했다.

그것이 이필호와 다른 여러 사람이 걱정하는 바였지만, 차채은은 배도빈이 어떤 음악가인지 잘 알고 있었다.

'또 어떤 연주를 들려줄까?'

주변 사람들에게는 그렇게 다정하면서도 음악을 할 때만큼은 그렇게 지독한 사람도 없었다.

어떠한 환경이나 조건도 음악보다 앞에 두지 않았다.

곁에서 보면 걱정이 될 정도로 자신을 몰아붙이며 완벽한 음악을 위했다.

그러나 그렇기 때문에 세계의 거장들과 어깨를 나란히 할 수 있다는 것도 잘 알았다.

그것을 깨달은 순간부터 차채은은 배도빈을 걱정하지 않았다. 마음이 쓰여도 의식해 그러지 않으려 했다.

걱정 대신 응원해 주기로 했다.

그럴 수밖에 없는 사람이라면 건강을 걱정하는 것보다 좀 더 힘낼 수 있도록 응원해 주고 지쳤을 때 함께해 주는 것이 배도빈을 위한 길이라 생각했다.

또한 차채은 본인을 위한 일이기도 했다.

'오늘부터 결승까지는 다 인용해야 해.'

차채은은 기대감을 이어가며 막 초안을 완성한 배도빈과 베토벤을 대조한 기사를 어떻게 풀어낼지 고민했다.

그렇게 30분이 흐르고.

사회자의 소개 뒤에 베를린 필하모닉이 모습을 드러냈다.

OOTY 오케스트라 대전에 대단한 인물이 워낙 많이 등장했기에 대회 초반만 해도 베를린 필하모닉 B의 단원들은 다소 가벼운 느낌이었다.

배도빈이라는 압도적인 천재에 의해 세계 정상급 오케스트라로 인정받는 것과는 사뭇 대조적인 인상이었다.

주로 20대의 젊고 어린 음악가로 구성된 베를린 필하모닉 B에서는 형제인 베를린 필하모닉 A가 내뿜는 압도적인 카리스마나 암스테르담 로열 콘세르트헤바우가 보이는 고결함, 런던 심포니가 보이는 절제미와 같은 모습은 찾아볼 수 없었다.

모든 스포트라이트가 배도빈이라는 불세출의 천재에 맞춰져 있었다.

지금도 그리 다르지는 않지만 어린 평론가 차채은의 눈에는 반짝반짝 빛나는 인물이 눈에 들어왔다.

세계적인 얼후 연주자 소소는 바이올린, 비올라, 첼로, 콘트라베이스, 클래식 기타에 이르기까지 현악기를 폭넓고 깊게 다루는, 베를린 필하모닉 B의 에이스 중의 에이스였다.

찰스 브라움과 소소만이 배도빈이라는 이름에 어울리는 단원이었다.

그러나 차채은이 현재 가장 주목하고 있는 사람은 그 반대편에 앉아 있는 인물이었다.

'윤희 언니 오늘도 예쁘다.'

나윤희.

네이즈 소속으로 데뷔하여 한국 무대는 단 한 번도 밟아보지 못했으며 북유럽에서 변변치 않은 공연에 활용되어 이름은 쌓지 못했지만.

배도빈은 항상 나윤희의 바이올린을 칭찬했다.

처음에는 차채은도 그녀를 이상하게 보았다.

공연 전에 긴장한 나머지 구토를 한다거나 말을 심하게 더듬는다거나 하는 일 때문이었다.

그러나 나윤희의 연주를 들을 때마다 조금씩 생각이 바뀌었다.

그녀의 바이올린은 놀랍도록 오케스트라에 녹아들면서도 자신의 색을 잃지 않았다.

차채은은 수많은 오케스트라와 여러 연주자를 접하면서 이것이 얼마나 어려운 일인지 잘 알고 있었다.

남과 어울리면서도 줏대를 잃지 않는 연주자.

그것이야말로 오케스트라에 진정 필요한 인재가 아닐까 생각했다.

'때려눕혀!'

배도빈과 나윤희.

두 사람의 격렬한 팬인 차채은은 체코 필하모닉 오케스트라가 지배한 콘서트홀 분위기를 바꿔주길 바랐다.

차채은의 응원이 전해졌을까.

배도빈이 무대 위에 올랐다.

그 작은 몸이 무대에만 서면 무척이나 크게 느껴졌다. 평소 짜증 섞인 눈빛은 깊은 심연과 같아졌다.

무대에 오른 순간부터 배도빈은 다른 것은 일절 보지 않았다.

오직 단원과 함께 더욱 아름다운 연주를 하려는 의지만이 남았기에 배도빈의 모든 신경은 단원들에게 가 있었다.

고도로 집중한 그의 표정은 차갑고 생기가 없어 보일 정도였다.

"오오."

"역시 존재감이 다르네."

장내 분위기가 달라졌다.

체코 필하모닉이 남긴 여운에 잠겨 있던 관객들은 이제 베를린의 마왕이 어떤 연주를 들려줄지만을 생각했다.

'또 어떻게 편곡했을까?'

'아, 진짜 기대된다.'

관객들은 언제나 파격적인 편곡을 들려주었던 배도빈이 이번에는 어떤 충격을 전해줄지 궁금했다.

앞서 엘리아후 인손의 대담한 편곡을 들었던 터라 더욱 기대할 수밖에 없었다.

그러한 설렘이 잦아들어 관객의 가슴속에서만 자리할 때.

배도빈이 지휘봉을 들고 두 팔을 양옆으로 뻗었다.

잠시간의 정적.

배도빈이 두 팔을 모아 들며 드보르자크의 9번 교향곡, 신세계로부터를 지휘하기 시작했다.

잔잔하게 깔리는 현악기.

이어 나오는 호른.

플루트와 바순, 오보에가 을씨년스러운 느낌을 주다가 이내 잔잔하게 분위기를 이끌었다.

그때였다.

배도빈이 양팔을 넓게 벌려 끌어안았다.

베이스가 묵중하게 깔리며 팀파니가 힘을 더해 긴장감을 조성했다.

관악기가 위험을 알리는 듯하다.

템포가 짧아지더니 다시금 현악기의 저음부가 분위기를 깔았고 관악기가 달래자 다시금 돌출!

장대한 이야기의 시작이었다.

'완벽해.'

이제 막 시작했을 뿐이지만 사카모토 료이치는 배도빈의 지휘를 완벽하다고 평했다.

9번 교향곡의 인상적인 도입부를 이토록 능숙하고 효과적으로 표현하는 악단은 몇 없었다.

그러나 평소와 다른 점이 있었다.

일반적인 연주와 다르지 않다는 점.

처음부터 특징을 잡아낼 수 있었던 배도빈의 평소 스타일과는 달리 마치 재단한 듯이 악보에 충실한 연주였다.

'무슨 생각인가, 도빈 군.'

사카모토 료이치는 얼굴 가득 미소를 보이며 소리에 집중했다.

그러나 색다른 연주를 기대했던 관객들은 다소 어리둥절하고 있었다.

'어?'

'좋긴 한데, 오늘은 무슨 일이지.'

'준비할 시간이 없었나?'

'기간이 짧아 준비하기 어려웠나? 작년 겨울에 했던 연주를 그대로 들려줘도 좋았을 텐데.'

충분히 좋은 연주였지만 그들이 기대했던 연주는 아니었다.

지금까지 다른 악단을 통해 많이 들어왔던 신세계로부터와 그리 다르지 않았다.

그러나 그러한 생각은 1악장의 중반부에 들어서면서 조금씩 달라지기 시작했다.

'어?'

'왜 이렇게 듣기 편하지?'

'뭐가 다른 거야?'

전문 지식이 없는 팬들은 조금씩 벅차오르는 가슴이 무엇 때문에 그러한지 알 수 없었다.

분명 특별할 것 없는 연주였는데 묘하게 듣기 편했고 가슴은 조금씩 고조되었다.

'녀석.'

푸르트벵글러가 씩 하고 웃었다.

그와 비슷한 시기에 사카모토 료이치와 마리 얀스 등 여러 지휘자가 배도빈의 의도를 알아챘다.

'재밌는 시도를 했구나.'

사카모토 료이치가 천천히 박자에 맞춰 고개를 끄덕였다.

그리고.

여러 거장과 함께 베를린 필하모닉 B의 의도를 눈치챈 한 사람이 더 있었다.

어렸을 적부터 드보르자크의 열렬한 팬이자 누구보다도 그 음악을 많이 들었던 밀로스 발렌슈타인이었다.

'……달라.'

처음에는 그도 몰랐다.

완벽하게 조율된 연주를 듣고는 배도빈과 베를린 필하모닉 B도 제법이라 생각했다.

그러나 곡을 들으면 들을수록 자꾸만 꿈틀대는 감정을 속일 수는 없었다.

'템포 조절이야.'

체코 필하모닉과 같이 극적인 변화는 아니었다.

기본적으로 드보르자크의 9번 교향곡은 여러 악기가 주고받는 형식으로 이어나간다.

절정으로 치달아 장대해지기도 하지만 한 악기와 또 다른 악기, 복수의 섹션과 또 다른 섹션끼리의 대화가 즐거운 곡이었다.

배도빈은 그러한 장점을 극대화하기 위해 각 악기의 템포를 미세하게 조율했다.

그 과정은 베를린 필하모닉 B의 단원들에게 무척이나 고통스러운 시간이었다.

'별다를 거 없죠?'라는 배도빈의 말과는 달리 그 미세한 템포를 조절하기 위해, 귀신같이 지적해대는 지휘자를 만족시키기 위해 인간 메트로놈이 되어야만 했다.

그리고.

그렇게 빈틈없이, 멜로디에 따라 때로는 적절한 틈이 추가된 신세계로부터는 평소와 크게 다를 것 없었지만 더욱 긴밀하게 작용해 관객들의 가슴을 뒤흔들어 놓았다.

그 과정에서 소외되는 악기는 단 하나도 없었다.

유기적으로 얽힌 완벽한 생물체.

배도빈에 의해 신세계로부터는 생명을 부여받은 듯 콘서트홀 안을 휘저었다.

'이게…… 베를린 필하모닉.'

밀로스 발렌슈타인은 거대하고 힘찬 생명을 느끼며 의자에 등을 파묻었다.

이러한 연주가 가능하기 위해서는 각 연주자의 기량도 중요하지만 무엇보다 오케스트라 전체를 통제하고 완벽한 길로 인도해야 할 지휘자의 능력이 가장 우선시되었다.

그 어떤 지휘자가 이런 연주를 해낼 수 있을까.

'이것이…… 배도빈.'

밀로스 발렌슈타인은 압도되어.

그가 생전 듣지 못했던 드보르자크를 받아들일 뿐이었다.

단원들이 연습했던 대로 잘 따라와 주었다.

드보르자크의 9번 교향곡은 언제 들어도 가슴 설 는데 준비 기간이 짧았던 만큼 새로운 시도보다는 곡 자체의 맛을 살리고 싶었다.

그러기 위해 가장 먼저 템포를 조절하였다.

각 악기가 번갈아 나오는 부분이라든가 대규모 클라이맥스를 치는 부분 등은 손볼 구석이 있었다.

템포를 조절할 때는 균형을 위해 감정을 배제하면 자칫 기계적이고 작위적으로 들릴 수 있다는 점을 주의해야 한다.

후대, 아니, 지금에 이르기까지 많은 이가 내 곡을 부분들이 하나의 점으로 모여들어 전체를 향해 편성되어 있다고 말했지만.

나는 그러한 평을 부정하지 않으면서도 동시에 모든 걸 의도했다고는 생각지 않다.

그것은 그들의 인식이니까.

음악은 인식이다.

작곡가나 연주자 그리고 듣는 사람에 따라 같은 연주라도 여러 느낌으로 달라질 수 있고 그중에서도 곡의 느낌을 결정하는 몇 가지 중요한 요소를 꼽을 수 있는데.

그중 하나가 템포다.

나는 메트로놈을 무척이나 좋아하나 그 수치를 맹신하지는 않는다.

이번만큼은 악보에 메트로놈을 기입하지 않고 철저하게 연습을 통해 의도를 전달했던 것도 모두 그 때문이었다.

살짝 추가한 3화음과 감7화음을 이루는 음표들이 가진 박자를 박자 그대로가 아니라 선율적 착상을 통해 이해하길 바랐다.

다행히 단원들은 잦은 박자 변화를 잘 소화해냈다.

특히나 변화가 가장 심했던 제2바이올린 섹션은 나윤희가 수석 역할을 톡톡히 해주었다.

최근 조금 피곤해 보이는데 오늘의 연주를 준비하는 과정에서 아마 나 모르는 곳에서 평소와 같이 노력했을 것이다.

또한 모든 단원이 마찬가지겠지.

가끔 엄살을 부리기는 해도 막상 무대 위에 서면 제 역할을 해내는 베를린 필하모닉 B.

이들과 함께한 지도 벌써 2년 가까이 되었다.

의심 많은 나라도 신뢰가 생길 수밖에.

앞으로는 좀 더 이끌어도 되겠다 싶어 지휘하는 내내 기분이 좋다.

연주를 마치자 단원들의 표정도 후련해 보였다.

쏟아지는 환호와 함께 그들의 미소를 보며 뒤 돌자 몇몇 열렬한 팬들이 모자를 던지기도 손을 흔들어 보이기도 했다.

이 고양된 기분.

무대가 아니고서는 절대 느낄 수 없다.

체코 필하모닉과 베를린 필하모닉의 공연이 마무리되었다.

"으아아아."

프란츠 페터는 놀라 기절할 지경이었다. 베를린 필하모닉 B의 연주를 직접 듣는 일은 처음이었기에 그 감동이 더했다.

'이게 배도빈 님의 공연이야.'

"알! 들었어? 이게 배도빈 님의 음악이야!"

프란츠 페터가 기쁨을 나누고자 옆자리에 앉은 동생 알베르트를 불렀다.

그러나 알베르트 페터는 입술을 안으로 물고는 눈만 깜빡이며 프란츠 페터를 볼 뿐이었다.

"이제 말해도 돼!"

"파하!"

뿡 소리를 내며 입을 연 알베르트 페터가 재잘대기 시작했다.

"막막 춤추고 싶었어! 여기가 막 엄청 빨리 뛰어!"

"그치! 엄청 좋았지?"

"응!"

음악을 배움이 짧았던 탓에 곡의 줄기만을 알았던 프란츠 페터에게 있어 배도빈의 지휘는 미지의 영역이었다.

아름다운 멜로디만을 생각했던 프란츠 페터는 단순히 템포를 조절하는 것만으로도 곡의 분위기가 이렇게나 달라질 수 있음에 흥분하지 않을 수 없었다.

"나 또 듣고 싶어!"

"나도!"

그래서 동생과 함께 오두방정을 떨며 신을 내기 바빴다.

한편 다른 관객들도 페터 형제와 마찬가지였다.

팬 투표가 진행되는 동안에 오늘의 공연에서 느낀 바를 나누었다.

그중 과거 유명 음악가였던 이들의 모임에서 진지한 대화가 오갔다.

"이야, 배도빈이 대단한지는 알았지만 이렇게 노련할 줄은 몰랐는데."

"그러니까 말이야. 브루노 발터나 마리 얀스, 아르투로 토스카니니 같은 느낌이었어."

"템포 조절이 기가 막혔지. 완벽하게 가지고 노는 게 진짜 아르투로 토스카니니의 마술을 보는 듯했지."

"으음."

"자네는 어땠나? 왜 말이 없어."

"뭐랄까. 조금 당황스러워서."

"뭐가?"

"자네들은 놀랍지도 않은가? 배도빈을 상징하는 단어는 지금까지 과감함, 격렬함, 폭력, 혁신이었는데 이제 보니 난 그가 인간처럼 느껴지지 않네."

"음?"

"자네들도 말하지 않았나. 마술사 아르투로 토스카니니의 지휘처럼 들릴 정도였다고. 자네는 토스카니니가 배도빈과 같은 지휘를 할 수 있다고 생각하나?"

"어……."

"못 하지. 토스카니니의 위대함은 그와 함께했던 내가 누구보다도 잘 아네. 그러나 토스카니니는 배도빈처럼 폭력처럼 느껴질 음악은 할 수 없어. 그러나 배도빈은 토스카니니처럼 지휘할 수 있지. 이게 무슨 뜻인지 진정 모르겠나?"

"자네 말을 들으니 알 것 같네."

"그래. 젊은 친구들이 그를 마왕이라 부른다고 하던데 나는 정말 그가 그렇게 느껴질 정도야. 변화무쌍하여 이토록 빠져들게 하는데 이 어찌 악마의 속삭임이 아닌가."

"크학하하! 이 친구, 오버하는 건 여전하구만! 좋다면 좋다고 하면 되지 길게도 말하네!"

"하하하하! 좋은 연주를 들으니 오랜만에 신나서 이야기 좀 늘어놓았네."

"껄껄. 하지만 나도 자네 말에 어느 정도 공감하네. 이렇게 멋들어진 드보르자크라니. 배도빈보다 그를 잘 이해하는 사람도 없을 것 같으이."

체코의 말이었다.

그 대화를 들은 밀로스 발렌슈타인은 그간 자신이 했던 생각과 말이 떠올랐다.

부끄러워 당장에라도 어딘가 숨고 싶었다.

동양인이라고 무시했던 이가 그 누구보다도 드보르자크를 잘 이해하고 있었다.

자신과 감히 비교할 수 없을 정도로 저 아득한 곳에 있는 음악가.

그러나 밀로스 발렌슈타인은 단지 자신보다 뛰어난 이를 무시했다는 것이 문제가 아니었음을 알고 있었다.

배도빈은 절정의 환희에 도달하는 것뿐만이 아니라 관객들이 그 감정을 충분히 느낄 수 있도록 폭넓게 심상을 이끌어 나갔다.

그 증거로 그의 지휘는 각 악기가 모두 살아 있어 유기적으로 움직였다. 그것이 거대한 무엇인가가 되어 정점을 향해 나아감을 확실히 느낄 수 있었다.

새로운 심상으로 도약하는 수천, 수만 개의 음표.

그 과정에서 불필요한 요소는 단 하나도 없었다.

밀로스 발렌슈타인은 엘리아후 인손의 조언을 떠올렸다.

앞만 보고 달려서는 보지 못하는 것들이 생길 수밖에 없다는, 그때는 이해할 수 없었던 말을 배도빈의 연주로 이해할 수 있었다.

몇 번을 곱씹어도 좋았다.

'……벨리텔은 이걸 말해주고 싶었던 거야.'

밀로스 발렌슈타인은 자신의 잘못을 깨달았다. 해서는 안 될 생각에 사로잡혔던 것을 절절히 느꼈다.

'하나라도 필요하지 않은 건 없어. 그런 걸 인정하지 못하면 난 평생이 걸려도 배도빈과 같은 음악을 하지 못할 거야. 그런데, 그런데……'

후회되었지만.

이미 돌이킬 방법은 없었다.

꿈에 그리던 체코 필하모닉 오케스트라에서 제명되었고 이제 다시는 그와 같은 음악은 할 수 없을 것이었다.

그러나 그렇더라도.

저 멀리, 높은 곳에 위치한 음악가에게 용서를 구하고 싶었다.

그마저도 하지 않는다면 지금 당장 느끼는 수치심보다도 큰 자기혐오를 평생 짊어질 것 같았다.

밀로스 발렌슈타인이 고개를 들자 베를린 필하모닉 B가 무대 앞 첫 번째 좌석부터 자리를 채워나갔다.

'지금이 아니면.'

밀로스 발렌슈타인은 자신과는 너무도 멀리 떨어져 있는 배도빈을 다시는 만나지 못할 거라 여겼다.

그러자 없던 용기가 생겼다.

도망치고 싶은 수치심을 이겨내야만 했다.

자리에서 일어났다.

천천히 걸어 내려가 무대 위를 보고 있는, 배도빈 앞에 섰다.

배도빈은 인상을 쓰며 밀로스 발렌슈타인을 살폈다.

그러나 그는 개의치 않았다.

'기분 나쁘겠지. 당연한 일이야.'

밀로스 발렌슈타인이 마음을 다잡고 고개를 숙였다. 그리고 마음을 다해 사과했다.

"죄송합니다."

자질구레한 말은 덧붙이지 않았다.

그저 고개를 숙일 뿐이었다.

"뭐야, 이거."

배도빈이 무슨 말을 하는지 이해할 수 없었지만 진심을 다해 자신의 어리고 못난 행동을 빌었다.

"비켜. 안 보이잖아."

"누구?"

"몰라요."

밀로스 발렌슈타인은 움직이지 않았다. 고개를 숙이고 있을 뿐이었다. 자신의 잘못을 인정하고 깊이 반성하는 그 모습은 무척이나 진지했다.

"어? 체코 필하모닉 플루티스트 아니야?"

"마르코가 아는 사람이에요?"

"아니. 기사로만. 밀로스 발렌슈타인이라고 했던가……. 근데 왜 이래?"

"이겨서 미안하다는 뜻인가?"

피셔 디스카우의 말에 배도빈의 얼굴이 험상궂게 변했다.

처음 보는 인간이 갑자기 다가와 무대를 가리는 것도 불쾌한데 다짜고짜 고개를 숙이는데 뭐라 말해도 대꾸조차 없으니 심기가 불편했다.

설마하니 피셔 디스카우의 말처럼 행동했겠냐만은 그리 기분 좋은 일은 아니었다.

"아! 그러고 보니 저번에 연습실 앞에 있던 녀석이구만."

때마침 피셔 디스카우가 손뼉을 쳤다. 기억이 없던 배도빈은 그런 일도 있었나, 싶다가 그때의 일을 겨우 떠올렸다.

연습 도중 화장실이 급해 휴식 시간을 주고 나왔더니 문 앞을 가로막고 있던 녀석이었다.

"밀로스 발렌슈타인."

배도빈이 밀로스 발렌슈타인을 불렀다.

이름을 불리자 밀로스가 그제야 고개를 들었다.

배도빈은 손을 휘휘 저었다.

"돌아봐. ……턴. 턴."

영어를 알아들은 밀로스 발렌슈타인은 왜 돌라고 하는지 이해할 수 없었지만 일단은 시키는 대로 뒤돌았다.

그렇게라도 해서 배도빈의 마음이 풀린다면 이상하긴 해도 어려운 일도 아니었다.

그때 배도빈이 밀로스 발렌슈타인의 엉덩이를 발로 밀었다.

"엇. 엇."

당황한 베를린 필하모닉 B의 단원들이 눈을 동그랗게 뜨고 그들의 지휘자를 보았다.

그러나 배도빈이 그러한 시선을 신경 쓸 리가 없었다.

"네 자리로 돌아가. 한 번만 더 내 앞을 가로막으면 혼내줄 거다."

밀로스 발렌슈타인이 알아들을 수 있도록 영어로 말했으나 안타깝게도 그는 턴(turn) 이상의 영어를 이해할 순 없었다.

그저 이유도 알 수 없이 밀려 나가 객석 가운데로 향했다.

그리고 겨우 자세를 잡은 뒤 고개를 드니 엘리아후 인손이 그를 보고 있었다.

오늘 아침까지만 해도 그렇게 다시 보고 싶었거늘.

가장 존경하는 지휘자를 막상 눈앞에 다시 보니 스스로가 부끄러워 차마 고개를 들 수 없었다.

밀로스 발렌슈타인은 황급히 고개를 숙이고 돌아서 계단을 올랐다.

엘리아후 인손이 입을 열었다.

"어딜 가느냐."

잘못 들었으리라.

그러나 혹시나 갈대라도 잡는 심정으로 고개를 돌린 밀로스 발렌슈타인을.

체코 필하모닉의 모든 단원이 따뜻한 눈으로 바라보았다.

배도빈에게 사과하는 모습을 본 엘리아후 인손은 비록 잘못을 저질렀으나 수천 명이 보는 자리에서 용기를 내 사죄한 밀로스 발렌슈타인이 너무도 기특했다.

더는 모질어질 수 없었다.

"어서 앉지 않고."

그 따뜻한 말에 밀로스 발렌슈타인의 목이 잠겼다.

"하, 하지만."

"어허."

"전 이제 체코 필하모닉이……."

"뭐 해! 벨리텔 마음 바꾸시기 전에 빨리 앉지 않고!"

"그래! 빨리빨리!"

체코 필하모닉 단원들은 밀로스 발렌슈타인의 손을 끌어다 어디 가지 못하도록 그들 사이에 껴 넣었다.

갑작스러운 상황에 정신이 없으면서도 그는 백발이 성성한 엘리아후 인손의 뒷모습을 보며.

눈물을 흘렸다.

잠시 뒤 사회자가 무대 위에 모습을 드러냈다.

"3라운드 마지막 무대가 마무리되었습니다."

사회자 자르제가 공연이 끝났음에도 가득 찬 객석을 둘러보곤 말을 이었다.

이와 같은 대회의 사회를 맡을 수 있어 정말 다행이라 생각했다.

"오늘, 과감한 시도를 보여준 체코 필하모닉 오케스트라와 지휘자 엘리아후 인손 그리고 완성도 있는 연주를 들려준 베를린 필하모닉 B와 지휘자 배도빈에게 협회를 대신해 감사 인사를 드립니다."

사회자 자르제가 카드를 열어 보고는 진행을 이어나갔다.

"많이 기다리시는 것 같네요."

객석에서 작은 웃음이 나왔다.

당연한 말을 하느냐와 같은 뉘앙스였다.

"그럼 오래 기다리신 만큼 곧장 심사 위원단과 팬들의 판정을 공개하도록 하겠습니다. 3라운드 4차전! 정말 많은 분께서 함께해 주셨는데요. 총 3,011,574표가 집계되었습니다. 두 악단의 명성에 걸맞게 3라운드에서 가장 많은 관심을 받았네요."

곧장 발표한다는 말이 무색해질 정도로 사회자 자르제의 말이 길어졌다.

안달 나게 하는 진행에 콘서트홀에 남아 있는 이들과 온라인 스트리밍으로 지켜보고 있던 이들은 조금씩 답답함을 느꼈다.

그것을 즐기는 듯 자르제가 한 박자 쉬더니 크게 외쳤다.

"결과! 공개하겠습니다!"

그의 말과 동시에 콘서트홀 가운데 설치된 대형 스크린에 체코 필하모닉 오케스트라와 베를린 필하모닉의 로고가 차례로 비쳤다.

두 악단 모두 그 역사로도, 명성으로도 우열을 가리기 힘든 명문 중의 명문이었다.

그러한 세간의 기대를 넘어선, 훌륭한 연주를 들려준 두 악단에게 팬들은 다시 한번 큰 박수를 보냈다.

승부는 아무도 예측할 수 없었다.

순례자 엘리아후 인손과 마왕 배도빈 모두 지금까지 그들이 들려주었던 스타일과는 다른, 새로운 시도를 완벽하게 수행했고 그랬던 만큼 관객의 호응도 엇비슷했다.

클래식 음악 팬들은 가슴을 졸였다.

각 악단의 직접적인 팬들은 가슴이 쿵쿵대어 어쩔 줄을 몰랐다.

팽팽한 긴장감이 콘서트홀을 넘어서 세계 각지에 퍼졌고 그것은 공연을 치른 두 악단도 마찬가지였다.

'제발. 제발.'

나윤희는 차마 스크린은 보지 못하고 두 손을 모아 간절히 바랐다.

'다들 열심히 했는데 잘 나왔으면 좋겠다.'

나카무라 료코는 결과가 만족스럽지 못하면 스크린을 찢어 버릴 듯이 노려보았다.

'배고프다.'

오늘 하루 졸린 몸을 이끌고 악장 역할을 훌륭히 소화한 소소는 저녁 식사 메뉴를 무엇으로 할지 고민했고.

진 마르코, 시엔 얀, 오오타 타카히코 등의 다른 단원들은 주먹을 꼭 쥐고 눈 한 번 깜빡이지 않고 스크린에 집중했다.

'4라운드. 4라운드에는 반드시 올라야 해.'

병실에서 중계를 지켜보고 있던 찰스 브라움은 그의 엉덩이만큼이나 불타오르긴 마찬가지였다.

'괜찮았는데.'

또한 지휘자 배도빈은 차분히 결과를 기다리며 체코 필하모닉과 엘리아후 인손이 들려준 말러 교향곡을 떠올리며 음미하고 있었다.

그리고 마침내 스크린에 두 악단의 점수가 공개되었다.

"우오오!"

"이야!"

피셔 디스카우와 진 마르코가 가장 먼저 소리 질렀다.

베를린 필하모닉 B

심사 위원단: 30(300점)

팬 투표: 39.2(1,686,481표)

합계: 69.2(4라운드 진출)

체코 필하모닉 오케스트라

심사 위원단: 29.7(297점)

팬 투표: 30.8(1,325,093표)

합계: 60.5

전체 3,011,574표 중 56퍼센트에 해당하는 1,686,481표를 획득한 베를린 필하모닉 B가 다음 라운드 진출을 확정 짓는 순간이었다.

"꺄아아!"

"미쳤어! 미쳤다고!"

베를린 필하모닉 단원들이 두 팔을 번쩍 들어 환호했다.

아직 젊다는 표현보다는 어리다는 표현이 어울리는 베를린 필하모닉 B 단원들은 주변의 시선은 신경 쓰지 않은 채 승리를 만끽했다.

"들어! 들어!"

"하는 거야? 하는 거지?"

"하자! 하자!"

"으하하하하!"

몇몇 남자 단원이 배도빈 주변으로 모여들었다.

심상치 않은 분위기를 느낀 배도빈이 그들을 잔뜩 경계하며 눈매를 좁혔다.

그러나 무거운 악기를 들고 다니면서 단련된 단원들의 물리력에 저항하기엔 그의 몸은 너무도 작고 무력했다.

"하지 마요. 하지 마. 놔!"

"좋으면서 왜 그래. 우리 악장 비행기 좀 태워주려는 거지!"

"비행기 싫다고!"

"자, 자! 다들 준비!"

베를린 필하모닉 단원들은 크게 기뻤다.

그 감정은 지난 며칠간 완성도 높은 연주를 위해 쥐어뜯은 머리카락과 비례했다.

"왜 이렇게 가벼워? 한 번 더!"

"놓으라니까!"

기자들은 이때를 놓칠세라 급히 셔터를 눌러댔다.

배도빈과 단원들의 친근한 모습은 일반적인 지휘자와 단원 관계로 보이지는 않았다.

마치 친구처럼 어울리는 그 특별한 모습은 분명 베를린 필하모닉의 팬들에게 어필될 듯했다.

한편 밀로스 발렌슈타인은 입을 앙다물었다.

'나 때문이야.'

그토록 멋진 연주를 했음에도 4라운드 진출에 실패했던 것이 마치 자신의 잘못처럼 느껴졌다.

노련한 기술로 넘겼으나 플루트가 하나 빠진 자리를 상쇄하기 위해 음량을 조절한 것도 사실이었고 그러다 보니 자연스레 효과적이지 못했다.

경연 당일 악단의 분위기를 해친 것도 영향이 없을 리 없었다.

밀로스 발렌슈타인의 눈에 다시 한번 눈물이 고였다.

"하하하하! 이거 떨어졌구만!"

"그러게. 별수 없지."

"베를린 필하모닉이 잘하긴 해. 벨리텔, 4라운드까지만 듣고 복귀하면 안 되나요?"

"껄껄. 그거 좋은 생각이네. 사무국에는 잘 말해보겠네."

"방금 벨리텔 말씀 들었냐?"

"우! 우! 우! 우!"

"크학학하! 이거 완전 대박이잖아? 얼마만의 휴가냐?"

"내가 좋은 펍을 알아!"

"가자! 가자!"

반면 체코 필하모닉 오케스트라의 분위기는 유쾌했다.

호탕하게 웃으며 이제 마음 놓고 오케스트라 대전을 즐길 수 있게 되었다며 벌써부터 잘츠부르크에서 무엇을 구경하러 다닐지 이야기했다.

"이봐, 밀로스. 왜 그러고 있어? 휴가라고. 휴가!"

"죄송해요. 저 때문에……."

그러나 밀로스 발렌슈타인은 웃을 수 없었다. 자신을 챙겨 주는 것조차 미안해졌다.

"밀로스."

그때 엘리아후 인손이 어린 플루티스트를 불렀다.

그는 눈물을 훔치고 조심스레 수석 지휘자에게 향했다.

위대한 지휘자는 밀로스 발렌슈타인을 안아주고 등을 쓸어내렸다.

"다음엔 더 멋진 연주를 하자꾸나."

"끄흐으읍. 네엡."

그 상냥한 목소리에 밀로스 발렌슈타인은 마음을 더욱 굳세게 잡을 수 있었다.

잘못을 용서받아 안도하는 데 그치지 않고 다시 한번 기회가 주어졌음에 같은 실수를 반복하지 않겠다고 가슴 깊이 새겨 넣었다.

"하하하하! 자자! 다들 저녁이나 먹으러 가자고! 오늘은 내가 쏜다! 어디에 있는 펍이라고?"

"우오오! 역시 악장!"

"자, 빨리빨리 짐 챙겨 나오라고! 밀로스! 너도!"

소매로 눈물을 훔친 밀로스가 힘차게 대답했다.

"네!"

체코 필하모닉 오케스트라는 시끌벅적하게 퇴장했다.

배도빈은 그 모습을 쭉 지켜보고 있었다.

'떨어지고도 저렇게 기뻐할 수 있는 건 분명 최선을 다했기 때문이겠지.'

굳이 다른 걸 생각지 않더라도 그들의 연주만 해도 세계 정상을 논하기에 충분했었다.

실제로 팬 투표 결과는 56 대 44로 지금까지 압도적인 점수 차를 보였던 베를린 필하모닉 B의 점수 중 가장 낮은 득표율에 속했다.

배도빈은 엘리아후 인손과 체코 필하모닉 오케스트라라는 또 다른 거장을 알게 되었음에 기뻤다.

또한.

'루트비히 오케스트라도 저렇게 유대감을 가질 수 있을까.'

저들의 대화를 알아들을 수는 없었지만 체코 필하모닉의 모습은 무척 따뜻해 보였다.

서로를 위하는 것이 진심으로 느껴져 앞으로 자신만의 악단을 만들고자 하는 그는 분명 부러워하고 있었다.

"도빈, 나 배고파."

"에잇! 기분이다! 오늘 먹고 뻗을 사람 붙어라!"

"과, 과음은 좋지 않아요."

"디스카우가 사는 거예요?"

"그럼! 말을 꺼냈으니 오늘 술은 내가 책임진다! 이야! 나카무라, 좋은 기세잖아? 잔뜩 마실 거지?"

"난……."

단원들의 대화에 배도빈은 싱긋 웃었다.

여전히 시끄러웠다.

취향이나 성격이 맞는 것도 아니었지만 그러면서도 잘 어울리는 것이 신기할 따름이었다.

'뭘 걱정하는 거야.'

배도빈은 이들과 함께라면 분명 멋진 오케스트라를 운영할 수 있을 거라고 생각했다.

미소를 띤 채 말했다.

"1시간 뒤에 반성회 할 테니 연습실로 모이세요."

"뭐!"

60명의 단원이 동시에 한 목소리로 놀랐다.

한편 공연에 참가하지 않았기 때문에 따로 챙길 짐이 없었던 밀로스 발렌슈타인은 단원들이 나오기를 기다리고 있었다.

바람을 쐬니 마음도 추슬러졌고 자연스레 그간 한심하게 보았던 선배 단원들에 대해서도 다시 생각하게 되었다.

'컸어.'

전에는 긴장감이라고는 조금도 찾아볼 수 없었던 악단 분위기가 무척 마음에 안 들었었다.

비록 경합에서는 패배했으나 밀로스 발렌슈타인은 체코 필하모닉이 얼마나 대단한 연주를 들려주었는지 알았기에, 겸허히 결과를 받아들이는 선배들의 자세를 존경하게 되었다.

넓고 크고 깊은.

어른이란 느낌이었다.

'조금 늦네.'

밀로스 발렌슈타인은 대기실로 향했다.

지금까지의 태도를 분명 고치고 선배들을 존경하는 마음을 표현하며 지내겠다고 마음먹으며 문을 살짝 열었을 때.

밀로스 발렌슈타인은 입을 열 수 없었다.

방금까지만 해도 호쾌하게 웃어댔던 그들이 대기실에서 소리 죽여 울고 있었기 때문이었다.

고개를 숙인 채 차마 악기를 정리하는 손이 움직이지 못하고 있었다.

처음 보는 광경이었다.

그러나 이해할 수 있었다.

다시 생각해 보면 분하지 않을 리 없었다.

저들은 밀로스 발렌슈타인이 오랜 시간 준비했던 것 이상으로 체코 필하모닉을 위해 힘써왔다.

오늘의 그 더없이 멋진 연주가 하루아침에 이루어질 리 없었다.

평소 웃음이 분위기가 밝다 해서 그 과정이 힘들지 않을 리 없었다.

아무리 음악이 좋다고 해도 같은 행위를 수백, 수천 번 반복하는 일이 쉬울 리 없었다.

저들도 사람이니까.

타인을 인식하기 시작한 밀로스 발렌슈타인은 그제야 선배 단원들이 그만큼 또는 그 이상 노력했음을 인지했고.

그렇기에 탈락이 아무렇지 않을 수 없음을 깨달았다.

'아직도 멀었어.'

그렇게 생각하는 그의 어깨에 엘리아후 인손이 손을 얹었다.

밀로스가 고개를 돌리자 엘리아후 인손이 고개를 끄덕였고 그는 조용히 대기실 문을 닫고는 뒷문으로 향했다.

잠시 뒤, 평소와 같이 웃으며 나온 선배들은 갑작스레 허리를 숙여 인사한 후배를 보고 잠시 놀랐다.

그러고는 다시 웃으며 어깨동무를 한 채 잘츠부르크의 거리로 향했다.

OOTY 오케스트라 대전 4라운드, 8강 대진표가 확정되었다.

빈 필하모닉과 런던 심포니의 1차전을 시작으로 베를린 필하모닉 A와 클리블랜드 오케스트라의 2차전.

암스테르담 로얄 콘세르트허바우와 드레스덴 슈타츠카펠레의 3차전.

마지막으로 시카고 심포니와 베를린 필하모닉 B의 4차전이 예정되었다.

4라운드 주제는 바이올린 협주곡.

곡의 범위에 제한을 두지 않으며 창작곡도 가능하였다.

정체되어 있는 클래식 음악계에 활력을 불어넣기 위한 규정으로 오케스트라 대전 개최 발표식에 공개된 내용이기도 했다.

이러한 규정으로 인해 가장 주목받는 이는 단연 베를린 필하모닉의 천재 배도빈이었다.

OOTY 오케스트라 대전은 이미 세계인의 축제였다.

그에 대한 열기가 무르익은 만큼 각국은 연일 새로운 소식에 크게 반응했다.

언론에서도 그러한 흐름에 발을 맞추기 위해 전문 패널을 초빙, 여러 프로그램을 이루어 시청률과 조회 수를 올리기 바빴다.

그러나 그것으로도 만족할 수 없었던 팬들의 요구를 충족시키기 위해 세계 클래식 음악 협회에서는 내로라하는 인물들을 섭외.

자유롭게 이야기할 수 있는 자리를 마련하여 오케스트라

대전을 더욱 풍성하게 하였다.

세계적인 인기를 끌고 있는 진행자 우진이 사회를 맡았다.

"OOTY 오케스트라 대전을 시청하고 계신 팬 여러분, 안녕하십니까. 우진입니다. 오늘은 오케스트라 대전이 앞으로 어떻게 진행될지에 대한 의견을 듣고자 각 분야의 전문가를 모셨습니다. 안녕하세요."

사회자 우진이 좌우로 고개 숙여 인사했다.

패널로 출연한 이들도 가볍게 목례하여 답했다.

"먼저 영화 죽음의 유물의 오리지널 스코어 감독으로 유명하신 작곡가죠. 알렉스 데스플로 씨를 소개합니다. 오랜만에 뵙네요, 데스플로."

"반갑습니다."

간단한 소개와 인사를 더한 뒤 우진이 다음 출연자를 소개했다.

"너무나도 유명한 분이시죠. 작곡가 한스 짐께서 함께해 주셨습니다. 반갑습니다, 짐."

"반갑습니다."

"개인적으로는 블랙 나이트의 팬이라 너무나 반가운데, 이렇게 출연해 주셔서 감사합니다."

"재밌어 보이는 주제를 이렇게 멋진 분들과 이야기할 수 있으니 거절할 이유가 없죠. 넉넉한 페이와 함께요."

"하하하!"

좋은 분위기로 대화를 마무리 지은 우진이 고개를 돌렸을 때 잠시 넋을 잃고 말았다.

대기실에서 이미 한차례 인사를 나누긴 했어도 믿을 수 없는 미모였다.

"아, 죄송합니다. 제가 잠시 한눈을 팔았네요."

"하하. 이해합니다. 정말 옆에 있으면서도 믿을 수 없네요."

"내 빛나는 미모에 감탄하는 거야 이해하지만 불쾌하군."

사회자 우진과 패널들이 농담을 주고받으며 좋은 분위기를 이끌어나가는 도중에 아리엘이 찬물을 끼얹었다.

우진이 서둘러 진행을 계속했다.

"다음 달에 정식 취임하신다죠? 얼마 전에 감독 취임 사실을 발표한 로스앤젤레스 필하모닉의 아리엘 핀 얀스 음악감독을 소개합니다."

"지금은 악장이다."

"악장입니다."

우진이 능청스레 소개를 정정했다.

패널들은 뚱해 있는 아리엘을 즐겁게 지켜보았다.

소개는 계속되어 피가로지의 모리스 르블랑 수석 기자, 그래모폰의 한스 레넌 편집장, 평론가 파인 리파스토가 소개되었다.

음악가 세 명과 언론인 세 명으로 균형을 맞춘 조합이었다.

"그럼 오늘의 주제. 아무래도 팬들께서 가장 궁금해하시는 건 이번 대회의 우승 악단이겠죠?"

그래모폰의 한스 레넌 편집장이 말을 받았다.

"그렇습니다. 지금까지 실질적으로 세계 최고로 인정받을 수 있는, 인정하는 기회가 없었으니까요."

"로스앤젤레스 필하모닉이 최고다."

패널들이 아리엘을 보았다.

아리엘은 아무런 표정이 없었다.

"멋진 자신감이네요. 그럼 아리엘 악장께 먼저 여쭙겠습니다. 어떤 악단이 오케스트라 대전에서 우승할 거라 예상하시나요?"

"암스테르담 로열 콘세르트헤바우."

간결한 대답이었지만 사회자 우진은 분위기가 끊기지 않도록 좀 더 이야기를 이끌었다.

"정말 멋진 악단이죠. 강력한 우승 후보이기도 하고요. 아리엘 악장은 암스테르담 로열 콘세르트헤바우의 가장 큰 장점이 무엇이라 생각하시나요?"

아리엘 핀 얀스가 우진을 물끄러미 보았다. 마치 그런 걸 일일이 설명해 줘야 할 정도로 바보냐고 묻는 것만 같았다.

그때 모리스 르블랑 기자가 입을 열었다.

"우승 후보를 거론하기 전에 우선 4라운드부터 적용되는 규정을 살펴보는 게 좋을 것 같네요."

우진이 너무나도 반갑게 모리스 르블랑을 보았다.

"4라운드부터는 과제곡 규정이 상당히 느슨해집니다. 명시되지는 않았지만 창작이나 대규모 편곡 능력을 시험한다는 느낌이 강하죠. 이에 적절히 대응하는 악단이 유리하겠고요."

"좋은 지적을 해주셨습니다. 하면 르블랑 씨가 생각하는 우승 후보는 어디인가요?"

"……베를린 필하모닉 B입니다."

모리스 르블랑은 잠시 생각을 정리한 뒤 조심스레 의견을 제시했다.

"역시 배도빈 악장의 이야기가 거론되네요. 한스 레넌 편집장께서 하실 말씀이 있으실 듯한데요."

"네."

배도빈이 어렸을 적부터 그에 대한 기사를 냈던 한스 레넌은 오늘 토론회를 위해 여러 자료를 준비해 두었다.

그의 생각은 모리스 르블랑이 짚었던 관점과 동일했고 오케스트라 대전의 기준이라면 다른 어떤 지휘자보다 배도빈이 우위에 있다고 여겼다.

"아시다시피 배도빈은 21세기에 가장 많은 클래식 음악을 작곡, 발표하였습니다."

한스 레넌이 준비한 자료를 보였다.

"이 자료는 배도빈의 음반 판매량을 도식화한 표입니다. 도저히 클래식 음악가라고는 생각할 수 없는 수준이죠."

"정말 그러네요. 자세히 설명해 주실 수 있으신가요?"

패널들은 스크린에 떠오른 표를 확인하면서 눈매를 좁혔다.

"배도빈은 여태 8개의 싱글 앨범과 4개의 OST 앨범, 2개의 정규 앨범, 1개의 베스트 앨범을 발표했습니다. 누적 판매량은 6,200만 장. 믿을 수 없는 대기록이죠."[3]

한스 레넌의 말 그대로였다.

이제 만 17세.

배도빈이 총 15개의 앨범을 냈다는 것만으로도 놀랄 지경인데 판매량조차 설명이 안 되는 수준이었다.

배도빈이 현재 가장 많이 사랑받는 음악가라는 걸 모르는 이는 아무도 없었으나 막상 수치화된 자료를 접하니 새삼 괴

....

3)
-싱글 앨범:
'부활(2009)', '넘치는 기쁨(2010)', '밴쿠오의 자손(2011)', '심판의 날(2012)', '가장 큰 희망(2018, 리마스터)', '용감한 영혼(2019, 리마스터)', '베를린 환상곡(2022)', '찰스 브라운(2023)'
-OST 앨범:
'지니위즈와 죽음의 유물: 2부 오리지널 사운드 트랙(2011)', '블랙 나이트 인크리즈 오리지널 사운드 트랙(2012)', '퍼스트 오브 미 오리지널 사운드 트랙(2013)', '덩케르크 철수 작전 오리지널 사운드 트랙(2017)'
-정규 앨범: 1집 '배도빈: 피아노와 바이올린을 위한 모음곡(2011)', 2집 '두 대의 피아노를 위한 협주곡(2013)'
-베스트 앨범: '마왕의 연주 리마스터(2019)'

물처럼 느껴질 정도였다.

"이건 표는 작년 기준인가요?"

"그렇습니다."

이해를 돕기 위한 사회자의 질문에 한스 레넌이 고개를 끄덕였다.

2006년생인 배도빈은 2009년 겨울 그의 첫 번째 싱글 앨범 '부활'로 활동하기 시작했는데 작년 2022년까지 13년간 판매한 앨범이 6,200만 장.

믿을 수 없는 기록이었다.

"만약 매절되었다가 중간에 계약 조건이 완화된 '죽음의 유물: 2부 오리지널 사운드 트랙'이 처음부터 배도빈 소유였다면 이 수치는 더욱 불어났을 테죠."

한스 레넌 편집장의 말에 아리엘을 제외한 모든 이가 입을 벌렸다.

"정말 대단했네요."

"네. 정말 대단한 건 클래식 음악으로 이러한 기록을 수립했다는 겁니다. 영국에서는 해당 부분 베스트20 중 유일한 클래식 음반이에요."

한스 레넌이 관련 자료를 보이며 말했다.

과연 그의 주장대로 패널들과 방청객들은 믿을 수 없는 자료를 확인할 수 있었다.

특히.

배도빈이 모든 작업을 직접 진행하고 가우왕과 공동 녹음을 했던 '배도빈: 두 대의 피아노를 위한 협주곡'은 영국에서만 450만 장이 판매되는 진기록을 수립.

멀티 플래티넘 앨범으로 역대 가장 많이 판매된 4위에 랭크되었는데, 그보다 많이 판매된 앨범은 퀸의 〈GREATEST HITS〉와 비틀즈의 〈Sgt. Pepper's Lonely Hearts Club Band〉, 오아시스의 〈WHAT'S THE STORY MORNING GLORY〉뿐이었다.

더욱 놀라운 것은 배도빈의 인기가 어느 한 국가에서만 해당되는 이야기가 아니라는 점이었다.

독일을 중심으로 한 유럽은 물론, 북미에서는 영국 못지않은 대기록을 수립하고 있었고.

대한민국과 일본에서는 전무후무한 기록을 세워 매일 신기록을 갱신 중에 있었다.

특히 중국에서는 가우왕, 소소와의 친분이 알려지며 가우왕과의 경쟁 이후 다소 침체되었던 인기가 폭등.

배도빈의 음악이 깊이 퍼지지 않은 곳은 남미와 동아시아를 제외한 아시아, 아프리카, 오스트레일리아 대륙 정도였다.

"보셔서 아시겠지만 현재 배도빈 이상의 퍼포먼스를 보여주는 음악가는 없습니다. 오케스트라 대전이 창작의 영역에 진입한 이상 지금까지의 모습 이상으로 활약할 것은 분명하죠."

한스 레넌이 말을 마쳤다.

가만히 이야기를 듣고 있던 한스 짐이 허탈하게 웃었다.

"도빈 군이 영화계로 돌아오지 말길 바라야겠는데."

세계 최고의 영화 음악가인 한스 짐의 엄살에 방청객과 패널들이 잠시 웃었다.

영화계의 거장 크리스틴 노먼 감독과 배도빈은 두 편의 영화에서 함께 작업하고 현재도 친분을 과시하고 있었다.

그 두 사람을 엮어준 사람이 다름 아닌 한스 짐이었던 사실을 모르는 이는 없었다.

동시에 한스 짐 본인도 배도빈과 친분이 있으니 팬들은 자연스레 농담으로 받아들였다.

"나야말로 일찍 함께할 수 있어 다행이었지. 지금은 같이 작업하자고 해도 페이를 맞춰줄 수가 없을 것 같은데."

알렉스 데스플로도 이에 함께했다.

죽음의 유물: 1부의 음악감독이었던 알렉스 데스플로는 당시 사카모토 료이치에게 배도빈을 추천받아 함께하였다.

당시 배도빈이 '가장 큰 희망'을 만들어주면서 받은 금액은 백만 엔.

지금으로서는 턱도 없는 일이었다.

"그러고 보니 두 분 모두 배도빈 악장과 친분이 있으시네요. 한스 레넌 편집장께서도 그에 관련한 기사를 계속 써오셨고."

세 사람이 고개를 끄덕였다.

"저는 생각이 조금 다릅니다."

한스 레넌의 주장에 힘이 실렸을 때 다행히 방송 분량을 챙겨준 이가 있었다.

사회자와 방송국 관계자들은 평론가 파인 리파스토의 이견이 너무나 반가웠다.

"네, 말씀해 주시죠."

"배도빈, 아니, 베를린 필하모닉 B가 강력한 우승 후보라는 점에는 공감합니다만 이야기의 흐름이 한쪽으로만 흘러가는 듯합니다. 베를린 필하모닉 B는 배도빈이라는 강력한 무기를 지니고 있지만 단원들의 능력에 대해서는 객관적으로 볼 필요가 있습니다."

파인 리파스토가 자료를 보였다.

팬 투표를 포함한 오케스트라 대전의 평가표였다.

"이 자료를 보시면 잘 나와 있지만 적어도 오케스트라 대전에서 최다 득표를 한 악단은 베를린 필하모닉 B가 아니라 빈 필하모닉입니다. 2위는 베를린 필하모닉 A로 B는 4위에 지나지 않죠."

"흥미롭네요. 배도빈 개인의 음반 판매량과 팬 투표 비율이 비례하지 않는단 의견이신가요?"

"비례할 수밖에 없겠죠. 다만 여러 요인이 작용한다는 말씀을 드리고 싶습니다. 실제로 대회라는 규격 안에서는 여러 변수가 있습니다. 빈 필하모닉이 최다 득표를 할 수 있었던 이유는 비교적 지금까지 대진운이 좋았기 때문이죠."

"하하. 그 발언에는 논란이 있을 수 있겠네요."

"적어도 저는 사실이라 생각합니다. 암스테르담과 런던, 베를린 A가 보여주는 모습을 떠올리면 더욱이요. 또한."

파인 리파스토가 리모컨을 조작해 다음 자료를 화면에 띄웠다.

"이것은 심사 위원단들의 평입니다. 합계 점수는 매우 높지만 베를린 필하모닉 B의 단원들에 대한 평은 찾아볼 수 없죠. 반면 다른 유력 악단들에게서는 빈번하게 언급되고 있습니다."

파인 리파스토의 말을 듣던 한스 레넌이 고개를 끄덕였다.

"확실히 그 점은 베를린 필하모닉 B의 약점으로 꼽히죠."

"네. 더욱이 베를린 필하모닉 B의 단원들은 젊습니다. 경험이 부족하고 또 대응력도 아쉬울 수밖에 없는데, 그들이 과연 장기 레이스인 오케스트라 대전에서 배도빈 악장을 따라갈 수 있을지에 대해서는 의문입니다. 종합적으로 보았을 때 빌헬름 푸르트뱅글러의 A가 이번 대회 가장 강력한 우승 후보이지 않을까 싶습니다."

"암스테르담이다."

아리엘 얀스가 파인 리파스토의 그럴듯한 이야기를 끊어내

듯 말했다.

사회자 우진이 억지로 웃으며 나섰다.

"팬 분들을 위해 조금 더 풀어서 말씀해 주시겠습니까?"

"싫다."

"……."

"다들 이것저것 부질없는 이야기를 꺼내는군. 음악이란 자신만의 미학을 가장 아름다운 형태의 소리로 전하는 일. 마음이 움직이는 일을 결정하는 건 단 한 번의 연주뿐이다. 그 전까지 어떤 연주를 했든, 어떤 기록을 세웠는지는 중요하지 않아. 사회자라는 자가 그런 것도 모르는가?"

당황한 사회자를 두고 한스 짐이 턱을 괸 채 흥미롭다는 표정을 지었다. 마치 귀여운 아이를 달래는 것처럼 물었다.

"확실히 그렇네. 얀스 악장, 당신은 그럼 어째서 암스테르담의 우승을 확신하지?"

"좋아서다."

아리엘 핀 얀스는 기껏 잘츠부르크에서 로스앤젤레스로 돌아갔더니 도착하자마자 취임 발표식에 밀린 업무 처리, 게다가 홍보를 이유로 뉴욕까지 보내진 상황에 몹시 짜증이 난 상태였다.

품위를 잃지 않기 위해 외출 때마다 3시간씩 세팅을 해야 했던 만큼 그는 몹시 피로한 상황이라 조금이라도 빨리 쉬고 싶었다.

"으음. 좋다는 말은……."

그러나 사회자로서는 받아들일 수 없는 말이었다.

정확한 근거와 이유로 이 토론회를 좀 더 격 있게 만들고 싶었다.

그러나 방송국과 협회, 사회자의 바람은 알렉스 데스플로에 의해 산산조각이 나버렸다.

"아니. 어쩌면 진리일 수도."

"네?"

"그렇지 않습니까? 결국 현재 남은 악단들은 대부분 심사 위원단으로부터 만점 또는 그에 준하는 점수를 받아 왔습니다. 한스 레넌 편집장이 보여준 배도빈 악장의 음반 판매 지수라든지 파인 리파스토 씨가 언급한 팬 투표 결과라든지 모두, 결국에는 팬들이 어떻게 받아들이는지가 중요한 이야기 아닌가요?"

"아."

"그걸 아리엘 핀스 악장이 팬심이라는 쉬운 말로 잘 정리한 것 같네요. 그렇죠?"

아리엘은 알렉스 데스플로가 뭐라 말하든 신경 쓰지 않고 이 지루한 시간이 잠시라도 빨리 끝나길 바랐다.

to be continued

박민규 게임 판타지 장편
WISHBOOKS GAME FANTASY ST

바사삭, 치킨, 새벽 1시에 먹는 라면!
그런데 먹기만 해도 생명이 위험하다고?

가상현실게임 아테네.
먹고 싶은 음식을 먹을 수 있는 유일한 방법!

[식신의 진가가 발동됩니다.]
[힘 1, 체력 1을 획득합니다.]

「밥만 먹고 레벨업」

"천년설삼으로 삼계탕 국물 내는 놈이 세상에 어디 있냐!"
"여기."